アルトー横断　不可能な身体

鈴木創士 編

はじめに

鈴木創士

本論集は『アルトー・コレクション』I、II、III、IV（月曜社）の刊行に続くものである。『アルトー・コレクション』は、以前、宇野邦一氏とともに編集した『アルトー後期集成』（河出書房新社）が元になっているが、我々は後期（精神病院監禁以降）のアルトーの仕事を翻訳紹介することが急務であると考えていた。あまりにも多くの誤解があったからである。アルトー自身は最後に何を言ったのか。何よりもアルトー自身の言葉に、とても複雑なその叫びに耳を傾ける必要があった。

一生涯、アントナン・アルトーは苦しんだ。最初から彼は不可能の中心を思考した。そんなことはありえないことである。彼は激怒していた。その中心のまわりに苦痛の真実やその記憶が巻きついていた。世界とは何なのか、どのようにできているのか、存在とは何なのか、身体はどうなっているのか、そのような問いは確かにあった。彼には多くの顔があった。だがアルトーとはいったい誰だったのか。最後にアルトーは言った、「俺はアントナン・アルトー」……。

本書はアルトーの全体像を求めて編まれたものではない。個々の論者のなかに暗い空から大きな岩が落ちてくるのかどうかを見るためである。

鈴木創士

アントナン・アルトー　自殺論三編

岡本健 訳

自殺について

自殺するに先立って、わたしは存在を約束してもらいたい、できれば間違いなく死ねると願いたい。生がわたしに現成するのは、現実の物事に関して明らかに読みやすいところだけを読んで、それらが関連しあうと考えて受諾する限りにおいてでしかない。現実の物事が往来する断固たる十字路とは自分を感じていない、死とは自然から引き離すことで癒してくれるものなのに、その死も感じていない。わたしが、現実の物事の生起しない苦痛だらけの慰みでしかないとしたら?

わたしが自殺するのは、己を破壊するためではなくて、作り直すために。自殺とはわたしにとって、己を取り戻すことに荒ぶり、己の自我に容赦なく闖入して、おそらく先行しているに違いない神を追い抜く手段にすぎないだろう。自殺することで、わたしは自然を設計しなおし、はじめて現実の物事にわたしの意志の形態を与えることになる。自我と不協和な器官のこの現況から解き放たれ、生はわたしにとって、考えさせられるに流されるだけの不条理な偶然では最早ない。わたしはこのとき己の思考を選び取る、己の力と傾向と現実の方向性を選び取る。美と醜、善と悪とのあいだにわたしは座る。わたしは宙吊りになる、善と悪の誘いが拮抗しているからその餌食となって、傾向なく、わたしには色がない。

なぜなら生それ自体は解決策ではないからだ、そこには、選ばれ承認されて決定されたどんな種類の実在もない。生とは一連の食欲、敵対する力、些細な矛盾でしかなく、生の成就は耐え難い偶然の状況次第である。悪は一人ひとりに、天分として、あるいは狂気として不平等に配分されている。悪も善も、状況次第、状況に多少なりとも働きかける酵母の産物である。

生まれさせられて生きること、断固として決定されてしまった存在のどうにも思考しえない枝分れに至るまで、微細極まりない隅に至るまで己を感じること、それは汚辱であることに間違いない。わたし達は要するに樹でしかない。わたしが或る日自殺するだろうことは、わが一族の樹のなんらかの曲がり目におそらく記入されていることだろう。

自殺の自由の観念自体は切り倒される樹のように襲いかかる。いつ、どこで、いかなる状況で自殺するか、いずれもわたしが自ら為すものではない。自殺しようとさえ思いつかない、それでも自殺から引き離されているとは感じられないだろう。

この瞬間にわたしの存在が解体することはありうる。だがわたしの存在が余すところなく残るとして、損なわれた器官はいかなる反応をするのだろうか、不可能ともいえるいかなる器官によって、わたしは存在を解読して書き留めることになるのだろうか？

襲来する死は奔流のごとくに、雷の一瞬の飛来のように感じられ、その威力は想像を絶する。死は愉悦に満ち、迷路が幾重にも渦を巻くように感じられる。わたしの存在の思考はそのとき何処にあるのだろう？

しかしここに神が忽然と拳のごとく、切り殺す光の鎌のごとく現れた。わたしは生と進んで袂を分かち、運命を遡及しようと欲したのだ。

不条理なまでにわたしを弄んだ、この神は。わたしを生きたまま、わたし自身の執拗な否認と否定の無に組み伏せ、神は、考える生、感じる生のどんな高まりも見逃さずに破壊した。わたしはいわば歩くだけの自動人形になり果てた、無意識によって生から切断されていると感じているような自動人形だ。

ここでこそわたしは生に胸を張って、物事の共鳴し合う現実とひとつになりたかった、運命を破棄したかったのだ。

ところであの神の言いぐさは？

生は感じられなかった。どんな倫理的な観念が往来しても、それはわたしにとって干上がった川のようだった。生はわたしにとってひとつの対象、ひとつの形態ではなかった。それはわたしにとって一連の弁解になった。だが空回りして、回らぬ弁解、それはわたしの中で可能な「図式」のようなものになったが、わたしの意志によって定着されることはなかった。

自殺の状態に至るためにさえ、自我が帰還するのをわたしは待たなければならぬ、わたしの存在の関節という関節が自由無碍に動かなければならない。神は無数の隘路からなる星座のような絶望にわたしを置いた、その光はわたしに届いている。生きることも死ぬことも、死ぬことや生きることを望まぬことも、わたしにはできない。ひとは皆わたしと同じだ。

注

これは『緑の円盤』誌第一号（一九二五年一月）に掲載された文章。同号は「自殺」の特集を組んでおり、そのタイトルが「自殺について」。原文はガリマール版アルトー全集 I** pp.26~28 に所収されている。

自殺をめぐるアンケートへの回答

ひとは生きて死ぬ。このことに意志はどの程度関与しているのか。夢見るかのようにひとは自殺するようだ。ここで問題となっているのは倫理的な問いではない。

自殺はひとつの解決策か?

違う、自殺はまだひとつの仮説である。現実の他の一切に対してのように、自殺に対しても疑う権利があるのだとわたしは言いたい。厳密にいえば誰でも手が届く実在に対してではなく、現実の物事や行為の内なる揺れや深い感性に対して徹底して、さしあたり新次元に至るまで疑わなければならない。流星のような考える緒の感性によって自分がいったい何に結び付けられているのかに関して、わたしは何ひとつ信じていないし、活動しているあまたの流星群をやはりわたしは取り逃している。どんな人間であれ、その作られて感じている実在はわたしには窮屈だから、断固としてわたしは一切の現実を忌み嫌う。自殺は考える人間のなしえた征服だとしても遥か彼方の空想上のことにすぎないが、厳密にいうところの自殺はわたしには理解できない事態だ。ノイローゼ患者の自殺には何らかかを表象するいかなる価値もないけれど、経済的な諸事情があって自殺を決意して奇蹟の一歩を踏み出した人間の魂の状態はどうだろう。現実とは何かわたしは知らないし、人間であることはどういうことかもわたしは知らないし、この世のものは何ひとつわたしに対して回っていないし、わたしの中を回っていない。わたしは生にひどく苦しんでいる。わたしが到達できる状態はない。長らく前からわたしが死んでいることに間違いはない、わたしは既に自殺している。つまり、自殺させられたのだ。以前にさせられた自殺、死の側にではなく実在のもう一方の側に引き戻させるような自殺を、いったいどう思われますか。この自殺だけがわたしには価値があるように思われる。死にたいとは思っていないと感じられるからだ、存在したくないと思っているのだ。愚昧、放棄、断念、愚鈍な邂逅からなるこの慰みに堕ちたことは一度もないから。しかしこの慰みがアントナン・アルトーの自我であり、それは彼よりも弱い。この徘徊する不具者の自我、ときおり影を拡げにくると彼自身はそれに唾したが、長らく前から松葉杖を突いて徘徊し、深層にあって顕現できないこの自我、それでも現実に見出されるこの自我。誰ひとり彼のように自分の弱さを感じたことはなかった、この弱さは人類の要諦をなす本質的な弱さなのに。このような自我は破壊されなければならない、実在してはいけない。

注

これは『シュルレアリスム革命』誌第二号(一九二五年一月)の「自殺」特集のために書かれた文章。原文はガリマール版全集 I**pp.20~21 に所収されている。

誰宛でもない手紙

啓上

わたしは一連の張りつめた文章をお送り申し上げましたが、それは自殺の観念に近づこうとしているが、現実としてはまったく自殺に踏み込めていません。本当のところ、わたしには自殺が分からない。生と激烈に袂を分かつことをわたしは是とするが、わたし達の自我の真髄と現実がこのように雑居を強いられているのが生で、その生とこのように切り離されることの危険な性格は、自殺という事実自体は、わたしには分かりません。

長らく前から死には無関心でした。ひとが自己において意識して何を滅ぼしうるのか、あまり分かりません、自ら死を望むことにおいてさえ。わたし達の存在に神が否応なく侵入してくるが、この存在で神を滅ぼさなくてはならないでしょう。この存在に触れ、その実質の不可欠の構成要素となったものがある、しかしこれが神と一緒に死ぬことはないでしょう。生のあの克服しがたい汚れがありま す。自然のこのような侵略があって、それは神秘の累と反射の戯れで、わたし達の生の原則にまでわたし達自身よりも自然は断然入り込んでくる。わたしは自分自身においていかなる側で見ていようと、わたしのどんな動作も思考も自分のものではないと感じています。

わたしが生を感じるのは、生を絶望的に見えなくさせる遅延によってでしかありません。わたしの思考の一つひとつはわたしのものではありませんが、そこにおいてわたしは既に自殺しているのです。無においてさえも、滅ぼさなければならない現実がありすぎます。わたしは死を断念すると思っています。死を冒険としては考えないし、感じもしません。わたしは自分が死ぬのを感じています、誇張もなく衝突もなく言葉もなく、しかし、緩慢に変わることなく引き裂かれながら死んでゆくのだと。

わたしは自分の思考に入るもの以外は考えられません。死はこの千の震えのひとつ、わたしの自我の膜に触れている現実を爪で適当に叩いていることのひとつにすぎません。現実はもはや生きるに値しない。わたしはすべてを生きてしまったと感じています。死を振り返って、考える、感じる、生きることのこの隷属から自由になるとして……しかし死においてわたしが最も恐れているのは、このように神に近づくことではなく、このようにわたしの中心に帰ることではなく、わたしの数々の病の終末としてわたし自身の中に最後は帰らなければいけないということです。

わたしは生から自由になることはできません、なにかから自由になることはできないのです。それを考えること、それを感じること、それを生きることが神に先立つ事実であることを、できれば確信したいのです。自殺はそのとき意味をもつでしょう。

しかし神、愚かな死、より忌まわしい生は、解きえぬ問題の三項です、この問題に対しては自殺したところで答は出ません。

ご同意くださいますように。

アントナン・アルトー

注

これは『南方評論』誌八一号（一九二六年七月）に発表された文章。原文はガリマール版全集I**pp.55~56に所収されている。

訳者付記

モンテーニュにとって、「自殺」は主体的に生きることが賭けられている最後の機会である。自ら求めた死はこの上なく美しい。生は他人の意志に左右されるが、死はわたしの意志の下にある。死ぬ自由がないならば、生は隷属でしかない。

パスカルは、死に関してモンテーニュが説いた異教的な意見は許されるものではない、と書いている。「自殺」は容認できない。アポリネールの詩「自殺した男」を歌詞にもつショスタコーヴィッチの交響曲第十四番第四楽章は、芥川龍之介の表現を借りれば、「地獄よりも地獄的だ」。自殺しない者はしないのではなくて、できないのだ、と芥川は言う。しかし自殺しえた彼の、死に臨んで書かれた「筋のない物語」のひとつは、眠っているうちに誰かにそっと絞め殺してほしいと、「淫らな」（これはモンテーニュを批判したパスカルの言葉）淡い願いで物憂く閉じられている。自殺することによって死の必然が誕生の偶然に折り返され、人生は円環となって果たして静かに閉じられたのだろうか。あるいは「漠然とした不安」の中では、他殺でさえ死であれば、それも望まれていたのだろうか。

ここに訳出された三つの文章では、若いアルトーにとって「自殺」は隠喩にすぎない。それは真の自我に出会うための「死と再生の儀式」なのだから。だが、死を前にしたアルトーには、「自殺」とは「自殺させられる」という受動態、すなわち、他者による見えない殺人に他ならないことが鮮明に認識されるにいたる。「アンケート」では自殺の加害者は、叙述を一般化するための主語 on（人々）

として強調されていたが、最晩年の作品『ヴァン・ゴッホ』において、その不特定の主語は「一群の邪悪な者たち」と形をもって名指しされる。「しかし自殺の場合、自分自身の命を絶つという自然に反する行為を身体に決意させるには、一群の邪悪な者たちがいなければならない」。己の左耳朶を切ることまでして生きようと欲したのだから、その痩身の男は黄金の麦畑で進んで命を棄てるはずがない。殺されたのだ。

生きようとするがゆえに絶望がある。だから、私は思う、生きるべき生を前にして「自殺」は答にはならない、少なくとも、「誠実な」答にはならないだろうと。主体的な生を約束するものとしての異教的な「自殺」も、ひとつの見事な隠喩となりえているのかもしれないと。

（岡本健）

アルトー横断

アルトー入門のためのインタビュー　アルトーとは誰か

鈴木創士

別の次元を生きた人

――アルトーとの出会いはいつですか？

最初に読んだのは高校生のときです。現代思潮社から第一巻だけが出た『アントナン・アルトー全集』（名だたる翻訳者たちが予定されていた全集はそのあと頓挫しました）で、それから新潮社から出た『ヴァン・ゴッホ』を読みました。政治の季節でしたから、高校のバリケードの中でも読んでいました。これはかなり奇妙な感じの体験でした。自分はここにいる、だけど主体とは自分たちの思っているような主体ではない。そんなことも考えたように思います。叛逆的な思想全般において、アルトーは全く自分たちの考えていることと別の次元のことを言っているというのが最初の印象です。アルトーは思考の果てにいるように感じました。その縁《へり》を掘削するように、あるいは爆破するように彼はそこにいました。アルトーはいつも極限に接していました。これはとても稀なことです。激しい言葉遣いも好きでした。文学は糞だけど、全く別のことが起きている。あちらとこちらで別の政治的状況が生起していたのでしょうか。それはわかりません。
日本語によるアルトーはまだあまり出ていなかったので、後にフランス語をやろうと思ったのは、ひとつにはアルトーを読むためでした。当時読んだ『ジャック・リヴィエールとの往復書簡』にある、詩を書き、詩的文体を作り出す以前に、そういうことではなくて、自分は思考できない、自分のなかには思考の中心的な崩壊があるという話は衝撃的でした。アルトーにとってそれが書くことだったのです。この書簡でアルトーとリヴィエールの思考は激しく背反しますが（当時の文学界の重鎮リヴィエールは評論家としてアルトーの言っていることを理解できているとは思えません）、そこで起きていることは当時僕が「文学」全般に抱いていたかなり根源的な批判あるいは苛立ちの縮図のように見えました。リヴィエールはアルトーを理解しようとはしていますが、リヴィエールがランボーについて何を書いたにせよ、日本も含めて保守的な文学者のひとつの典型であるように思えました。あいつら全員にはうんざりだけど、アルトーは正しいことを言っている。そんな感じです。アルトーは何を言っていたのか。この書簡でのアルトーの思考はとても一貫しています。しかも思考するために自分は思考の中心的崩壊・腐食から出発したのだとアルトーは言っていたのです。普通に考えても、これは驚くべきことでした。

――もうバタイユやブルトンも読んでいたのですよね。その中でなぜアルトーだったのでしょうか。

アルトーはバタイユのような哲学者ではありませんし、ブルトンとは異なり基本的にシュルレアリストではなかったと思います。美学的（思考）といえる観点から考えても、アルトーとシュルレアリストたちはその出発においてずいぶん異なるところがあります。アルトーは夢や睡眠の実験、自動記述にも興味はなかったようですし、例えば、シュルレアリスムにとって絵画の領域は無視できないものですが、アルトーの絵画の好みはむしろ古典的というか、かなりシュルレアリストたちと違う感じがします。ただ運動としてのシュルレアリスムは政治的運動でしたし、激しい諍いが起きたのですが、そこにはまた友情とかとは別の次元もあります。このことはブルトンやアルトーの生涯にわたって続きました。シュルレアリスムが過激化して最初の形をなしたとき、シュルレアリスム運動がアルトーを必要とし、その核のひとつがアルトーでした。何しろ彼は最も過激な詩人、最も根源的な言葉を語り思考する詩人だったからです。しかしシュルレアリスム運動にとってアルトーは重要かもしれないけれど、アルトーにとってはそうではないところがあった。初期の作品「冥府の臍」にしても「神経の秤」にしても、アルトーの思考の元にあったのは、シュルレアリスム思想とは全然違うものです。シュルレアリスムの政治性を批判したアルトーがグループを除名になったのは当然の成り行きでしょう。ただ一方で、アルトーやバタイユを除名できるグループなんてなかなかのものだと思いましたよ（笑）。僕はブルトンもバタイユも読み始めていましたが、なぜアルトーなのか。僕にとってアルトーという人物が三人の中でも一番とんでもないシロモノ（？）だと直観したことは確かですが、今でもはっきりと即答することはできないですね。僕自身、政治的な事柄への関わりにおいても、まさにその「政治」においていつも「思考の崩壊」を経験していたからかもしれません。もちろんそれを自分で整理し、言語化し思想化することなどできるはずがなく、うろうろするばかりでした。

僕自身の個人的な文学体験としては中学のときに父に小林秀雄訳のランボー『地獄の季節』を誕生日プレゼントにもらって読んだのが自分にとってはかなり決定的だったのでしょう。子供の頃から本全般が好きでしたが、そこで文学への傾向が決定されてしまったという意味ではアルトーにつながっているかもしれません。しかしフランス文学者のように「ランボーからアルトーへ」みたいな話は僕にとってはどうでもいいのです。その辺のところは自分でもよくわからない。とにかくアルトーの思考と人物に突然出逢ってしまい、その類を見ない「言葉」と「経験」に興味を抱いたわけですが、アルトーの言語が新鮮で日本文学にも世界文学にもないものだと感じたのは本当です。ただ当時、よくわからなかった。わからなかったけど、アルトーをもっと読んでみたいという気持ちは強くなる一方で、本はないし、仕方がないので、フランス語を知ろうと思いました。でもすぐには読めるわけがない。高校を出たころには（追い出されたのですが）原書も手に入れて、はじめは翻訳のあるものと両方あわせて読むというような読み方をしました。それでも何年経ってもよくわからなかったし、いまもぱっと読んでもわからないですよ。翻訳をやってもどれだけアルトーを理解しているのか妖しいものです（笑）。

なぜ演劇だったのか

鈴木創士

——ここからはアルトーの軌跡をたどりながらお話を伺えたらと思います。

アルトーはマルセイユに生まれました。母方にトルコ系ギリシアの血が入っていたようで晩年にナルパスとかナナキとか名乗るのもそのせいかと思われます。この出自はアルトーの人格形成に関わるものだったのでしょうが、詳しくはわかりません。子どものころは体が弱くて療養所に入っていました。脳の病気になり、早い時期からの麻薬の使用はその痛みをおさえるためだったと言われていますが、どうなのでしょう。十四歳で最初の詩を書いているのですが、それを療養所の雑誌に発表しています。体が弱いから兵役免除になって、役者になるためにパリに出てくる。アルトーの出発にとってやはり演劇というのは大きかった。そこでシャルル・デュランという俳優の弟子になってアトリエ座で薫陶を受けたり、のちに恋人になるジェニカ・アタナジウという女優に出会ったり、コクトーの翻案による芝居に出たりしています（この芝居はブルトンとその仲間たちによって妨害されましたが、シュルレアリスム第一宣言の前のことです）。名優として名高いルイ・ジューヴェともこの頃に出会っていたはずです。

――なぜ演劇だったのでしょうか。

治療の一環として演劇に触れたということがあったのかもしれませんが、医師から劇場の支配人を紹介されています。やはりそれまでのフランス演劇、古典演劇がどのようなものであったにしろ、「詩」とは別の表現形態がアルトーに強い関心を及ぼしていたのでしょう。僕は最初から最後までアルトーは「演劇家」「役者」だったと思っています。その発想において、その身体において。晩年を見てもそうですけど、アルトーは総合芸術的なものに惹かれていたのではないかと感じます。いや、それ以前に、演劇は「出来事」でなければならなかった。演劇には身振りというものがあります。げんに役者の身体があり、空間もあります。いくら硬直し固定されていたとしても、そこには自由がある。演劇を知らない僕にもそれは想像できます。書くというエクリチュールだけではない。書くことがあり、そうではないものがある。そこから身体という厄介なものが最初から出てくる。だから演劇というのは最初からあったけど、既成の演劇には飽き足らなくて、激しい反発があり、自分の理論を考えることになる。それが後の『演劇とその分身』に結実するのはご存知のとおりです。

当時の反抗的な若者の一人としてそれとほぼ同時期にシュルレアリスム運動と関係をもつわけですが、シュルレアリスム運動の黎明期の渦中にあって、すぐにアルトーとの批判の応酬が始まると、シュルレアリストたちはアルトーの芝居を何度も潰そうとしました。なぜシュルレアリスムは芝居を認めないのか。そこにはシュルレアリスムにとって芝居は虚構だという基本的な考え方があったのだと思います。彼らは芸術であれ、何であれ、「虚構」を極端に嫌った。ましてやそれは商業と結びついている。つまり演劇自体、演劇の伝統とあり方自体を否定したのです。この傾向は後のシチュアシオニストなども同じだと言えます。しかしアルトーは彼らが抱くイメージとは全く「別の」演劇を考えていた。しかし当然、彼らとは相容れない。ここにはアルトーとブルトンの詩人としての資質の問題もあったと思います。ブルトンも頑固な人ですから。それに若くて血気盛んだから暴力沙汰になりました。でも二人の友情は晩年まで続いたわけですし、僕らがイメージする除名とかとは違うんじゃないか。パリは狭くて京都みたいなところだから、彼らはみんな知り合いです。バタイユも除名されたけど、それでも同じカフェでビールを飲んでいるような環境だから、血みどろの党派闘争ではないですよ。当時の日本のフランス文学者たちは、ブルトン派とか反ブルトン派とか、みんなフランス文壇の勢力地図については「右へ倣え」でした。ブルトンの研究家はブルトン派、反ブルトンの作家たちの研究をするなら反ブルトン派です。若い僕から見てそれはなかなか滑稽な光景でした。全てが小さな政治にがんじがらめになっている。できれば僕はひとりの読者としてむしろ誰かを「除名」したかったですね!(笑)

——その時期、最初に話された幻の『アルトー全集』一巻に収められた作品が書かれています。

「冥府の臍」、「神経の秤」、「地獄の断片日記」、「芸術と死」はアルトーの受苦の歴史にとっても重要な作品群です。アルトーは苦しんでいましたが、表現は時とともに変化はすれども、この頃の作品にはアルトーの原型を見ることができると思います。それにこの苦しみは死ぬまで続くでしょう。ちょっと気になっていたことを言えば、その頃の作品には「精神」という言葉が多く出てくるのですが、それが次第に少なくなっていく。「身体」が存在し始める。その後で身体という問題を、役者として、詩人として、あるいは哲学的とも言える思考において意識し始めたのではないかと思います。

ただそれだけではなく、同じ頃、「映画」にも強い関心を示し、出演しています。『裁かるるジャンヌ』や『ナポレオン』を除くとアルトーの出演した映画を見るのが難しくなっていますが、かなり幅広い活動を行っています。アルトーはドイツへ行ってフリッツ・ラングなどにも会っていますし、映画『三文オペラ』にも出演しています。後年、他はクソ映画だけれど「三文オペラは別だ」と言っていたように思います。アルトーは映画という表現形態の可能性そのものに期待していたのだと思うし、演劇とはまったく違う芸術表現の可能性を見ていましたが、結局、映画界に幻滅しました。映画界は詩人の激しい思考や表現だけでやっていけるような世界でないことはご存知のとおりです。それで映画という選択肢はなくなりました。ただ映画俳優として出演しているものを少し見ても、当時のサイレント映画は名優ぞろいですが、アルトーの演技は他の役者とは全然違う印象を受けます。身振りの感じとか、表情の作り方（作り方ではないかもしれない）とか、息遣いとかも他の役者陣と異なりますね。

――そのあと、鈴木さんが新訳を出した『ヘリオガバルスあるいは戴冠せるアナーキスト』を書きますね。

『ヘリオガバルス』は、独特のものであるとはいえ一応歴史小説の形をとっていますが、ある種の演劇的思考が中心になっているのではないかと僕は思っています。アルトーはこの小説を形式的にはいわゆる戯曲とか芝居として構想したわけではないけれど、アルトー独特の「戯曲」だったのではないかとも思えます。ヘリオガバルスの生涯自体を実現不可能な「演劇」として、超越論的演劇として考えていたんじゃないか。この本を翻訳していてそう思いました。アルトー独自の歴史観が盛り込まれているし、また神秘主義的な可能性も捨てていない本ですが、アルトーは後でこの本を否定した時期もあります。ヘリオガバルスはローマの奇妙な少年皇帝でしたが、その血塗られた歴史からアルトーは別の可能性を引き出そうとしました。ローマ帝国史などを繙《ひもと》いても人間はいつも同じことをしてきました。ほぼ全ての歴史が「悪」と破滅を彩るものです。でもアルトーは彼の言う演劇自体がこういうものから出発していると考えていたかもしれない。この本でアルトーは、最後には護衛の兵士によって惨殺されるローマの奇矯な少年皇帝にアナーキーのひとつの特異な形を見ています。

爆発と不動

――アルトーは「アナーキーな秩序」を強調していますが、これは謎めいています。

僕自身、このアルトーの言葉をとても面白いというか、アルトー独特の考え方ですね。アルトーの提唱した「残酷の演劇」もまた、血なま臭いエリザベス朝演劇（彼はそれに影響を受けてはいますが……）と一緒くたにすることはできません。日本でもフランスでも最初一九六〇年代のアルトーの受け取られ方というのは、呪われた破滅的な詩人一辺倒のようなところがありましたが、実はアルトーという人にはそうではなかった面があると思います。「動かない壁」のようなものがあり、彼の「錯乱」は想像もつかない深い次元に入ることがある。例えば、絵画についてのアルトーの文章には、生気がないとか、慣性がないとかという観点が出てきます。爆発と同時に不動のものがある。カタストロフを欲しているわけではない。もしくはカタストロフを真に思考するには、別のアナーキーな「秩序」が必要になる。そこがシュルレアリスムとの決定的な違いでもあります。ついでに絵画について少し述べるなら、アルトーはルネサンス的な絵画をよく見て好んでいたと思いますし、アルトーのそのような嗜好といえるものが歴然とあります。それで後にバルテュスのような画家を発見するわけです。ルネサンスでいえば、画家ウッチェロはアルトーにとって最初から大きな存在ですし、『演劇とその分身』では前期ルネサンスのルーカス・ファン・ライデンが取り上げられています。静かな感じのする絵ですが、世界の終末が描かれています。花火のような爆発が起き、船が沈んでいたりしますが、それら全てがいわば静寂のなかに、アナーキーな「統一」のなかに封じ込められています。独特の世界観があります。アルトーはその文章を「演出と形而上学」と題しています。彼の「演出」についての考え方も、その形而上学も、ルネサンス芸術的なものと切り離せないのではないかと僕は思っています。

——『ヘリオガバルス』とほぼ同じ時期に『演劇とその分身』を書いていますが、そのなかに「演劇とペスト」の章があり、ペストが描かれています。

アルトーの「形而上学」はもちろんいわゆる形而上学ではなく、人間の、世界の、「生理」と接しています。アルトーの形而上学的「カオス」のひとつの特徴を形づくるものだと言えると思います。その文章はずばり「演劇とペスト」です。ペストは人間の外部で起こった黴菌による疫病ですが、人間を、人間性を崩壊させたり、またそうでなかったりした。ペストは不思議な病だったとアルトーは考えていたようです。ペストは我々が思っているよりもはるかに長い期間にわたって人類の歴史に影響を及ぼしたと思いますが、すでに紀元前にルクレティウスは『物の本性について』という本で生々しいペストによる破局的情景を描いています（ちなみにこの本が発見されたのもルネサンス時代です）。死者の数もコロナの比ではない。アルトーはそれを演劇と同じ次元で見ようとしています。「演劇はペストである」とアルトーは言います。あるいは「ペスト」という事態には、医学的あるいは社会的次元とは違う場所でも様々なことが起きていて、それに演劇を絡めて見ています。アルトーは後に精神病院に監禁されますが、その頃、外部では世界大戦が起きていた。同じような破局的事態、あるいは「悲劇」が身体の内と外で同時進行している。この点は重要だと思います。「演劇」でも同じことが生起しなければならないし、また役者の身体にとってもそうでなければならない。その最高のモデルがペストであり、「演劇はペストである」ということです。「ペスト」はアルトーにとってとても重要な思考のモデルというか、彼の身体のなかで血肉化していたということです。『演劇とその分身』と同時期の『ヘリオガバルス』もまたとてもペスト的な小説だと言えます。王であるたった一人の少年が政治・宗教・性に対して「ペスト」をひき起こし、撒き散らし、ローマ帝国の、ひいては「帝国」の基盤を全滅させたのです。それは世界のひとつのあり方なのです。

——そしてバリ島的演劇に関心を持ちます。

アルトーはバリ島へは行っていませんが、当時のパリ万博でバリ島演劇を見ました。「バリ島の演劇について」（『演劇とその分身』）という文章を書いています。フランスは古典演劇の国ですし、アルトーは若い頃その薫陶も受けたはずですが、フランス的演劇には辟易していたのでしょう。アルトーによる演劇の革命が到来したのは時宜にかなっていた。当時のフランスでは、その意匠におけるラシーヌ的悲劇の形式化の充満とその影響は我々の想像を越えていたと思います。だからその意味でもアルトーが全身全霊で西洋の外部を求めたことは容易に想像がつきます。時代全体の要請を敏感に感じ取っていたのかもしれませんが(キュビスム、シュルレアリスムにもその傾向がありました)、アルトーはそこから反西洋的なエッセンスを引き出しました。その点ではアルトーは詩人としてまた演劇理論家として、フランスにおける人類学的思考のある種の先鞭をつけたと考えることもできると思います。もしかしたらレヴィ=ストロースやマルセル・グリオールの後の世代、ピエール・クラストルやジャック・リゾーといった人類学者たちの先駆だったと言えないこともないかもしれない。ところで、バリ島演劇というのは半分ダンスです。アルトーは役者の演技において気息とか身振り、俳優自体の呼吸などをものすごく重要視していたので、当然、目を開かれるところがあったことは想像に難くありません。まさにダンスであり、「舞踏」です。そしてこのバリ島の演劇から、メキシコとアイルランドへの旅へと続いていくわけです。

身体の次元

――一九三六年のメキシコへの旅は『タラウマラ』という本に結実します。

不思議な本です。メキシコの大地の描写というか、様々な意味でのアルトーの「旅」の描写の表現もアルトーならではのものです。メキシコでアルトーはインディオの儀式に加わります。風の足裏をもつ、足の早い高地のインディオであるタラウマラ族です。儀式では幻覚剤ペヨートルも使われました。西洋的身体・意識から抜け出すためです。しかし指摘すべき点が一つあります。同じようなドラッグ体験あるいは儀式をもとにして本を書いたカルロス・カスタネダという作家・人類学者がいましたが、彼の意識をめぐる経験はそれはそれでとても面白いものでした。しかし、アルトーの「器官なき身体」の経験をカスタネダが記述したことと関係づける人がいることは知っていますが、アルトーの経験は決定的に違うところがあると僕は思います。初期のアメリカのヒッピーたちもカスタネダの系譜に連なっていたのだと思いますが、簡単に結論を言ってしまえば、アルトーの経験は真逆だったのではないか。カスタネダやヒッピーたちは意識を解放し、「知覚の扉」を開くために麻薬や呪術的方法を用います。自らの意識の拡大が目的といっていいでしょう。自己の拡大です。アルトーは自己の拡大など嫌悪しています。若い頃から彼はその問題で苦しんできました。アルトーの経験は「自分の外に出る」ためであって、自己自体を解放するということではない。そこはかなり重要な点で、決定的に違うところだと僕は思います。メキシコの経験において「自己の外に出ること」については、「アルトー・モモのほんとうの話」（『アルトー・ル・モモ』、アルトー・コレクションII）にかなり説得的に書かれています。

このあたりからアルトーは自分の身体、別の身体が現れることをあらためて強く意識していたのだと思います。アルトーにとって身体の別の次元が物質的な現実をともなって現れ始める最初かもしれません。それまでの身体についての思考が鍛え上げられたといってもいいかもしれませんが、このことはアルトーの役者としての経験、そして長きにわたる麻薬の経験とは切り離せません。もっと生々しいこともあった。インディオの儀式にのぞむ際、常用していたヘロインを川に捨てています。できるだけ純粋な体で儀式にのぞむためにヘロインを捨てた、とアルトーは書いています。当然、激しい禁断症状に苦しむことになります。だからこれは自分自身をどのようにするかという非常に個人的な旅でもあった。思想的には人類学者の先駆みたいなとこがあったけれども、いわゆる人類学的なフィールド・ワークではないということです。

その結果というか、フランスへ戻り、そうこうしているうちにアイルランドへ行くことになる。そのあたりの事情はよくわかりません。当時、アルトー自身が言っていたのは、「聖パトリックの杖」と称される奇妙な形の杖をアイルランドの地に返すため、それが旅の名目です。カトリック的動機と言っていいかもしれません。そしてアイルランドで何らかの悶着が起き、フランスへ強制送還されることになります。ホームレスを収容するダブリンのイエズス会救済所みたいなところにいて、そこで司祭といざこざを起こし、強制送還措置がとられたようです。そのとき何が起きたのかは、実際、本当のところはよくわかっていないのですが、強制送還後の法的措置として精神病院監禁になるのですから、何らかの騒動が起きたことはたしかだと思います。ただもっと一般化して言えば、アイルランドはアイルランド風にカトリックであり、しかもヨーロッパの一番古い土地であり、ケルト的なものがたくさん残されています。パリのフランス風カトリックの風土とはかなり違います。ジョイスなどのアイルランド出身の作家たちもそうですが、二十世紀までそれは引き継がれていますし、アルトーの観念にとってまさにそういう場所に「聖パトリックの杖」があった可能性もあるとは思いますが……。これは単なる僕の感想です。

――そしてオカルティズムにいれこむ時期が来ますね。

はい、アイルランドへの旅の少し前からです。オカルティズムとアルトーの関係は非常に複雑です。アルトーには若い頃から神秘主義的傾向があったのかどうかははっきりしませんが、すでに述べたとおり『ヘリオガバルス』には神秘主義的な部分があります。そしてメキシコからパリへ戻ったこの時期のアルトーは明らかにオカルティズムへ傾斜しています。『存在の新たなる啓示』という本を書いていますが、これは完全にオカルト本と言えるもので、カバラや数秘術的な記述が見られます。僕にはお手上げの本です。ところがそれほど長い期間をおかずにアルトーはオカルティズムを批判し始めます。「呪い」などのキーワードというか、ある種の「構造分析」(笑)は最後まで残されますが、「自分の病気の原因はオカルトにあった」とまで言い切るわけです。ではオカルティズムの脅威から吹っ切れて、科学的合理主義者になったかというともちろんそうではないですね。

――そのあとカトリックにいれこみます。

精神病院に監禁されていた頃、特にロデーズでその傾向が強まったことが手紙からわかります(『ロデーズからの手紙』、アルトー・コレクションI)。しかし一年後にはその考えも自分で否定し始めます。この点も非常に複雑ですが、言うまでもなくキリストの「身体」をめぐる思考も絡んでいて、キリスト教の歴史、その解釈についてのアルトー独自の主張もかいま見えます。アルトーは、その昔『シュルレアリスム革命』誌のアンケートで、すでにセクシュアリティと自殺について他のシュルレアリストたちとは全然違うことを言っていました。アルトーにはセクシュアリティそのものの否定があります。シュルレアリスム運動の時期、この否定がカトリック的なものであったとは僕には思えませんが、これにはもちろん彼自身の「性」、その経験も関係していることでしょう。ご存知のとおり、若き役者アルトーはハンサムでしたから、すごくモテたでしょうし、アナイス・ニンをはじめ、そのようなやりとりの独特の関係が手紙などから推察することができます。それに、よくわかりませんが、女性は彼から見ての「女優」の萌芽であり、演劇における弟子的な扱いをしていた面もあったかもしれません。とにかくアルトーの恋愛関係は普通の意味では想像しづらいです。その意味ではすでにアルトーは「破綻」しています（笑）。晩年のアルトーの健康状態を心配してやって来る女性たちに対してもそうでしたし、全員がアルトーにとっての「娘」なのです。

ロデーズでカトリックに戻ったのも性に対する憎悪が根底にありますが、生殖が諸悪の根源だとしたのはむしろグノーシス派です。フランスだとカタリ派などです。アルトーはグノーシス的であると述べても、そのような観点はあまり意味がないと思いますが、アルトーが身体のことを考え、自身の身体を生きようとしたとき、同時にキリストの身体の問題が歴然とあったことは確かだと思います。そこには「悪」それ自体の問題もあります。『ロデーズからの手紙』はそれとのアルトーの格闘を生々しく伝えています。一方、カトリックの処女懐胎や無限罪の御宿りの教義はものすごくねじまがった論理ですが、キリスト教的、カトリック的身体がアルトーにつきつけた問題は案外大きいのかもしれません。ダンテは『神曲』天国篇のなかでマリアのことを神なる父キリストの「母にして娘」と書いています。例えば、ダンテとは別の派であるフランチェスコ派神学者ドゥンス・スコトゥスなども同じような神学的論点をもっていました。これはほとんど近親相姦的じゃないかと言う人がいるかもしれませんが、そこにはイエスが現世的な神としてどのように生まれたかという歴史的神学的な問題がはじめにあって、カトリックにとって、キリストやマリアの身体をどう扱うか、生身であって幻ではない神の身体の位置づけをどのように理論化するのかということがあった。聖母マリアの教義の前提にはそれがある。ユダヤ教やイスラムはそれを認めませんし、プロテスタントもそうですが、神を産んだマリア自身の神性はもちろん、イエスの歴史性の神的独自性は否定されるか、否定されなくてもただの預言者だという扱いになるわけです。少し後にアルトーは「ゴルゴダで処刑されたのはあのキリストではなくアントナン・ナルパスだ」などというようなことを言っていますね。アントナン・ナルパスとは自分のことです。今、僕には何とも言えませんし、もちろん字義通りとはいきませんが、アルトーとイエス・キリストというのは一つのテーマでしょう。

――ロデーズでアルトーはどのような状態だったのでしょうか。

ナチス＝ヴィシー政権による占領地から被占領地にある病院ロデーズ精神病院へのアルトーの移送に尽力したのは、かつてのシュルレアリスム運動の盟友であるロベール・デスノスでした。まさに戦時中から終戦にかけての頃です（そのために監禁中のアルトーは栄養失調でもありました）。ロデーズ以前にいた精神病院はいくつかありますが（精神病院をたらい回しにされていました）、最初は自分が誰かもわからず、文字も書けない状態だったと言われています。アルトーは「毒を盛られた」と何度となく手紙に書いていますが、治療と称される薬のせいで廃人のようになっていた可能性もあるのではないかと僕は思っています。医者やインターンの証言によると、ロデーズでもまだアルトーは狂人のように振る舞うときがあったと言われています。死霊と戦ったり、自分で悪魔祓いのようなことをやるときもあった。しかしそれは病院側の証言です。ところがアルトーの書いたものを見ると、その思考はこのロデーズ精神病院で明晰になっていく。それがまさに『ロデーズからの手紙』です。まったく書くこともできなかった人が、治療の効果などではなく（アルトーは電気ショックを含めた自分の治療に対して何度となく明確に抗議しています）、とびきり明晰な文章をまた書き始めたのです。驚くべきことです。

これは精神医学的な問題にも直結しています。たしかクレペリンによるものでしたか、分裂症患者（僕は統合失調症という用語に反対です）たちの手記などを読むと、それはそれでとても興味深い。しかしアルトーの『手紙』の文章はまったく異なるタイプのものです。内容は古典的ではもちろんないが、かつてのように古典的な文体といえるものを書くことができる。アルトーはパラノイア強迫や分裂症と診断されましたが、実は狂っていなかったじゃないか。今では詐病だったのではないかと言う人までいますが、僕は詐病だとは思わない。どうしてそんなことをする必要があったでしょう！　外部から見れば狂っているように見えたのでしょうが、とにかく一般化できないところがある。僕の言っていることは相対的なことなのでしょうか。もちろん、ドゥルーズ＝ガタリのように、分裂症それ自体からアルトーの言葉を浮き上がらせ、それが資本主義社会のなかでどのような力をもつのか、分裂症的な力はどのように形成されるのかと提起する立場もあるでしょう。ちなみに精神医学に「アルトー症例」という言い方があるくらいですが、『テル・ケル』の作家たちは、そうではなく「アルトー状態」だと言っていました。精神医学的観点から見てもアルトーに起きたことをいまだに理論的にも臨床的にも解決できていないのです。

オペラ的綜合

――そこで「身体」がでてきます。

僕の感想では、初期のアルトーは自分の身体を唾棄していて、「存在」を憎悪していたような印象があります。この否定がしだいに逆転してくるように見えます。『演劇とその分身』では演劇の身体と言っていますが、「残酷の演劇」にとってそれは「身体」そのものになりかけている。しかし「普通」の身体ではない。役者だけの身体ではない。だけど普通の身体とはいったい何でしょう。そんなものは存在しない。かつて役者の演技、その仕草、役者の身体がアルトーにとっての演劇のエポケーとなり、そこから理論的とも言うべき身体の考察が始まったが、いまやカトリック的身体はアルトーにとって虚偽の身体となり、分裂し、それはバラバラになる。

このことはアルトーの言葉の変化にも見られます。ロデーズ以降、後期のアルトーがずっと書き留めてきたノートである『カイエ』（アルトー・コレクションⅢ）にはいたるところにその戦いの跡が見られます。最晩年の『神の裁きと訣別するため』では「身体を寄せ集める」という言い方をしています。バラバラになったものがもう一度アントナン・アルトーの身体のうちに寄せ集められるわけです。その向こうにというか、こちら側でもいいのですが、「器官なき身体」が現れる。これを少し俯瞰してみると、アルトーには『ヘリオガバルス』のように演劇的構想というものがつねにあったと思われますが、最晩年の仕事、『アルトー・ル・モモ』（アルトー・コレクションⅡ）や『手先と責苦』（アルトー・コレクションⅣ）には、エクリチュールの次元において、その綜合への意思のようなものをすら僕は感じるのです。もちろん、一般的な意味での演劇的構想ではありません。もともと、役者や戯曲のテキストだけでなく、劇場から、衣装から、客席から、音まで、すべてにはっきりとしたイメージがアルトーにはありましたが、ヴィユ＝コロンビエ座の講演会を最後にアルトーにとってそれらのことは物質的に実現不可能になった。それで最終的には演劇としてではなく、それは本の構想として顕れた。先に挙げた二つの本には、明らかに演劇的あるいは戯曲的構想があったのだと思います。

あるいは演劇というよりオペラかもしれない。アルトーは音に対してとても敏感だったようで、僕の知る限りでは、そのことを現在ではむしろ演劇人たちよりも音楽の人たちのほうが敏感に感じとっているくらいです。つまり少数ながら現代の音楽家やミュージシャンにもアルトーの「残酷の演劇」の影響があると思います。アルトーには「ノイズ」があるのです。だから音楽に対しても新しい考え方をもっていたはずです。作曲家エドガー・ヴァレーズとアルトーは一緒にオペラを構想したことがありました。二人が写った写真もありますが、たぶんオペラはアルトーの精神病院への監禁によって実現しなかったのかもしれません。とても残念です。何しろヴァレーズですよ！　僕はよくこの幻のオペラのことを思います。晩年の「身体の凝集」にはその独特なオペラ的綜合のイメージがあったのではないかと思います。

――最後のアルトーは意識などすべてを否定して「身体」だけだといいます。

若い頃の病気の体験もありましたし、最後は全身癌にかかりましたが、「身体」ということでは、病とアルトーは切り離せません。病気になるとまず自分の身体を意識せざるをえない。意識も身体に含まれます。それは否定的な状態であるのか。アルトーの「身体」にとって、麻薬の経験もまた非常に大きいと思いますが、僕の知る限り（笑）、通常の麻薬中毒者とは違います。十九世紀からだけを考えても、麻薬を使った作家や芸術家は大勢いますが、どう言えばいいのか、アルトーはいわば麻薬のテクノロジーのようなものをわかっていて、我がものとしたのではないか。あえて言うなら、二十世紀ではアルトーとバロウズだけでしょう。コクトーやアンリ・ミショーのケースとも全く違います。ドゥルーズが「器官なき身体」について言っているように、例えばマゾヒストの身体、倒錯者の身体、アルコール中毒の身体、薬物中毒の身体はネガティヴな身体の顕れですが、まさに「身体」そのものです。身体の歴史というものがあるのかもしれません。「器官なき身体」はもうひとつ別の身体ですが、社会的網状組織のモデルなどではなく、「この」生々しい、それでいて哲学的と言ってもいい身体なのだと僕は思います。そうはいっても、ともあれアルトーの身体の哲学には彼の個人的な長い歴史があった。それを思うと気が遠くなりそうです。

アルトーは自分をフランス的な作家だと言いますし、古典的な文体を書くことができました。内容ではないですよ。しかし晩年には、意味不明な呪文のような言葉が登場するだけではなく、「言葉」自体が分断、切断され、引きちぎられ、ヤスリにかけられ、石臼で引かれ、粉砕されて粉々になります。しかしそれだけではない。この真実の言葉の断片を古典的な文体の文章が取り囲んでいたりして、ものすごく意識的というか意図的なところも見受けられると思います。この点もシュルレアリスムとは異なるところです。アルトーには自動記述はないし、催眠実験もない。客観的偶然もない。アルトーは古典的な文体を書くことができたと言いましたが、そうであるからこそ、したがって本当に文体が「破綻」するのは晩年です。破綻しなければならなかったのです。思考の崩壊の問題が最初にあって、それは最後まで貫かれます。まさにそこにこそアルトーの「身体」が見えるようです。生涯、彼は「役者」です。しかし彼にとっては演技などもうどうでもいい。演技ではない演技をやらなければならない。どうすればいいのか。病んではいるが、さまざまな意味でアルトーには「身体」しか残されていなかったのでしょう。

――アルトーは、身体は死なないとも書いていますね。

それこそが「器官なき身体」なのでしょうが、僕は医学的にもこれには正しいところがあるのではないかと思っています。医者が診ているのは、病んではいるが、生きている身体です。かならず生は終わりますが、「死」そのものはどこにあるのでしょう。「器官なき身体」は生きている体ですが、中国の伝統的、道教的な考えに近いところもある。現在でもそうですが、西洋医学というのは解剖学的身体が基礎になっていて、解剖学をモデルに身体のイメージが出来上がっていますが、アルトーは反解剖学的です。「演劇と解剖学」など解剖学を呪った文章もあります。アルトーはある意味でルネサンス的人物であったと僕は考えていますが、その点では同時にアンチ・ルネサンスでもありました。解剖学は遠近法とともにルネサンス思想に含まれます。人体解剖図を確立したのはダ・ヴィンチですが、つまり目に「見える」ものにしたのですが、その身体デッサンはずばり死体解剖をもとにしていますよね。つまり死体をデッサンしたわけです。生きている体ではない。当時の死体解剖はヴァチカンの管轄で、ダ・ヴィンチは犯罪的行為を働いたことになります。

そこで死なない身体を考えなければならなくなるのですが、反ヘーゲル的な言い方をすれば、「死」というものはないのではないのかと僕も思ったりします。生物学的な意味では生は終わるのですから、生者でなくなったものはいます。死者と呼ばれる存在はあるのでしょう。でも死者もまた生きているかもしれない。しかも逆に死んでいる状態は生きているときにもあるのではないか。生物学的に終わりはあるけれど、死神は「死」をここまで運んでくるのか。「棺桶の六つの板があるから人は死ぬのだ」とアルトーは言っています。

——デッサンも多く描いています。

アルトーは若い頃から絵を描いていました。最初は印象派のような絵でした。晩年、アルトーはつねにノートに何かを書いていました。どこにいてもノートと鉛筆をもって何かを記していました。文章が書けないときはデッサンし、絵を描き、それも描けないときはノートに棒のような線を引いていたらしいです。とにかくずっと何かを書いていた。デッサンや絵はその延長にあったと思います。アルトーのデッサン、特に肖像画は絵画として見ても素晴らしいと僕は思っています。「手の世紀」！若いランボーは「俺は手なんか持つものか」と言いましたが、アルトーはずっと書いたり描いたりしていたのです。何のために？　生きるためです。その頃はロデーズをついに退院して、イヴリーというところで相対的に自由な生活を送っていたのですが（それは二年ほど続き、アルトーは五十三歳でそこで没します）、部屋で書くときは片手にハンマーをもって木の台を叩くこともあったようです。そこにはアルトーの音楽もあったということです。デッサンすることも当時アルトーの血肉になっていて、生きるために必要でした。

アルトーの最後の本は『ヴァン・ゴッホ　社会による自殺者』でした。それまでゴッホのことを知らないわけはないはずですが、一言も書いていません。アルトーは当時開催されたゴッホの大回顧展を見ています。ヴァン・ゴッホについての美術評論にはじめて精神医学的観点が導入され、それが流行し始めた頃です。それを読んでアルトーは激怒したのです。「知ったかぶりの医者ども」とアルトーは言っています。最後にアントナン・アルトーはヴァン・ゴッホのなかに自分を見たのです。ヴァン・ゴッホを理解し、その絵を解き明かし、賞賛するためです。

二〇二二年七月

鈴木創士

COSMAGONIE

管啓次郎

彼の作品に一貫性があるとしたら、それは彼の独自の文体以外のものではなかっただろう。彼がつける本の題名は、じつはすべてサブタイトルでしかなかった。彼の本の本当のタイトルはどれもメルヴィル、メルヴィル、メルヴィル、またメルヴィルで、つねにメルヴィルだった。

（ジャン・ジオノ）

Cosmogonie とは宇宙創生論
Agonie とは断末魔の苦しみ
だがあらゆる誕生と死に抗して
生をギクシャクした叫びのようにしか
生きられない者がいる
声だけではない　所作も　文字も

すべては持続する叫び
大嘴に擬態する天使の放つ音響
よく気をつけてごらん
オーロラの唸りが
すみずみまで鳴りわたっている
「彼を読むって?
いま読む彼の言葉がたったいまきみに
宛てて書かれたものとして読むのでなければ
意味がないよ
彼が記したことをすべてそのままに
受け取るつもりがなければ
意味がないんだ
一部を受け取り一部を捨てる
そんな読み方にはまるで意味がない
きみは彼をまるごと信じているか
まるごと読めるのか
きみには読めないよ
きみにはむりだ」

管啓次郎

ぼくには彼を読むことはできなかった
のかもしれなかった
だが読まずにいるということも
やはりできないのだった
あるとき突然襲ってきたつむじ風が
きみにむかって「通れ」といった
通過せよ　わたれ　帰ってくるな
その移行は一回きりのできごと
投げつけられた石礫を逆向きに
飛ばすことはできない
「ずっと以前から死には興味がない」
(Depuis longtemps la mort ne m'intéresse pas.)
その彼のつぶやきがぼくには大きな意味をもったのだ
つぶやきには少なくとも三つの区分があるだろう
口すら動かない無声のつぶやき
近くにいる人なら聞こえるつぶやき
そして叫び
つぶやきを叫びながら

からっぽな声によって空間をかたどってゆく
鏡の裏に銀を塗るように
何もない空間の裏に声を塗る
生の裏にそのようにある陰険な死を
出し抜くために
彼がしめしてくれた技はそれだ
有象無象に抗して
「かれらを神とは呼べない
それらの名がしめすのは力
存在のあり方
あるという巨大な潜在力のさまざまな様態
それらが原理に　本質に
実質に　要素に
多様化してゆく」
おなじく彼も力だ
人ではない
彼を人としては語れない
彼が誰かについて語ったことなら

管啓次郎

彼への通路となるかもしれない
だが何のための通路
そこを数億もの微細な粒子が通過するだろう
無から存在を通過して
無へ
虚無から印象を通過して
虚無へ
「私は不可能を探しにゆく」
(Je pars à la recherche de l'impossible.)
だが漢字は視覚的に
余りに邪魔だ
この黒々とした夾雑物
眼球の中を泳ぐ灰色の魚の群れ
すてていい
そのためにひっしに　ぎこちなく
てあしをばたばたとうごかしている
みえなくなるために
かそくする

管啓次郎

なかばとうめいのしんたいが
めのまえをよこぎっていく
みずのなかのみずのように
わたしはおぼれる
バンドネオンのぜんめいがきしり
しきりにつめたいひばなをとばしていた
クラヴィコードがちゅうせいのごときおんりょうで
ちんもくをかきみだす
「青空が青いミルクのように
鼻腔から流れこんでくる」
彼とは、どのように、誰？
存在の周波数を考えてみるといい
存在を実質に還元することはできない
いまいない　いまいる
いま見失った　いま見つかる
ある帯域にゆけば彼は聞こえるし
別のレベルでは聞こえない
そのときには存在しない

だが力は雲のように
実在の上を泳いでいる
ありえない速度で
惑星のまわりを飛び交うこともある
彼があまりに見えないので困っていると
アッシジのフランチェスコが言葉をかけてくれた
「私は自分自身から永遠に不在である者
自分の道のかたわらをいつも歩く者」
それはそうだろう
思考はそれ自体としては不可能であり
存在もそうだ
惑星とはさまようものだが
私を私と呼ぶ私自身が
私にとって惑星でしかないとしたら
そして私は透明な水底に沈んでいるのだ
鎖にしばられて
「草が歌っている
ろばたちが通過する

魂が笑っている
私の体もようやく透明になった」
私の声は死者の声
しかしかつて生きたことのある死者ではない
私の体は死者の灰
だがその灰を形成するのは
私以外のあらゆる物質だ
いくど燃やしても灰たちは執拗に
鳥になる
そんなふうに構成される
ということにこの世の秘密があり
まぬかれることのできない運命がある
有機的構成をもしまぬかれることができたなら
それだけで高らかに勝利を歌っていい
機能から解放されるとき
知恵の第四の目がひらく
それは盲目の目
私がかつて見たもっとも感動的な光景は

管啓次郎

COSMAGONIE

盲目の老いた大きな犬の
首につけた紐を
より小さなもう一頭の犬が
くわえて導いて歩いているところだった
イスタンブールでのできごとだった
人間たちよ　道をあけろ
避けようのない明晰さをもって
二頭の犬は歩んでいる
かれらの道からは隔てられつつ
その確実さは私にもわかる
人間やその模倣者である悪霊たちには
けっして届かない明晰
われわれは肉体と言語によって
あんな確実さから隔てられている
たとえば私のすべての瞬間に
追いつく言語はない
止め　刺すものとしての言語は
私をつねに緩慢に殺す

管啓次郎

関節に支配され重力に従属する肉体は
しゃっくりをし　ひきつっている
言語と肉体の外ではどうか
「私はあるひとつの想念の
あるひとつの音の
印象のもとに
何時間もじっとしていることがある
私の情動は時間のうちに
展開するのではない
時間的継起をもたない」
いわゆる時間の外で
魂がみちてくる
あるいはひいてゆく
月がくるくると回る
椅子にすわり　また立ち上がるという
ただひとつの動作を
百年かけて演じるのはどうか
ただひとつの思念を一瞬も途絶えることなく

十秒間持続させることができるか
できるか?
人間にできることではないだろう
情動だけでなく行動も
必ずしも時間的に継起するわけではない
それをいうなら
生が継起的であることも
必ずしもいつもそればかりではない
それに気づくとき
「芸術」とか「演劇」がはじまる
"Art must be cognitive."とスーザンがいうので
"Artaud must be cognitive."と答えた
認知したときそのとき始まるのが彼だ
というか認知を問うのが彼だ
われわれがつねに取り逃しているあまりに多くを
出現の予感においていたるところできらめかせる
そのための技法を
開発し実践していた独創的なヨギだ

感覚し認知することができるとして
問題をつきつけてくるのは言語
狂気を強いる貘
思考を踏みあやまらせるもの
ほらまた黒い穴に落ちてゆく
そこに渦巻くのは何？
カオスとは誕生と消滅が
無限の速さで交代するものとして
誕生ではなく未生でもない
カオスへと帰っていこうとするのか
したがってそこは過去ではない
未来でもない
今しかない
文字には留まらない
カオスをどのように浄化して
今に最大限に導入できるか
その浄化のために、山
ポポカテペトル、山

管啓次郎

COSMAGONIE

ヴェスヴィオ、山
クラカタウ、山
コリャークスカヤ、山
アサマ
そんなすべての火山の噴火を
息を呑んで待望している
だがむだだ　火山には演出が欠けていて
それらは冷たい炎を噴き上げ
むなしく無声映画のように叫ぶだけ
火山に見放されるとしたら
アイルランドのように救われない話だ
でもあきらめるな
きみの体をよく見ろ
みいらのように痩せさらばえて
肉なく浮かんだ肋骨の並びは
まるで出来損ないのシロフォンだ
ねずみが骨を鳴らしに来るよ
血がない

管啓次郎

心臓なんかひからびた
ざくろでしかない
それでも作ろうとしている
それで手紙を書く
きみは文字を書く
きみは手紙を好んだ
好んだという以上に手紙を強いられた
思考の不在には慣れていた
それで文字が思考の類似物となった
きみは誰にでも手紙を書く
だがすでに手紙は物質ではなく
ある形而上学的紋様になっている
手紙をすべて大文字で書けば何かが変わるだろうか
手紙をすべて未知の言語で埋めつくしたならどうか
純粋な精神とか霊とかに囚われることなく
純粋な肉体を文字のほうへ誘うことができるか
檻に入れられた鸚鵡と猿
船の甲板を歩む瀕死のアホウドリ

COSMAGONIE

大洋の真ん中で
星空のもとに眩い溶岩を噴き上げる火山
マウナロアの美しさ
さらさらと水のように流れる炎
「大地は火の氷の下の母」
(La terre est mère sous la glace du feu.)
その母は個々の存在を生むのではない
生命とはまるごとのひとつ
それが凍った大地の亀裂から
炎となってほとばしる
「生はさまざまな問いに燃えている」
(La vie est de brûler des questions.)
そうだ
だが考えるということを理解できたためしがない
思考は間歇泉のようだ
思考は一瞬も途絶えることがない
思考には猶予がなく迂回がない
思考は感光し定着することがない

どこにもたどりつかない
私はただ自分自身の目撃者
「器官としての精神、霊
翻訳としての精神、霊
事物を怯えさせる精神、霊」
そのすべてに反抗して
このここの重力から離脱することを
試みるだけ
生は反復に囚われている
反復不可能を実現するとき演劇は演劇になる、だから
生を演劇化せよ
「やるべきことはもうひとつしかない
自分を作り直すこと」
(Je n'ai plus qu'une occupation, me refaire.)
寝台に腰かけたまま
息絶えるまで。

心の住人、アルトーとの友情について

金子薫

二十歳の時に『神の裁きと訣別するため』を読んで以来、アルトーは私の心の住人となってしまった。

現在に至るまであらゆる場面において、不誠実な豚の類いに遭遇すれば、アルトーは私とともに怒り狂ってくれたし、酒の席で何かしら突拍子もない笑いの種を見つければ、彼はやはり私とともに哄笑してくれた。

それはこれからも変わらないと信じている。アルトーは私の心の部屋から退去せず、拾い上げてみれば否定と悪罵ばかりの、ごつごつした言葉の石ころを、無造作に床に転がしたり、四方の壁に力の限り投げつけたりしている。彼はそうして時間を叩き潰している。

アルトーの作品を読み、アルトーについて考え、アルトーと怒り、アルトーと笑っているうちに、私は彼と友人になっていた。勿論、反りの合わない部分も多々あり、例えばアルトーは私の書く小説など吐き気を催すほど嫌いであるかも知れない。

マルト・ロベールに対してカフカの小説に関する苦言を呈したように、私の小説にも嫌悪を露わにするのではないか。アルトーにとって言葉とはぺらぺらの象徴であってはならず、思考を捉え損ねる役立たずの紙片であってはならず、それ自体、物質としてエネルギーや量感を伴って存在しており、いざとなれば鷲摑みにして投擲でき、また、千々に砕いて新しい意味および無意味を取り出すことのできる、鉱石の如く硬く、かつ可塑性に富んでいる音の塊でなくてはならないのだから。

いずれにしても私とアルトーはおそらく馬が合っており、結局、卒業論文も修士論文も、処女作さえも彼に捧げることになった。小説家になり研究の道には進まなかったが、今でもアルトーの言葉を食べるように読み続けている。凡そアルトーから影響を受けたとは思えない、ひょっとすると臆病で詰まらぬ作品を書いているのかも知れないが、それにも拘わらずアルトーは私の傍らにいてくれる。彼の言葉は楔の如く心臓に打ち込まれており、先には釣り針のように返しがあり、もはや抜くのは不可能である。

アルトーのことを考えると無性に勇気が湧いてくる。怒りと笑いが込み上げ、胸のうちは黒々と白熱していく。形容矛盾ではあるが、アルトーの言葉は眼も眩むほどに眩しい黒を纏っている。

彼の言葉が心に黒く燃えているからこそ生きるのをやめられない。自らの思考の不可能性をめぐる、アルトーの詩や演劇における苦闘の軌跡が、逆説的に私に思考を促し、ある種の様式での生存を強制する。残酷劇の観客さながらに、私はアルトーの演出するスペクタルに呑まれてしまった。

二十一歳の夏、メキシコへ行き、アルトーが口にした幻覚仙人掌、ペヨーテを自分でも食べてみた。アルトーと付き合うならば、是が非でも食べなければならないと思っていた。

友人と二人で、メキシコシティからサンルイスポトシへとバスで州を移り、マテワラを経て石造りの町レアルデカトルセを訪れた。二十を過ぎたばかりの私たちにとっては、随分と心の弾む冒険であった。

レアルデカトルセで馬を借りて跨がり、半砂漠地帯を進み、ついに見つけた棘がなく丸っこい仙人掌、ペヨーテを、案内人に勧められるままに、付着している砂だけ手で払い落として、丸ごと一つ頬張った。

苦く青臭く、信じられない位に不味かったが、温くなった炭酸飲料の助けを借りて何とか飲み下した。それから再び馬に跨がり、メスカリンの幻覚作用が始まるのを待ちながら、レアルデカトルセの町へ戻っていった。

ペヨーテは充分に効いた。快い酩酊を味わいながら、私と友人は馬の背中に揺られて帰路を愉しんだ。視界においては光量や色彩に変化があり、数世代に亘って改良に改良を重ねられた、最高画質のスーパーファミコンのなかで旅をしているかのようだった。

空の青は青より青く綺麗に見えた。また、グラフィックは鋭角的に映り、どこに眼差しを送ろうとも即座に焦点が合った。砂地に生えている仙人掌も、枝に実っている小さな果実の集まりも、馬で脇を通り過ぎる瞬間に、細部まで輪郭を見て取ることができた。

しかし、これではどこまで行っても気楽な学生の冒険譚でしかない。文字通り西洋から抜け出し、ヨーロッパ文明が己の躰に染み込ませていた毒素を、完全に解毒するべく試みられた、アルトーの決死の旅とは比べられる筈もない。

船での長旅を余儀なくされ、さらには阿片中毒との闘いも並行して進行していた、アルトーの果てしのない狂熱的な挑戦と、私たちの周回遅れの、ヒッピー崩れの小旅行では、動機の切実さも道中の困難も何から何まで質が異なる。同じ植物からアルカロイドを吸収したとしても、当然ながら同一の体験とはならず同一の危機に身を晒したとは言えず、私は私のままであり、依然としてアルトーはどこまでも遠くアルトーのままであった。

それでも尚、私は考える。アルトーを読むという行為を、不可能ではあれどアルトーの生を追って体験することに、ほんの僅かでも近づけられないなら、アルトーを微塵も実践できないなら、似非哲学を開陳する際に威勢よく引用する程度に留めておくならば、敢えて彼を読んでも仕方がないのではないか。

アルトーの語る思考不可能について思考しようと頭を悩ませ、上演不可能と言える残酷劇の舞台を思い描き、誰も彼のようには生きられないことなど百も承知の上で、遺された言葉や作品群を貪り食い、時には仙人掌も頬張り、彼を実在する友人として迎え入れること以外に、私にはアルトーと付き合っていく方法は見つけられなかった。

痛みと苦しみによって貫かれた、余人には近づき得ぬ生を送ったアルトーを心に招き、苦楽をともにして、自分自身が罵詈雑言の器となり、彼に代わって世界に悪態を吐くこと。怒りとユーモアで問いを燃やし尽くそうとする、この困難極まる営みを持続させている限り、アントナン・アルトーは誰より心強い友でいてくれる。

哀れなアルトー？

ソンタグ、デリダ、デカルト、土方巽のあいだで

宇野邦一

「白状しなければならない、もちろんごく手短に」、とその哲学者は語り始める。アントナン・アルトーに対する熱情的な賛美を、多くの人たちと「私」は共有しているが、この人々とは違って、私はアルトーにいわば「熟慮された嫌悪」によって、また「本質的な反感」によって結ばれている。その反感とは、宣言された内容や、一連の教義に対して私のなかに蓄えられたもので、これらはなんらかの誤解のせいもあって「アルトーの哲学、政治、イデオロギー」などと呼ばれてきたもののことである。「このことは長々説明するに値しよう」。「私」の中で、アルトーに対するたえまない戦争が続いており、そのため彼は「特別で悲痛な敵」となり、あらゆる限界線のすぐ近くに存在し、私の生と死の仕事はその限界にたえず私を直面させている。私の反感は続いているが、彼との連帯も持続していて、私の思考に警戒をうながしている。アルトーあるいは彼の幽霊が、このことを否認しなかったように願いたい……[1]

原文のフランス語はもう少しこみいっているので、簡略に訳してみた。これはジャック・デリダが、アルトー生誕百年を記念するデッサンの展覧会のために行った講演のなかの言葉である。それはニュ

ーヨーク近代美術館(MOMA)で行われ、講演のタイトルもArtaud le MOMAとなっている。アルトーに対する「嫌悪」、「反感」ばかりか、彼との「たえまない戦争」、そしてその「戦線」などとは、ずいぶん大げさではないか。アルトー自身が生涯続けざるをえなかった勝ち目のない熾烈な「闘い」を知っていて、なおその本人とわざわざ「戦争」するなどとは、私は首を傾げざるをえない。それにArtaud le Mômo(「餓鬼アルトー」)というアルトー自身の作品のタイトルと、美術館の名称le Momaとの語呂合わせにも違和感を覚える。そういうわけでデリダのこの講演録は、しばらく読まずに書架の隅に片づけていたのだ。

それにしてもアルトーに対するこの「反感」はわからぬわけではない。アルトーの〈作品〉は読者を熱狂させる。熱狂せずにいられようか。熱狂のどこが問題か。もちろん熱狂にもいろいろある。すでに「熱狂」という語が紋切型である。そのうえ「熱狂」はしばしば同一化をともなう。アルトーに「なる」こと。いっしょに狂うこと。苦しむこと。薬をやること。あらゆる面で過激になること。そんなふうにのめりこんだことはないが、私も一人のアルトー主義者ではある。しかし周囲で、それほど目立って熱狂的な〈アルトー主義者〉に出会ったことはない。私が知らないだけか。そもそもアルトーに熱狂しても、アルトー教のセクトを作ることは難しい。アルトー本人が根っからの単独者であり、シュルレアリスムの運動からもたちまち除名されてしまう一匹狼であったことは、アルトーを読んで刺激されるのと同時に、すぐ気づかされることだからだ。

「たとえば文学におけるモダニズムの英雄時代を行きぬいた最後の傑物の一人（one of the last great exemplars）であるアントナン・アルトー」などという言葉で、アルトーを俯瞰的に論じたスーザン・ソンタグの論にも、私は辟易したことがある。じつは「読まれない」ことによって、文学・思想の古典となった作家たちのひとりとしてアルトーをあげ、その独異性を、そして「正しさ」を注意深くよみとろうとした彼女の「アルトーへの道」という評論は、たしかに貴重な指摘を含んでいる。しかしそのテクストは、同時にほとんど風俗やブームに溶け込んだ「読まれない」アルトー像と、彼女自身が切実に読みこんだアルトー像を絶えず交代させながら進んでいる。

「アルトーとはわれわれに代って魂の旅（spiritual trip）をしてきた人物なのである――シャーマンなのである。彼の旅した世界を植民可能なものに還元してしまうのは、不遜なことでしかあるまい。その旅の権威は、想像力にきびしい不快感を与えるほかには、読者に何ひとつとして与えようとしない部分にこそあるのだ」[2]というような一文には、この両面がないあわさっている。「アルトーの作品のかつては異様とされたテーマの大半が、過去十年の間に、すっかり有名な話題になってしまった。薬物をとおして見いだされる英知（あるいはその欠如）、東洋の宗教、魔術、北米のインディオの生活、肉体言語、狂気の旅。「文学」への反抗、非言語芸術のかちとった名声。精神分裂症の評価。観客に対する暴力として芸術を利用する姿勢。猥雑の必要性。みなそうである。一九二〇年代のアルトーは、六〇年代のアメリカの対抗文化の中で有力になってくる趣味のすべてを先取りしている〔……〕」[3]。

もちろん、こんな指摘そのものがソンタグのアルトー論の核心ではない。「アルトーが今日もつ意味なるものは、これまで彼の作品をおおっていた無名の闇と同じく、誤解をはらんだものかもしれない」。ソンタグはその「誤解」についても言葉を費やしているが、誤解に抵抗し、そのために書いている。誤解されたアルトーに「反感」を表しているが、アルトーは「シャーマン」であるなどと、誤解の波に乗っかるように書いてもいる。それは彼女なりのしたたかなスタイルでもあった。サド、アルトー、ライヒなどは、「絶叫するとか、おさえが効かないという理由で投獄されたり、精神病に軟禁されたりした作家たちである。際限もなく同じ言葉を繰り返しつづける、枠をはみだした、妄執性の、始末に負えない作家たちであり、引用したり、部分的に読んだりするぶんにはいいが、大量に飲みこんだりすると圧倒され、疲労困憊してしまう作家たちである」[4]。これはソンタグ自身の考えなのか。それとも彼らの本をじつは読まない人々によって捏造されたヒーローに対する批判にすぎないのか。

著作を読まずにアルトーの「今日的意義」などをもちだす人々に対して、最後にソンタグは「だが、読み通そうとすると、怖ろしく遠くのものとなる。アルトー、取り込むことの不可能な声、存在（he remains fiercely out of reach, an unassimilable voice and presence）」[5]とこの評論を結んで、それでも釘をさしている。読まない人々による偶像化を批判して、彼女なりに核心的な読みを試みている。しかしそのような偶像化を必ずしも誤謬として、全面的に退けようとしてはいない。アルトーを偶像化し、現代のシャーマンとみなすような見方も、まったく排除するわけではない。アルトーの現代性は、まったく孤立した唯一ものではなく、ある集団的な現象や条件のなかで出現したものであったからだ。それに対して覚めた批判を表明しながらも、ソンタグの「反感」は、デリダの精緻なテクスト読解の導入部に示された「反感」に比べれば、偶像化、神話化、そして知的流行の現象自体に関心をむけ、それに同調している面もある。ソンタグの批評はいくぶん社会学でもあり、流行も含む集団的夢想や理想、反抗や閉塞や幻滅の社会的動向に関心を失わなかった。アルトーの「ブーム」のようなものがあったとすれば、その面にさえも敏感である理由が彼女にはあった。

「社会の旧秩序が断末魔の痙攣にみまわれるのをみて不満と歓喜をたぎらせる一方で、最高の倫理性と知性の発動がみられる革命のときを生きている……」。そのような切迫した意識や衝動は、二十世紀にたびたび、いたるところで尖鋭に表現されたが、そういう「革命」は起きなかった。政治的革命が起きたところでは、革命がたちまちそのような「痙攣」をおさえつけ、文学芸術のモダニズムも粛清してしまった。シュルレアリストであったアルトー自身もそのような抗争の渦中におかれ、革命後のメキシコに滞在したときには、もっと大きな歴史的スケールで文明の行方について考える立場に身をおいた。私自身は、アルトーについて考えるとき、「モダニズム」というような言葉を思い浮かべたことはついぞなかった。しかし第一次世界大戦後のヨーロッパの思想的断絶や「痙攣」の渦中に生きた若者の一人だったアルトーが、シュルレアリスムや演劇改革運動から、やがて東洋の文化・思想との出会い、革命後のメキシコ、そこの先住民との出会いを通じて問いの地平を広げ、複雑にしていき、精神的葛藤を深め、やがてもう一つの世界大戦と重なる時期に病院に拘束されてしまう軌跡は、そのまま世界史の軌跡でもあるという感想をもってから、それが脳裏を去ったことはない。

デリダのほうは、決してソンタグのようには、「モダニズム」という歴史的文脈にアルトーを組み入れたりはしていない。「自己を取り戻すこと」をめぐるアルトーの「形而上学的怒り」というものを、歴史的観点から判断するようなこともしていない。「むしろある陰謀、社会的、医学的、精神医学的、司法的、政治的、イデオロギー的な機械装置、つまりもっと陰険な諸力と連合した哲学的－政治的組織網を糾弾しなければならない。そのような諸力は、とりわけ名前のない苦痛によって、名づけがたい受難によって、あの生ける雷鳴を、傷だらけの、拷問され、引き裂かれ、薬づけにされ、感電させられる身体におとしめる。そのような受難に残されていたのは、もはや名前を改め、言語を再発明するという可能性だけだった」と書くばかりだ。[6] それにしてもアルトーの問題は、「人間は誤って作られている」というような途方もない確信とともに、広大な歴史社会的平面に横たわっていた。

社会に対するアルトーの歴史的立場を、ソンタグは次のように説明している。「近代以降の作家の示差特徴となるのは、自分の地位を捨てようとする努力と、共同体に道徳上の奉仕はするまいとする意志と、自分自身を社会批評家としてではなく、幻視者、精神の冒険者、社会ののけ者として提示しようとする傾向である」。[7] 間違ってはいないと思うが、なんと素っ気ない定義だろう。それはまさに「定義」であり、何か果てしないもの、定義しがたいものを、定義に閉じこめてしまう言い方ではないか。もちろんそんな「言い方」よりも、ソンタグの「目線」がどこにあって、どういう俯瞰であるかが問題なのだ。アルトーの「努力」、「意志」、「傾向」などについて、どうして、このように包括的に語ることができるのか、という疑問を私は抱かざるをえないのだ。

アルトーを正面にすえて考え書きはじめた頃、私にとって避けて通れないと思え、強く引きつけられもした第一のことは、実に特異なあの〈思考〉の問題だった。デカルトの『方法序説』や『省察』

を、何種類かの邦訳を並べて熱中して読んでいた時間が、やがてそこに注いだようだ。「私はある、コギトは必然的に真である」、という確信に至ったあとも、デカルトは「用心しなければならない」と『省察』に書いていた。そもそもコギトに至るまでに、多くの途方もない懐疑のあいだを通りぬけたデカルトの思考のドラマは忘れがたい。「少なくともこの私は何ものかであるはずではないか。けれども私は、私がなんらかの感覚器官をもつこと、なんらかの身体をもつことを、すでに否定したのである。しかし私はためらいをおぼえる、それではどういうことになるのか、と。私は身体や感覚器官にしっかりつながれていて、それらなしには存在しえないのではないか。けれども私は、世にはまったく何ものもない、天もなく、地もなく、精神もなく、物体もないと、みずからを説得したのである。それならば、私もまたない、と説得したのではなかったか」。「しかし、私がみずからを何ものかであると考えている間は、決して彼〔私を欺くだれか〕は私を何ものでもないようにすることはできないであろう」[8]。それゆえ「私はある」という、この結論のほうが、デカルトの思想として知られているが、デカルトの途方もない疑いのほうにも私は注意をひかれていた。改めてそちらのほうに注目してみるなら、そこには思考と、思考の主体をたえずおびやかし翻弄するものに対してきわめて敏感で、ほとんど分裂的な思考のドラマがあったともいえる。「以前私は自分をなんであると考えたのか。もちろん、人間であると考えたのである。しかし人間とはなんであるか。理性的動物というべきであろうか。そうではない。なぜなら、そうすると、そのあとで、動物とは何か、理性的とは何か、と問わなければならなくなり、こうして一つの問題からいくつもの、しかもいっそう困難な問題へ、はまりこんでしまうからである」[9]。そして精神とは何か、身体とは何か、と問いながら「私はいたずらに同じことをくりかえして、くたびれるばかりである」。

このような悪戦苦闘を通じて、何が真であるか検証し、「私は考えるものである」ということだけは真であるとデカルトは確信するが、『省察』には、激しい疑心暗鬼のなかで揺れる思考のありさまが詳細に記述されている。デカルトとアルトー、唐突な組み合わせにみえるが、思考をおびやかすあらゆる出来事や状況や力に、デカルトがきわめて敏感であり、自分の中の「動物」と対面しつつコギトにたどりついたことは無視できない。私のアルトー論は、デカルトの稚拙な読みを通じて、デカルトが観察していた思考の〈脆弱さ〉のドラマによって準備されたといってもいい。〈脆弱さ〉とは、思考をおびやかす諸力の知覚でもある。その頃から、私にとって哲学は思考のドグマではなく、思考のドラマであったようだ。

もうひとつ十九歳の私にとって、ポール・ヴァレリーの「テスト氏」が秘中の名作のひとつだった。これもまた思考だけを主題とした風変わりな本だった。それ以外のことをすべて排除して、何のためでもなく、何の要求にも従わず、ひたすら確かな思考とは何かをテストする人物の奇怪な試みの記録を、デカルトの延長線上にある思考のドラマとして読みふけった。「この奇妙な脳においては、哲学がほどんど信用を失い、言語がつねに弾劾されているが、ここには仮のものという感情をともなわない思考はほとんど何も存在しないのだ。彼の強度の短い生は、メカニズムを監視するのに費やされる」[10]。厳格に「監視」された思考のメカニズムは、分解されて機能停止の寸前まで追い込まれる。世界とのあらゆる習慣的な癒着から思考を隔離して、その厳密な運用だけを監視するテスト氏の異様な思考は、故障したばらばらの要素の廃物のようなものになり、思考は音のない叫びのようなものになる。私にとって、それもアルトーに出会う前触れのような読書だったかもしれない。

今頃そんな前歴を思いだし、「ジャック・リヴィエールとの往復書簡」の中のアルトーとの出会いは、デカルトからヴァレリーに続いた未成年の読書の線上にあったことに気づいた。『テスト氏』とデカルトの『省察』をほぼ同時に、相照らして読みふけった私は、何かをよく知り、学び、考え、書く以前に、そもそも「考えることは可能かどうか」という問いに衝突し難破していたようだ。私もまた多くの青年のように分裂症的な時期を通過するなかで、まったくナンセンスな思考の状況にはまりこんでいた。そんな窮地を、詩的な作品を読み、みずからも詩を書くことによって、なんとか解決していたようだ。アルトーに出会うのは、そのような過程の延長線上でのことで、彼が「思考の不可能性」をめぐって書き続けた膨大な書簡と、その問いと一体の思考のドラマとして書かれた詩的テクスト(『神経の秤』……)に感応する強い理由を、私は自分のなかに引きずっていたようだ。

私が最初に出会ったアルトーは、シュルレアリストでも、現代演劇の前衛でも、神秘学や秘教に接近した作家でも、ゴッホに激しく共感する呪われた詩人でもなく、あの不可能な、硬直した思考の空虚との奇妙な対決を記述し続け、ひたすらその思考の「ドラマ」を記述する分類不可能なテクストを書いたアルトーだった。そして彼の残酷演劇も、映画の実験も、ヘリオガバルスも、晩年の病院で延々続く『アポカリプス』のような言葉とデッサンも、すべてはその「ドラマ」を淵原とするものと見えていた。ソンタグが言及した「シャーマン」のような、オカルト的カルト的なアルトーが、そこに忍び込むわけもなかった。

もちろんソンタグも、アルトーを時代の思潮や風俗のなかにおいて俯瞰しているばかりではなく、「未完結性」、「反ジャンル」のような傾向を指摘するばかりでもなく、みずからの「精神的欠陥を、終わりのない主題とする方向」や、「思考の受難を説明する記述」、「終わることのない悲惨さの生理学的現象学をのこす才能」、「苦痛と書くことの連動性」、「錯綜をきわめる肉体＝精神のもつれを細かく追ってみようという企図」、「極限状態における意識の地図をつくった偉大な勇者」などとして、私にとっても核心と思われたアルトーの〈内的体験〉に着目している。「一人称で書かれたものの歴史のどこをひもといてみても、精神的苦痛の構造をこれほど微細にうむことなく記録したものは見あたらない」[11]。

つまりソンタグは、ある思想的精神的傾向の典型や代表のようにアルトーを取り上げていることはあっても、アルトーの表現と体験を唯一のものとして描くこともしている。もちろんどちらのアルトーが真実か、という問いに正解はない。アルトー自身が〈呪われた天才たち〉として賞賛したロートレアモン、ネルヴァル、ヴァン・ゴッホたち、そしてソンタグもあげたようなサド、ライヒたちを含む星座に彼をおいてみることができると同時に、ニーチェとアルトーを精細に比較するような研究も現れている[12]。ソンタグの論は、たしかにアルトーとその「時代」への関心とともにあった。繰り返すが、そのような「時代」への関心に、私は同調しない。私にとってアルトーは「反時代的」である。必ずしも時代の風潮に反対するという意味ではなく、そもそも「時代」という観念に反対するという意味である。ニーチェの「反時代的省察」は、そのような意味で、時代の観念ばかりか、歴史の観念そのものに批判をむけていた。

ソンタグのアルトー論のなかでも、私にとってもっとも印象深いところは、たとえばアルトーの苦痛の体験を次のように読み取ったところである。「アルトーは、書く行為を解放したというよりも、それを意識の鏡とみなしつつ、疑いつづけたのである——そこからして、書きうることは意識自体と同じ幅をもつことになり、ひとつの陳述の真偽はその起源にある意識の活力と全体性によって決まることになる。彼は、意識の各部分に優劣の差異をつけるヒエラルキー的な(つまりプラトン的な)精神のとらえ方に反対して、精神のもろもろの主張の間に民主制をしくことを、つまり精神の各レベル、傾向、資質の権利が等しく認められることを主張する」[13]。そこでアルトーの言葉を引用している。「精神の中では、どんなことでもできる。どんな声の調子で語ることもできる。たとえ似つかわしくない調子でも」。それはホイットマン的な率直さでも、ジョイス的な放埓でもないとソンタグは断っている。そのことはアルトーが「意識の質」に、その痛苦の様相に、そこに浸透する肉体に、きわめて敏感であったことと関係している。このように「意識の質」、あるいは意識の区分や構成についてのアルトーの指摘にソンタグが着目したところには、強くひかれるのだ。それは意識から無意識を分割し、「局所論」によって精神を体系的にとらえるような発想とは根本的に異なる「意識」の様相に目をむけたことであるからだ。もちろんそれは理性から感情へと、ある序列において思考を区別し、差別化してきた哲学的伝統に対する反撃でもあった。

そして「アルトーの詩学は一種のどんづまりの躁病的なヘーゲル主義(ultimate manic Hegelianism)なのであり、そこで芸術は意識を綜括し、みずからを省察する意識となる」というような突飛な決めつけもソンタグはしている。アルトーはヘーゲルのできそこないの申し子であると言わんばかりなのは、笑えないユーモアだ。学界にむけてではなく、ジャーナリズムのなかで書いているソンタグの書き方（「キャンプ」？）には、触発されては、げんなりすることのくりかえしだ。パリで博士論文を書いていた時期に、木幡和枝、田中泯といっしょにソンタグと会う機会があったが、そこでアルトーの話になり、ソンタグがしきりにアルトーにとってのグノーシス主義の重要性を語ったことを覚えている。無知な私は詳しく聞こうとして食い下がったが、ハンス・ヨナスの研究から示唆されたことが大きいとだけ教えてくれたあと、ソンタグは話題を切り替えた。それ以降の接触はなかったが、のちに土方巽のアスベスト館を訪れたソンタグは、『神の裁きと訣別するため』のアルトーの肉声を、意外なことにそこではじめて聞いたということだった。そのカセット・テープは私が土方に贈呈していたものだった。そのあと彼女が木幡和枝に託した英訳の『アルトー選集』を受けとった。ソンタグによるその序文は、のちに『土星の徴しの下に』に収められる「アルトーへの道」そのものである。「アルトーの思想はグノーシス主義のテーマの大半のものを反復する」、「彼の創造しようとした演劇は、グノーシス主義の儀式の世俗版なのである」。「彼の使う中心的な隠喩は、グノーシス主義の正統に属するものである」とソンタグは書いて、アルトーの初期から晩年の著作にまで、グノーシス主義の反映を読み取っている。その部分はテクストの五分の一くらいあり、かなりの比重を占めている。「彼の作品は、グノーシス主義の思想の軌道を生き抜いた人間 someone living through the trajectory of Gnostic thought の初の完全な記録として、とりわけ貴重なものなのである。もちろん辿りついたのが怖るべき破滅であるにしても」[14]。

それではソンタグの言う「グノーシス主義」とはどんなものだったか。「グノーシス主義の根幹は形而上学的な不安と、激しい心理的痛苦とにある――見捨てられた、帰属すべき場を喪失したという感覚に。神聖なるものが消滅したあとの宇宙にとり残された人間精神に襲いかかってくる、悪魔的な力にとりつかれてしまったという感覚に。そのとき宇宙はひとつの戦場と化し、人間一人一人の生の内に、外からくる弾圧力、迫害力と、救済をもとめて熱にうかされ苦悩する個々の魂との格闘がみられることになる。宇宙の悪魔的な力は物質のかたちをとって存在する。あるいは「法」、禁忌、禁止のかたちをとる。つまりグノーシス主義の隠喩によれば、魂は肉体の中に墜落して、そこに見捨てられ、囚われの状態にある」[15]。厳密であろうとするなら、ソンタグのこのグノーシス主義の解釈、あるいは要約が的をえているか、まず問わなければならない。しかし私にその準備はないし、ソンタグの理解自体に違和感を覚えるところもない。それをアルトーのたどった思想的苦闘の道と重ねて論じたくだりは興味深く、驚かされるところもある。ソンタグ自身がそう呼んだアルトーの「モダニズム」が、グノーシスという古代の異端の教義と通底するという見方は、アルトーがヘリオガバルスやタラウマラに発見した神話的思考や儀礼の実践にてらしてみても重要なのだ。アルトーの探求を、あの思考不可能という問いから、はるかに長大な時間と地平の中に彼女は広げている。だからこそ、わざわざ私は再考しようとしている。

しかしソンタグのかなりふみこんだ解釈は、もちろん誰にもそうする権利があり、それは過剰であればあるほど面白くもあるが、「ふみはずし」と思えるところがある。ソンタグがこの論を書いた時代には、まだアルトーが入院してから書き続けた膨大なノートにアクセスすることは難しく、晩年の著作としてはそのごく一部が刊行されていただけだった。そのノート（そして書簡）の思索の展開からとりわけ浮かび上がってきたのは、キリスト教に改心したかに見える入院前後の時期から紆余曲折を経て、キリスト教への激しい批判に展開し、ひいてはあらゆる宗教、神秘主義に対する攻撃的思索に入っていった過程なのだ。『演劇とその分身』の最後のほうのテクスト「情動の体操」や、『ヘリオガバルス』や『存在の新しい啓示』、そして全集第八巻に収録された東洋思想に関するノートなどに見えるように、当時のアルトーは相当真剣に、まず思想の次元で西欧からの脱出をこころみたのである。その脱出の意志が、やがてメキシコへの、タラウマラへの旅につながり、アイルランドに守護聖人パトリックの杖を返しに行く巡礼にもつながった。そういう一連の探求からいくつかの強烈な著作も生まれたが、決してそこからアルトー独自の神秘思想のようなものが完成されていったわけではない。そのような冒険的転換の後には、錯乱し、強制入院させられる受難の時期が続き、しばらくは黙示録的な記述や、〈悪魔祓い〉のような闘いの記録が続いた。キリスト教への回心も、それへの激越な批判も、そのような動揺とともに進行した。

もちろん晩年のノートの展開を知りえなかったことが、ソンタグの「解釈」にとってそれほど特筆すべき落ち度だとは思わない。グノーシス主義者アルトーの肖像は、ソンタグにとってある必然性や切迫性があったにちがいない。しかしアルトーは結局どんな著作においても、なんらかの教義や体系に彼の〈エクリチュール〉をしたがわせたことはない、と私は感じる。東洋思想であれ西洋思想であれ、教義や体系や神秘学や世界観のようなものに落ち着き、ましてそれを信仰として実践することに、アルトーの精神は根本的になじまない。

個人は「世界」や「社会」のうちに囚われ見捨てられている。「したがって自我あるいは魂は、「世界」との断絶を通してみずからを発見することになる」などとソンタグは書いているが、グノーシス主義がそのような〈教義〉であるならば、アルトーはグノーシス主義からも断絶するほかない。彼が生きた過程は、自我や魂や個人の「再発見」などではないからである。アルトーの四百冊のノートから浮かび上がってくる過程には、どんな「教義」も「主義」も居座る余地がない。むしろ「ジェラール・ド・ネルヴァルが神話学や錬金術によって説明されるかわりに、錬金術とその神話がジェラール・ド・ネルヴァルの詩によって説明されるのを私は見たいのです」とアルトーは『ロデーズからの手紙』に毅然と書いた。ソンタグのアルトー論の文脈においても、結局グノーシス主義は、むしろアルトーによって照らし出され説明されたことによって、時代を超えて根本的な意味を帯びることになっているのではないか。もちろんグノーシス主義であれ、西欧外のどんな秘教的、宗教的、神秘学的教義であれ、私たちがそれらに関心を閉ざす理由はないし、それらの研究の成果をソンタグのようにとりあげた試みも否定しようとは思わない。ある時期のアルトーは、心身の危険を冒しさえして、西洋の外部の知と生き方に真剣に接近しようとしたのだからなおさらである。しかしアルトーの探求はそこにも落着することがなかった。神を捨て、神秘も教義も捨てて、なお破壊し発見し構築しなければならない何かが彼にはあった。アルトーが実現するのは別の何らかの体系などではなく、同時に破壊であり構築でもあるような過程を通じて、言語と観念の様相を転換させ、ある〈身体〉の把握を確かにしていくことだった。

留学生時代のパリでアルトー全集を読み進んでいた頃、私はドゥルーズの講義を聞き始め、彼とガタリの著作を同時に読み解いていった。彼らの共著にあらわれた「器官なき身体」という言葉に唖然とし、触発された。私のアルトー論は、彼らの思想の刻印をいたるところにもっている。あまりにもドゥルーズ＝ガタリを応用したところの多い論であるとする非難めいた言及もあった。その頃私は、「応用」しうるほどドゥルーズ＝ガタリの広大な奥行きをまだ把握しえていなかった。むしろ「器官なき身体」をなんとか理解し、自分の問いとして再構成することを目指しながら、それを磁針としてアルトーを読み解いていくので精いっぱいだったと思う。思考の危機と対面しながら書いた初期の詩的テクストのなかで、アルトーは「身体の崇拝」について書き、すでに「器官にすぎぬ精神」、「器官なき虚無」などと記していた。詩的な書き手として出発しながら、「思考の危機」を通じて、早くからアルトーは「器官なき身体」という問いに直面していた。「身体」をめぐるその問いから出発し、それを指針にしなければ、私はアルトー全集を読み通すことさえできたかあやしい。「器官なき身体」は、晩年のノートの思索を通じて、アルトーにとって核心の問いとして定着するようになったが、すでにそれは初期のテクストのなかで、音のない叫びのように反復されていた、ある根本的な要求でもあった。それがドゥルーズの声を通じて、私の中で反響し続けるようになった。

もちろん『差異と反復』第三章「思考のイマージュ」で、ドゥルーズがアルトーの書簡をとりあげ、「イマージュなき思考」を語ったページも強い印象を残した。「器官なき身体」と「イマージュなき思考」。器官から離脱した身体、イマージュを無にした思考、どちらも不可能な限界的な様態であり、性急に語ることも定義することもできない。それらを論理的命題に還元することもできない。むしろ通念や価値の外の思考の体験、意味とすれすれの詩的な言語の使用、運動にも労働にもしたがわない身体の生、知覚されない微細なものの知覚、等々を通じて発見される身体、思考、そしてイマージュを通じて、境界線上の振動として認知されるしかない過程であり、それには基準も形式もない。

「彼には絶対的崩壊の粒子をひっ捕えて、それを無冠の肉に対して問い直す必要があった。胎児が泡立つ粒子の中に彷徨していた薄明の時代の形而上学が、戦慄する物質との婚姻によって無垢なる流産のままに語られる生の様相は、生きものの海に原理の揺籃期が浮き沈みする際のめくらむばかりの光景でもある。生の渇望のために、苦痛の先端、全能力の地平線は、誰のための思考ゆえに引かれてあるのか。アルトーはその先端、地平線を切開し、新たな試練に肉体の思考を賭けた。その時、思考の腐食する穴が、恐怖する空洞として先立っていた肉体に還元されていることを、まざまざと彼は目撃したのだ」（土方巽「アルトーのスリッパ」[16]）。何度読んでも心身がひきしまる。一ページにおさまるほどの短文だが、土方がアルトーから何を読み取ったか、寸鉄の表現に凝縮されている。慎重に言葉を選んだ強靱な詩的思考であるが、詩を拒絶する文体でもある。

それは日本語で刊行がはじまったが一巻のみで中絶したアルトー全集の内容見本に寄せた一文で、その第一巻におさめられた初期のアルトーの詩的テクストに反応した言葉であった。崩壊、肉、粒子、物質、流産、生、生きものの海、肉体の思考、思考の穴、空洞の肉体……。崩壊であり生成である空洞の肉体、思考の穴。土方巽と夜を徹してアルトーのことを論議した頃、すでに彼がこんな思考の肖像を描いていたとは、私は不覚にして知らなかった。死後に刊行された全集ではじめて読んで慄然とした。

駄洒落も飛ばしながら飄々と、それでもその夜の主題をつきつめるまで、土方は大真面目な談義を続けた。最初の出会いの頃はとりわけアルトーが宿題で、私が文芸誌に掲載した最初の評論のひとつ「アルトー、残酷と異化」のコピーをほとんど諳んじるように読んで待っていてくれた。神話的な前衛舞踏家として土方巽の名を漠と知っていただけで、土方巽とは誰か私はろくに知らなかったし、好奇心は働いても、ぜひとも知らねばならぬとまでは思わなかった。すでに私がフランスにわたる前に彼は舞台に立たなくなっていたから、公演を見る機会もなかった。田中泯に紹介されて会ったときには、そんな前衛の神話とはあまり関係のない、昔風の職人みたいな、さっぱりとしたいずまいにすぐ好感をもったが、この印象も土方とは誰かをあまり説明したことにはならない。

土方とアルトーのあいだに何か共通点があったか、土方がアルトーから何を吸収したか、ときどき人に尋ねられてもきたので、いつのまにか私もそう自分に問うていることがある。独創的舞踏家である人物がアルトーに関心をもつならば、当然、舞台芸術（演劇そして舞踊）の方法論に注意が及ぶはずだ。アルトーについての博士論文の一つの章で『演劇とその分身』を中心とする理論的エセーをめぐって、とりわけ言語と演劇との関係について考えたことはあったが、アルトーの演劇について、土方とどんな話ができるのか、私には想像がつかなかった。しかし土方は、アルトーについて考えるのに、ほとんど演劇も舞踏も介在させる必要さえないかのように口火をきった。アルトーは何を考えたのか、何をどのように問題にしたのか、身体を問題にしたのはどういう見地から、どんなモチーフによったのか、土方の問いはいきなりそういう次元にあった。私のむしろ哲学的な読解に、私が強調したアルトーの異様な思考の体験に、なんの迂回をすることもなく、彼は直截に鋭い関心をむけてきた。私はときおり自分の書いたことに言葉足らずな注釈をするくらいで、土方はそこに集めた何人かを前にして、私の評論を種に滔々と語り続け、その宿題を終えても、酒席の夜は、ちょっとくだけた研究会のようにすぎてくことがしばしばだった。もちろん土方は参加者にしきりに謎をかけ、挑発を続けたので、かなり緊張を迫られる時間でもあった。そのようにして、じつは彼自身がすでにしっかりつかまえていたアルトーの核心を、私の理解を聴診するようにして、いろいろ確かめながら生真面目にさぐっていた。

たった一ページの「アルトーのスリッパ」という文章を土方は、少しアルトーのふりをし、その言葉を反芻するようにして書いている。「われわれは幸福にも、思考の崩壊を恐れつつ生かされていることを、また死なされていることもすでに知っている」。その「崩壊」の意味と様相にさぐりをいれるように、散文詩でもある文章を試みている。「「不幸にも私は生きておりますし」という彼の前では……」という唐突な腹話術が挿入されて、文の流れがねじれる。「アルトーが臨終のまぎわに口にくわえたスリッパ」。その「崩壊」と「臨終」をめぐって、生と死、精神と肉体の結合と解離の様相を、まるでアルトーとともに、アルトーを通じて触診するような言葉なのだ。このテクストを、土方の声によって絞り出される言葉として、現にその響きを聞くようにしていまも読む。

土方巽との出会いの機会を作ってくれたのはもう一人のダンサー田中泯で、田中とは、私がパリで博士論文を書いていた時期に出会っている。田中は一九七八年にパリの舞台に登場し、そのときの彼のパフォーマンスは、かつて誰も見たことのない〈ダンス〉として、かなり熱狂的に迎えられた。偶然の機会が手伝って私は田中の通訳をつとめ、フランスの地方や、ベルギーなどにもいっしょに旅をすることになった。彼のダンスに繰り返し立ち会うことによって、その頃アルトーについて考え書いていたことを、目の前で蠕動するダンスの身体にてらしあわせる濃密な時間をもった。インタビューや、講演の後の質疑応答の通訳もつとめたが、田中は土方に比べれば、必要な事柄だけを力強く語りはしても、それほどお喋りではなかった。むしろ会話のあいだも、対面する人たちの、生きものとしての挙動や雰囲気をじっと観察しているようだった。土方との出会いでは、記憶しきれない過剰な言葉を浴びせかけられたが、田中泯からは、むしろ沈黙する身体がたえず放ち続けるしるしを感受する訓練を強いられたようだ。もちろん田中がダンスに即して独自にはぐくんだ強靱な思考と言葉は、インタビューにも彼の書いた本にも示されているが、彼は言葉に対して、また思想に対しても、ある慎重な姿勢を保ってきたように感じている。それは彼の踊る根拠にかかわることにちがいない。

アルトーのあまり知られていないテクスト「メキシコの征服」をもとにして、田中泯がブラジルで、現地の躍り手とともに、かなり実験的な試みをした際に、そのためテクストを訳してわたしたことがある。それは日本でも再演されたが、田中はこの試みについて多くを語らなかった。その公演でアルトーの役割を演じることになったのは、サンパウロの統合失調症の青年で、東京にも来ていたが、舞台に立てる状態ではなく早々に帰国してしまったということだ。アルトーの言葉の、いわば峻厳で硬質な観念性が、田中泯の肉性と共振しなかった、と私は勝手に思っている。田中泯は、むしろサミュエル・ベケットの言葉をずっと親密なものとして迎え、『名づけられないもの』の朗読とともに、みずからの身体でそれを読みこむようにして踊ったことがあった。

しかし何よりも田中泯のダンスの「沈黙」が、私にとっては強烈な「しるし」を送りつづけてきた。言葉や概念の次元ではないところで蠕動するものの「しるし」に目を覚まされ、触覚的次元で震動する微細な生態に気づかされた。この体験はフランス語でアルトー論を書いていた時期から、濃厚に影響している。

日本に戻ってから、このアルトー論を日本語にねりなおすには十年以上の時間がかかった。帰国した直後に出会った土方巽は、やがて「アルトー論」と題した舞踏作品を企んでいると、ある日私に告げて驚かせるほど、アルトーに強い関心を示した。それ以前に「アルトーのスリッパ」を書いた七十年代はじめに土方巽は、みずから舞台に立つことをやめていた。『肉体の叛乱』(一九六八年)の上演には、明示されはしなかったが、『ヘリオガバルス』の狂宴や残酷演劇のモチーフが確かに影をおとしていたはずだ。私が彼と出会った直後の時期に、そういう挑発的な前衛の意匠を払拭したかのように「舞踏」を原点から点検するテクスト『病める舞姫』を彼は刊行した。そういう時間をへたあとに、もう一度再燃した彼の「アルトー論」の企みが、じつはどんなものだったか、残念ながら、いまは想像をたくましくするしかない。やっと日本語で『アルトー　思考と身体』を刊行することができたとき、土方はもうこの世の人ではなかった。

「そして誰が、今日、言うのであろうか、何を」と、ある女性の肖像デッサンの横にアルトーが書きいれた言葉を呪文のように繰り返し引用し、デリダはそれを読み解きながら、「アルトー・ル・モマ」というテクストを書きはじめている。何気ない片言隻句をとりあげて、そこからテクストの表層（そして表象）に現れる意味の影に横たわる別の意味の層をてらしだす読解の作業が、ここでも巧みに展開される。『アルトー・ル・モモ』にかえた「アルトー・ル・モマ」というタイトルが、アメリカばかりか世界にとって現代美術の聖堂ともいわれる（デリダみずからがそう言う）MOMAでの講演テクストにつけられた。面白くもない語呂合わせに見えたが、デリダのもくろみは、美術館だけでなくあらゆる文化の権威的体制に唾を吐いたアルトーの憎悪をふまえてのことであり、現代美術の聖域に対して講演を拒否するのではなく、講演のなかで、あえてアルトーに代わって皮肉と批判を表明することである。しかしアルトーの挑発は、何よりも彼のテクストとデッサンに濃密にうめこまれたものだから、それを読み解いたデリダの作業のほうに注目しないわけにはいかない。

冒頭で、アルトーのいわば教条的に見え、カルト的存在になってきた面に、まず「反感」（antipathie）を示したデリダは、ひるがえって共感的な読解をはじめるが、それは主にデッサンの余白に書かれたテクストをめぐるものである。デッサンそのものの考察はあまりなく、むしろデッサンをめぐるアルトーの言葉の読解である。

アルトーが入院中にはじめたデッサンは、落雷（foudre）のようにはじまった、とアルトー自身が書いている。そこでデリダは、さっそくfoudreから、foutre（性交・精液）、poudre（粉末・爆薬・白粉・精子・顔料）、fou（狂気の・狂人）へと、アルトーが多用した語の連関を見出し、foudreにそれらすべての語を見出し、それらに対応する多義性をうかびあがらせて、デリダのそういう手法になじまない読者の出鼻をくじくが、それは意味を決定しがたい語の不透明な厚みを掘り下げていくことでもあり、アルトーのエクリチュールを読解するには適切な方法でもありうる。[17]

デリダはまた「それは真実 vrai だった」のであり、「現実 réel ではなかった」と書き、あるいは「決して現実ではなく、いつも真実……」とくりかえして、アルトーがしばしば「現実」と「真実」を対比したことに着目している。[18] 現実(的なもの)とはレアリスム、自然主義、具象に対応すると指摘し、デリダはこの「レエル」の批判をアルトーと共有しているようだ。

そしてもちろん Môma を Môme に代えてタイトルとした語の操作も、さらにデリダは変奏していく。アルトーの生まれたマルセイユの方言では、mômo は子供(môme)を意味し、母と子を意味する語に連鎖する(mam, mama, mum, môme, mômo)。カタロニア語の moma から派生した momo は金銭を意味し、子供が買い食いする菓子の類も意味する。このような語の連鎖は、アルトーの生まれた南フランスからギリシア・トルコにまで広がる地中海沿岸の多言語空間に由来するものでもある。さらに、ギリシア語 Momos は、風刺、嘲笑の神であり、ヘルメスはこの神のことを力にみちたプネウマと呼んだとか。ニューヨークの近代美術館 MOMA は、Artaud le mômo(餓鬼アルトー)だけでなく、これらの語すべてに連鎖して何重にも入れ子状になったカバン語(合成語)にあたるのだ。[19]

「一九三九年十月から、もはやデッサンを描くことなしに書くことはなくなった」。これこそがアルトーに「落雷」のように訪れたことだった。「この作品は、言説の中で消尽されはしない。この言説は、ごらんのとおり作品によって越えられ、作品の中に刻印される。作品は一撃で身体となるが、二重化されるのだ。それはひとつの出来事において、ただそのときだけみずからに固有の身体を与えるのであり、この出来事は代替不可能で同時に系列的であり、分割されていると同時に多様化されている。それはその支えを再構築しようとしては破壊することを執拗に繰り返すのである」[20]。これがデッサンと言葉の間にデリダが見出し、定義したアルトーの追求の基本的様相である。

「人間は間違って作られている」と宣言するアルトーは、デッサンについてのテクストでも「あるがままの人間の顔面はいまだに自らを探している……」、「人間の顔は自分が何であり、何を知っているかを、まだ語り始めていない……」[21]と書いている。アルトーはここでも「顔」の名において、宣戦布告したのではないか。顔を描き損ねてきた絵画に対するこの弾劾は、芸術を超えて、さらに根本的に、広範囲に及ぶことになる。確かにアルトーのデッサンと言葉の全体が、そのような宣戦布告であり、戦争そのものである。

あらゆる断言や審判に対して慎重であるはずの脱構築の哲学者が、ここでは留保なくアルトーの戦争に合流するように語っている。「公にされ、肉化され、極限に達し、塵埃や粉末になるところまで、すべてを破壊しようとする否認、悪魔祓い、呪いに対する呪い、あるものを到来させ、あるものを追放すること」[22]。この戦争は、絵画、芸術の全歴史ばかりか、それを収蔵する美術館、それを取り巻く文化の体制や政治にまで及ぶのだ。デリダの共感はアルトーの呪詛と闘いにくみして、ついにはアルトーのデッサンを展示中の近代美術館の糾弾にも及ぶという仕掛けになっている。

デリダがアルトーについて集中的に書いたテクストは、すでに『エクリチュールと差異』の中の二つの論考と、最初にアルトーのデッサン集によせた本格的な考察『基底材を猛り狂わせる』があって、それぞれ鋭く適切にテクストを読み解いた文章だったが、アルトーの呪いにここまで憑かれるようにして、その「反感」にもかかわらずこんなことを書いて終わるデリダ・ル・モマに、私は少々とまどう。なんと、デリダはこう結んでいるのだ。「哀れなアルトー（Pauvre Artaud）。いったい彼になにがおきたのか、このモモには何も容赦がなかった。何も。彼の幽霊が生き延びることさえ妨げられず、最もあいまいで残酷なほど両義的、最もむなしく最も時代錯誤的な復讐さえも阻めなかった」。

私は目も耳も疑う。「哀れなアルトー」。同情なのか。怒りなのか。脱構築なのか。何しろ晩年のデリダは「憐み」の哲学者でもあり、それはもちろん脱構築された「憐み」なのだ。行方不明のアルトー。メキシコか、アイルランドか、シリアか、バリ島か。尻尾をつかまれ、つかまれないアルトー。アルトーをさがせ。出会ったつもりが背後で笑っている餓鬼アルトー、死体アルトー、幽霊アルトー。隠喩としてのアルトー、脱構築としてのアルトー、器官なき身体をさがせ。祭りは終わりだ。二十一世紀のモダニズムとは何か。かわいそうなアルトー。反感は共感、共感は反感。もう区別がつかない。アルトーの死んだ年に、私は遠くで生まれた。私も幽霊の生き延びに手を貸してきた。幽霊たちがいなければ、この世はゾンビの世界だ。まちがって作られた、まちがいだらけの人間の世界。それゆえ黙示録。アルトーのデッサンは人間の再生工場のようなものか。哀れみの工場は地獄に似ていたか。アルトーがそれを描いた頃、実際に世界はいたるところ地獄だった。さていま世界は？

注

1　Jacques Derrida, *Artaud le Moma*, Galilée, 2002, p.19-20.

2　スーザン・ソンタグ『土星の徴しの下に』富山太佳夫訳、晶文社、一九八二年、八四頁。

3　同、八四－八五頁。

4 同、八六頁。
5 同、八六頁。
6 Cf., Derrida, *op.cit.*, p.20.
7 同、二一－二二頁。
8 『省察』井上庄七・森啓訳、『世界の名著22デカルト』中央公論社、一九六七年、二四五頁。
9 同、二四五－二四六頁。
10 Paul Valéry, *Œuvres* II, Pléiade, p.14.
11 ソンタグ、前掲書、二七頁。
12 Camille Dumoulié, *Nietzsche et Artaud*, PUF, 1992（『残酷の倫理学のために』という副題がついている）
13 ソンタグ、前掲書、二九頁。
14 同、七三頁。
15 同、六四－六五頁。
16 『土方巽全集』I〈普及版〉河出書房新社、二〇〇五年、二五八－二五九頁。
17 Cf., Derrida, *op.cit.*, p.34-35.
18 Cf., *ibid.*, p.37-38.
19 Cf., *ibid.*, p.44-46.
20 *Ibid.*, p.82.
21 アルトー『カイエ』荒井潔訳、月曜社、二〇二二年、三四二－三四三頁。
22 Derrida, *op.cit.*, p.86.

「黒い沈黙」　アルトーのグロソラリーについて

荒井潔

謎の言語から言語という謎へ

一九四〇年代のアルトーのテクストにおいて、読者に一見してただならぬものを感じさせるのは、しばしばテクストを分断するように書き込まれた呪文のような文字の羅列であろう。ガリマール社が刊行した『全集』の編集者ポール・テヴナンによって「グロソラリー（異言、舌語り、声言話法）」と呼ばれた（後に見るようにこの言葉《ターム》はアルトー自身のノートにも出現している）不可解な言語は、その部分を際立たせたいというアルトーの希望により太字で印刷されているために一層の迫力をもって我々の眼を捉える。『神の裁きと訣別するため』のラジオ放送用にロジェ・ブランとともに行った録音では、アルトーはそれを力の限り叫んでいた。そのうえで、意味不明な数行の後に「本物の言語《ランガージュ》はみな／理解不可能だ」などと書かれていれば、読者はそうした言語にどう向き合えばよいのか当惑してしまうだろう。この（これらの？）言語は、その唐突な出現によっても謎を投げ掛けてくる。かつて清水徹は「謎について――アントナン・アルトー粗描」の冒頭で「アントナン・アルトーとはひとつの巨

大な謎である」という一文を掲げ、

また、かれが、たとえばある草稿をまえにして、

たぶんね、言えよ——。言ってくれ、あそこ、もしきみが、こっちから——。取っておいて、

そいつを書け…

と第一稿にあった部分を、

トゥーミ、タマフロ、パマフロ…

と書き直すその言語意識がぼくたちにとって謎だということでもある。[2]

と書いていた。実際、こうした「謎」は彼の死後七十年以上経った今でも解明されてはいないし、それどころかますます重みを増しているように思われる。そして、おそらくはその汲み尽くせない「謎」こそが、我々をアルトーのテクストに惹きつけてやまない当のものなのであろう。

ところで、清水徹が示したのは『手先と責苦』の第三部、「言礫」の冒頭部分であり、第一稿と最終稿は正確には次のように書かれている。

[第一稿]

おそらく、そして言う、　　Peut-être, et dit,

ねえ、あっち、　　dis-moi, là-bas,

もし君、こっちから、　si toi, par ci,
留めておいて、それを書く、　retient, l'écrit,
動く、なかで、　agit, parmi,
さあ行け、感じた、　vas-y, senti,
つる枝、gofin、　sarment, gofin,
色男、壺。　galant, toupin.（XIV**, 159）[3]

［最終稿］

maloussi toumi
tapapouts hermafrot.
emajouts pamafrot
toupi pissarot
rapajouts erkampfti[4]

実際には、すでに第一稿において統辞や語彙の面でフランス語の規範を逸脱し、全体として意味不明となっているのであって、意味をもった通常の文章が突然意味不明の言葉に書き換えられたというわけではない。その一方で、第一稿の音声的な構造は単純明快であり、二音節の語句が並置され、半諧音《アソナンス》に従って規則的に配置されている。最終稿は意味を完全に剝奪され、一定のリズムさえも与えられていないが、それだけに同一音の反復からなる諧調の効果がむき出しになっている。つまり、第一稿と最終稿が異様なまでにかけ離れて見えるとしても、意味ではなく音を基軸としている点で両者は同様の構造をもっているのである。

このように、グロソラリーに諸々の形式的な特徴や規則性を見出すことは可能であろうが、そこから直ちにグロソラリーの〈解読〉へと至ることはほぼ不可能であろう。言うまでもないが、アルトーのグロソラリーは、彼の「言語意識」の「謎」を解くための暗号や秘密言語の類ではない。それは彼自身に突きつけられた諸々の解けない謎を、その異様な形態のうちにありのままに呈示しているだけである。とはいえ、アルトーにとってはグロソラリーの探究そのものが言語という謎、身体という謎、さらには彼が果てしなく自らに問いかけた「生」という巨大な謎へとアプローチするためのひとつの手段であったはずである。だとすれば、そこに何らかの〈論理〉――彼の〈思考〉の錯綜した道筋――を読み取ることはできるのではないだろうか。そして、そうした〈論理〉を背景として見つめ直すとき、アルトーのグロソラリーは複雑な〈多面体〉となって浮かび上がってくるのではないだろうか。

神の〈御言葉〉

一口にグロソラリーと言っても、それはアルトーのテクストのなかで何か一つの体系を成しているというわけではないし、いかなる既存の言語にも同定できないという以外に明確な定義となるようなものがあるわけではない。公刊されたテクストのなかで我々が最初にそれを目にするのは、一九四三年一月二十二日、ロデーズの精神病院に移送される前に一時滞在したシュザル＝ブノワからジャン・ポーランに書き送った葉書の文面に、何の説明もなく唐突に差し挟まれた次の三行である。

KARTOUM ANTEKFTA
KARATOUM KSANDARTKA
ANDE TYANA

(X, 11)

同年十月七日には、アルトーはポーラン宛におそらく精神病院に入院後初めて書かれた署名入りのテクスト「KABHAR ENIS—KATHAR ESTI」を送っているが、これはタイトルそのものがグロソラリーであるだけではなく、そのなかにも以下のような一〜四行の短いグロソラリーが数回出現している。

a IR PSALA UNIR KHANDAKH ONIR ESTI.[5]

アルトーは一九三七年九月、アイルランド旅行中にキリスト教に回心していたため、この時期のグロソラリーも宗教的な文脈とは切り離せず、いわゆる宗教的「異言」[6]に近いものがある。当時の書簡に「〈神秘〉そのものの〈無限〉で崇高な〈産出者〉がいなければ、何ものも意味をもたないし、そもそも意味というものが考えられない」[7]と書かれているように、この時期のアルトーは意味の中心・

根源に「神」の存在を認めることによって、彼の内面と同時に外界をも脅かすあらゆる意味の解体という危機的な状況を回避しようとしていた。そのために不可欠な「神の〈御言葉《ヴェルブ》〉」の介在を確信していたアルトーは、同年九月三十日のポーラン宛の手紙で「〈存在たち〉が辿り着けない彼方のどこかで神のみが完璧な音節を創出し得る」、「神のみが〈無限〉を表出し得る」[8]と主張している。この時期のグロソラリーは、したがって、「〈御言葉〉が啓示のようにほとばしり、諸々の思念が魔術的な仕方で音に置換される」(X, 147)ことによって聴き取られた「神の〈御言葉〉の記憶」[9]を書き記したものだと考えられる。このように、不意に到来する「〈御言葉〉」を意味として叡知的にではなく、音や韻律として感覚的、感性的に捉えていたアルトーは、一方では異質で不快な音の組み合わせによりその近寄り難い非人間性を、もう一方では韻律や諧調がもたらす詩的効果によってその神秘的で崇高な調和を、同時に再現しようとしていたのではないだろうか。

また、この時期アルトーは、以前から深い関心を抱いていたユダヤ神秘主義思想カバラを「極めて詳細に研究」[10]し、そこから多くを学んだと主治医ガストン・フェルディエールに報告しているが、この時期のグロソラリーはカバラ的な言語観に沿うかのように、神の言葉の痕跡の聴覚的記録であると同時に文字の組み合わせによるその視覚的な復元の試みでもあり、アルトーはそれが神秘的、象徴的な意味で満たされるのを期待していたと思われる。

しかしながら、神の「〈御言葉〉」が頻繁に到来することも長く語られることもなかったためか、あるいはグロソラリーが不明瞭な記憶による不完全な転記にすぎなかったためかは不明だが、一九四三—四四年にかけては数行の短いグロソラリーが書簡や「覚書」のなかに幾度か認められる程度で多用されることはなかった。その後アルトーは、一九四五年一月六日のラトレモリエール医師宛の手紙で「天啓や聖なる神秘神学の幻想すべてで頭が一杯になることを私はもう望まない」[11]と述べ、六月のノートでは次のように宣言することになる。

私はイエス・キリストでありたくはない、私はここにいる私という人間でありたい。だが、この人間は一八九六年にマルセイユで、神から来た意識とともに生まれたアントナン・アルトーではなく、生のなかでの彼の苦しみと殉教の意識なのであって、私はこの意識でもって神や事物とは別のものをつくりあげるだろう。
本当は、私は私自身以外から到来してはならないのであり、私は神に反して自分自身であり続けるだろう、それも永遠に、そして初めて。(XVI, 204)

こうしてそれまでの神学的、神秘主義的議論からの隔たりを徐々に示しながら、四五年半ば頃までアルトーは信仰表明と神に対する否定的言辞とが複雑に絡み合うテクストを書き綴っていたが、やがて完全に棄教するに至り、天から降ってくる異言としてのグロソラリーも消滅することになる。だが、それはまた彼自身の言語の創造へと駆り立てる原動力にもなるのである。

他者の言葉《パロール》

信仰が揺らぎ始めた頃から、アルトーは大型のデッサンを描き始める。それは彼が新しい創作行為に着手したことを意味するだけではない。デッサンの多くは、画面の縦横に文が書き込まれており、それについては彼自身が四五年一月十日のポーラン宛の手紙のなかで「形態《フォルム》を加速するために形態のうちに挿入された文章」（XI, 20）であると注釈している。それらは描かれた様々な形態と一体化し、それ自体、線で描かれた様々な形態として、新しいエクリチュールの試みへと向かっていくのである。この時期最初に書かれたとされるデッサン「存在とその胎児たち」[12]には、画布を埋め尽くすように書き込まれた数々の形態の余白にグロソラリーも書き込まれている。さらに、同年二月に『カイエ』が書き始められると、二月末から三月初旬に書かれた三冊目のノートに次のようなグロソラリーが出現する。

yer tam Ka la Fou + Là　（XV, 43）

このグロソラリーは、フランス語の単語（と同形）である la、fou、là、および記号もしくは図形である＋が混在しているという点で興味深いが、さらにノートを繰っていくと次々とグロソラリーが現れてくる。

Rer Netesi Santer Regar　（XV, 49）

Mongur ti Esti Anioma

A Anioma Ama Am　（XV, 53）

Kheldor Krista Khilkartina
Khanda Khantar Khenarbila　（XV, 58）

読み進んでいくにつれ、同一音の反復とずれからなる音韻構造は次第に規則性を増していくことが見て取れる。最後に引用したグロソラリーをアルトーは「ボヘミアン〔＝ジプシー、ロマ〕たちの言葉《パロール》」と呼んでいるのだが、これは四三年十月十三日のある手紙で「KABHAR ENIS—KATHAR ESTI」を「ジプシーたちの超越的言語《ランガージュ》について神秘主義的に注釈したテクスト」（X, 132）と解説していたことと呼応している。この時期のアルトーにおいてジプシーとはキリストを王とする「〈純粋な者〉たち[13]」の一団を意味していたことを想起すれば、この呼称はグロソラリーがいまだ宗教的性質を帯びていることを示しているのだが、四五年四月頃になると、この宗教性に微妙な変化が現れてくる。たとえば、次の一節。

Yena Tremum Ifhkarista

これらは自らの姿を永遠に見つめている〈聖処女〉の言葉《パロール》である。（XV, 211）

Ifhkarista は eucharistie すなわち「聖体の秘跡」を表す言葉であろうし、何よりも「〈聖処女〉の言葉」という表現がこのグロソラリーの宗教的性格を示している。だが、この少し前のところで、アルトーは次のように書いているのである。

Khanda Khantur Khenarbila

私がある時アントナン・アルトーに扮して語った言葉《パロール》、そしてそれだけのことだ。しかし、それを言ったのは私であって神ではない。なぜなら神は**あらゆる**〈天使〉たちの魂における私の永遠の殺害者にすぎず、今度は私が奴を殺す番だろう。

私はもう考えないし、死ぬだろう。

〈聖処女〉はもう何も考えず、創造もせずに立ち去るよう私に促しているのだ。（XV, 210）

この一節では、神はもはや意識の彼方にある思考の主体としてではなく、私の「殺害者」として登場しており、神をはじめとする〈他者〉たちは私に「啓示」を与えるどころか、私の思考を阻み、中断させ、追い払う存在として介入してきている。だがその一方で当時のアルトーにおいては、意識の分裂というこの現象はそれまで神という絶対的統一性への信仰のうちに埋没していた〈自我〉の回復の兆しでもあった。実際ここで語られたグロソラリーも、もはや神の「〈御言葉〉」の転記ではなく、その殺害者となる「私」自身が発した言葉だと明言されている。〈他者〉の声の介入とともにグロソラリーが出現するという現象はこの後頻繁に見られるようになり、たとえば、「〈聖処女〉は言った［…］だが、〈聖処女存在〉、それは私だ」（XV, 69）、「〈エジプトのマリア〉とその子供たちがこう言い終えるとき」（XV, 99）、「あれこれ意見を言うこれらの思考する者たちは何なのだろうか？／聖アントナン、ルシフェル、ナナキ、／ブラフマー、シヴァ、ヴィシュヌ。」（XV, 334）、「ナナキ[14]はこう言いたいのだ［…］」（XVI, 29）、「少女は言った［…］」（XVI, 30）、「マリー・ボノーは私に会いに戻ってくるだろう［…］」（XVI, 128）といった記述に続いてグロソラリーが現れている。

これらのグロソラリーが〈他者〉の言葉の痕跡をとどめたものであるのか、それともアルトーが〈他者〉に抵抗し、その介入を遮断し、その呪縛から自らを解放するために発した言葉であるのかは判然としない。だが、いずれにせよそれらがアルトーの思考に裂け目を入れていることに変わりはない。意識に直接語りかけてくる言葉そのものではないとしても、グロソラリーは様々な〈他者〉の精神、思念、言語の——あるいは端的に〈他なるもの〉の存在の——言い表しようのない〈異質性〉を、聴覚的にも視覚的にも表現しているように思われる。また、たとえば「キリストは／**Akhariftos**／満足しない［…］」（XV, 95）、あるいは「それは身体の復活のための魂の平和であり休息ではない、魂を身体へと再編成するための／**borkh**／**un denuzi zuren**／ための魂における身体の安全だ」（XVI, 298）といった箇所ではグロソラリーが文の途中で出現しているが、こうしたグロソラリーの突然の介入は四五年の六月頃から顕著な仕方で現れ始める。それは、二〇–三〇年代のアルトーが主に書簡のなかで繰り返し訴えていた思考の断絶、穴、ひび割れといったものを、かつてのように説明するのではなく、明示的に表現しているとも言えるだろう。

言語の奪還と創造

ノートに書き留められたグロソラリーの変化を辿っていくとき、やはり注目に値する現象は固有名との融合である。ロデーズ到着後のテクストには、イエス・キリストをはじめとし、聖者、聖女、殉教者、大天使、神秘家、幻視者、預言者の名が頻繁に書き留められており、それがアルトーの家族の固有名と重なりながら、次第に彼が「心の娘たち」と呼ぶ数人の女性たちの名に収斂していく。その一方でアルトー自身は一九三七年、アイルランド旅行の数ヶ月前から署名を拒否、旅行中には「神それ自身の〈名において〉公に語る」（VII, 218）と宣言し、帰国後の三七年十月頃から三八年十月頃まではギリシア人の名アントネオ・アルラノプロスまたはアルラン、四一年末頃から四三年九月頃までは母方の姓ナルパスを名のった後、ついに「単なる〔simple〕アントナン・アルトー」に回帰することになる。四五年八月から九月にかけて書かれたノートには、ARTAUDという〈父の名〉が分解され、時には娘たちの名と組み合わされながら、グロソラリーのようなものを形成している箇所が散見される。とくにRAおよびTAU（単語としては「T字型十字架」を意味する）という音節は、グロソラリーの構成要素として頻繁に登場している。

セシル、アニー、ネネカ、
カトリーヌ十八歳、　カトリーヌ六日、[15]
TAU RA　RA TAU　（XVII, 220）

sch-isto
Schraum – ITAU
KRISTAU
Schraum – ITAU
TAU
（XVIII, 21）

pouf etoufam Traum Rau
Cécile　Catherine
clatam
（XX, 36）

アルトーが神、聖者、家族から娘たちの名を経てアルトーという自らの名に至るこの経緯は、そのまま彼が「名」を、そして言語そのものを〈神〉＝〈父〉から取り戻していく過程をまさしく象徴的に物語っている。それはまたグロソラリーそのものが、一種のフェティッシュと化した固有名という〈ブロック〉の分解・結合作業を取り込むことによって、秘教的な文字配列を用いて再現しようとした「神の〈御言葉〉」の超越性と非－人間性を失っていく過程でもあり、この時期には「キリスト」という呼称さえひとつのオブジェと化してグロソラリーの構成要素となっている。固有名の分解・結合をめぐる書字との戯れは、そこに絡みついた宗教や家族制度の呪縛からアルトーを解き放っただけではなく、彼の言語の変容を、とりわけ意味や観念という抽象的なものから音や形態という具体的で物理的なものへの方向転換を、大幅に加速させたのである。この点では、一九四三年八－九月頃にフェルディエール医師の勧めで行ったルイス・キャロルの初期詩篇と『鏡の国のアリス』の翻案の影響も軽視することはできない。キャロルの「かばん語」——アルトーは当時それを「驚くべき時事性を帯びたもの」と評していた——や「言語の諸起源という今も未解決の問題をもう一度提起している、純粋な言葉の創造《クレアシオン・ヴェルバル》に関わる一節」[16]に触れたことも、彼自身の新たな言語創造を促す重要な要因となっていたはずである。とりわけ、「KABHAR ENIS—KATHAR ESTI」に「OUPTRÊME な〈愛〉」や「〈魂〉のEXPALUATION」といった「かばん語」に近い〈語のブロック〉が新語創造《ネオロジスム》として現れた背景には少なからずキャロルの影響があったと思われる。

一九四五年九月〈十日〉のポーラン宛の手紙に、アルトーは「私は今、もう一つ別の言語《ラング》を発明しつつあります」[17]と書いているが、それは棄教後のグロソラリーが神や無意識によって〈吹き込まれた〉言葉から脱し、主体的な「言葉の創造」へと向かっていたことを意味する。棄教後のアルトーの言語創造は、自分自身の言語とともに、一度は神に全権を委ねてしまった創造行為そのものを、そしてそれを通じて、自らの身体を取り戻す試みでもあった。能動的な言語創造の産物となったグロソラリーは、徐々に〈叫び〉を基盤とする音声言語としての性格を強めていき、その出現の契機も、〈他者の声〉の闖入から、自らの〈身体〉の顕現へと変化していくのである。こうして、一九四五年十月に「身体の言葉〔vocables corporels〕」[18]とアルトーが呼ぶことになる表現形式が準備されていくのであり、新たな局面を迎えたグロソラリーは死の直前まで用いられることになる。

グロソラリーが再び書簡に現れるのは、四五年九月二十二日付の「アンリ・パリゾへのロデーズからの手紙」第三信においてであり、以下のような形式で書かれている。

ratara ratara ratara
atara tatara rana

otara otara katara
otara ratara kana

ortura ortura konara
kokona kokona koma

kurbura kurbura kurbura
kurbata kurbata keyna

pesti anti pestantum putara
pesti anti pestantum putra[19]

どちらかと言えば子音が強調され、発音が困難なこれまでのものとは異なり、このグロソラリーは母音を中心とする同一音の反復と組み替えによって極めてシンプルに構成されていて、リズムの原点に戻るかのような自然さと、文字によるダンスとでも言うべき軽快さとを感じさせるのだが、これとほぼ同じ文字列が同時期のノート（XVIII, 42-43）にも記されていることから明らかなように、即興でつくられたものではない。アルトーにおいては破壊的な側面が強調されがちであるが、こうした箇所には彼の構築への意志が端的に表れている。

アルトーのテクストにおけるグロソラリーの出現頻度はこの後次第に高まっていくのであるが、目に見えて増加しているのは一九四六年四－五月、パリ（実際にはパリ郊外イヴリー）帰還直前のノートにおいてである。しかも、回心期のグロソラリーが五行以下の短いものであったのに対し、この時期には三十～四十行連続しているケースも認められる。その一方で一行中の語数や音節数は減少し、短く裁断されて縦に伸びたグロソラリーが多く見られるようになる。一九四六年七月のノートから一例を挙げれば、

ter po
hatazi biter
te um
biter
nemitu

rer
la o
ne zi biter
ta un
ta zi
nebe tu（XXII, 322）

このように一行を短く裁断していく書き方は――ノートの紙面の物理的制約と書く速度との関係で必然的に生じただけかもしれないが――晩年の作品の際立った特徴を成す「分かち書き」の使用へとつながるものである。また、グロソラリーの出現形態についても、テクストを完全に分断するのではなく、フランス語からグロソラリーへ、グロソラリーからフランス語へと漸次移行する、もしくは融合するケースも現れるようになり、こうした箇所ではアルトーの意識が徐々にグロソラリーに侵食されていく、あるいはそこから再び徐々に言葉を取り戻していく様子が窺えるように思われる。[20]

　棄教後のアルトーは、外界とコミュニケーションをもとうとする意欲を回復し、グロソラリーも、限られた者のみを対象に隠された意味を伝授するための秘教的言語としての性格を失っている。パリゾへの第三信以降、アルトーは何度か

Leutra d'Eprahi Falli Tetar Fendi Photia o Fotre Indi

という、タイトルそのものがグロソラリーであるような自著（実在しない）について触れ、「フランス語ではないが、どんな国籍の人であろうと、誰でもが読むことのできる言語《ラング》で」[21]書かれていたと述べている。アルトーによれば、それは「読み手自身が理解し、思考するために見出さねばならないリズムに基づいて、必ず韻律を取って読まれなければならない」[22]のであって、そこからグロソラリーの口唇性、さらにはその身体性が明確になってくる。

一九四五年十月から十一月にかけてパリゾやポーランに宛てた手紙によれば、それは彼が「発明した息吹のシステム」に基づく「演劇の観念の現実における延長と拡張」[23]なのであって、「「感情の競技」のなかで記述や表現を試みたものに類似した呼吸の内的作用を、口と思考と手によって、私の身体の上で、探求して」[24]いるのだと述べている。「感情の競技」とは一九三五年頃書かれ、『演劇とその分身』（一九三八年刊）に収録されたテクストであるが、そこでアルトーは、彼が求める演劇言語の主要な要素として「息の象形文字」[25]の必要性を強調していた。この構想は一九三六年にも「人間の息吹のエネルギーと形式に基づいた普遍言語《ラング・ユニヴェルセル》の探求」（V, 208）という言い方で表明されていたが、その後アルトーの思想の神秘主義的な色彩がより濃厚になるにつれて、この言語の演劇的、身体的実践という側面が失われ、宗教的性格を帯びるようになっていった。四五年十−十一月の演劇への言及は、『チェンチ一族』の上演（一九三五年）以来遠ざかっていた具体的な演劇活動にアルトーが再び意欲を燃やし始めたことを示すものである。実際、一九四六年三月二十五日付のロジェ・ブランへの手紙で、アルトーは二ヶ月後に迫った「パリ帰還」の後に実現すべき「幾つかの壮大な計画」について触れ、

「最初の計画は〈残酷の演劇〉の実現を準備すること」[26]であると述べているから、声、叫び、呼吸、舞踊によるグロソラリーの身体化は、〈残酷の演劇〉の再開に直結する試みであったと推察される。

糞便的言語

とはいえ、先に引用したパリゾへの第三信のグロソラリーについて、アルトー自身が「それは一気にほとばしらせなければ価値がなく、音節ごとに探ろうとすれば何の価値もない、ここに書いても意味はなく、単なる灰にすぎない」[27]と書き添えているように、音声や呼吸に基づくグロソラリーは、その都度読み手の身体によって賦活されなくてはならない。ネルヴァルの詩を神話学や神秘主義思想の知識を用いて解読することを試みたジョルジュ・ル・ブルトンに対する抗議の手紙の草稿に、「あらゆる詩句は、まず聴き取られ、声の高度の充実によって具体化されるために書かれたのであり、[…]あらゆる語が逃げ去っていくその間には、息吹の空間が必要なのだ」[28]と書かれているように、アルトーにとって重要なのは音そのものや「音の抑揚」ではなく、その都度息吹とともに発せられる物理的、身体的な力の解放であった。『演劇とその分身』に収められた「傑作と縁を切る」(一九三三年)のなかですでに、「どんな言葉《パロール》も口にされたら死ぬ。口にされているその時だけしか効力をもたない」[29]とパロールの反復不可能性を強調していたが、この時期のグロソラリーは、いわば一回的な(非-)言語であり、発せられるや否や価値のない燃えかすとなる、痕跡を残さない言語の実践であった。アルトーが「言語《ラング》の消耗《コンソンプシオン》、内的消尽《コンソマシオン》という理念《イデー》」[30]と呼んだのはまさにこのことであるが、この「理念」は同時に、言語をエクリチュールという「糞便」として排泄することが不可避的であることも含意していた。

「言語の内的消尽」という言葉は「アンリ・パリゾへのロデーズからの手紙」の第三信（一九四五年九月二十二日付）に現れるが、この手紙はルイス・キャロルと彼の詩「ジャバウォッキー」への激しい怒りの表明に終始しており、この「理念」も「「ジャバウォッキー」に対抗する、それ以上のもの」[31]として挙げられている。キャロルの翻案を開始した当初はその「言葉の創造」から深い示唆を与えられたアルトーであったが、パリゾへの手紙ではキャロルは一転して批判の対象となり、このキャロル批判がその後のアルトーの詩論の根拠となっていく。アルトーによれば、「ジャバウォッキー」は「表層の詩や言語」[32]に属するものであり、「心」を欠いた「文体の技巧にすぎない」[33]。これに対して、真正な言語は意味不明であったとしても「魂」や「心」を欠いてはいない、つまり身体的「苦しみ」から生じたものであるとし、「自分の言語《ラング》を創り出し、文法から外れた意味をもつ純粋な言語に語らせても結構だが、この意味はそれ自体で根拠のあるものでなければならない、つまり、それが苦悶に由来するものでなければならない」[34]とキャロルを拒絶した理由を説明している。この手紙の論述に従えば、アルトーのグロソラリーは意図的に「探し求められた言語《ランガージュ》」ではなく、苦悶から「ほとばしり出た詩」[35]に属している。

アルトーもキャロルも、言語とその文法をねじ曲げ、新たな表現形式を創り出すという点では立場を同じくしている。それでもなおアルトーのテクストが単なる「表層の言語」ではないとすれば、それは彼のテクストが「絶対的な糞便的苦しみ」、「絶対的な欠如の状態である［…］ひとつの欠乏、ひとつの欠如」(XXII, 52)に依拠しているからである。詩人の苦悩の叫びから生まれた「真正な」詩とキャロルの詩とを隔て、一九四七年に『鏡の国のアリス』第六章の翻案を出版する際、「ルイス・キャロルに反する〔contre〕反文法的な試み」という副題を付けさせた決定的な差異は、キャロルの詩が「表層の詩」に甘んじている点にある。なぜなら、それは作者が表現上の不足や欠如といった〈失敗〉に十分に向き合うことなく偏愛した〈充足したエクリチュール〉だからであり、文学作品として「知性による成功」、「欠如による成功」[36]を収めてしまっているからである。

このキャロル批判から出発して、これ以降アルトーはおのれの無力さを曝け出した不完全で失敗した表現のうちにこそ表現の本質があることを再認識するのだが、それを一九四五年十月六日付のパリゾへの手紙では「糞便的ポエジー」[37]と呼んでいる。一九四六年七月から九月にかけてピーター・ワトソンに自作の紹介を依頼されて書いた手紙でも、この観点から自分自身の初期作品を振り返り、それらが「自分が言いたかった本質的なこと」を逸れながらも、テクストを貫く「亀裂」や「断層」によって、「唖然とさせる」ような仕方でそれを表現しており、その意味では逆説的にも「表現不可能なものに対する成功」[38]を収めていたと述べている。一九四七年には自分の描いたデッサンを「不器用な、／だがかくも狡猾な、／かくも巧みな」[39]と形容しているが、これも同じ理由からであろう。

四六年七月のノートに、グロソラリーからなる一節の後、「私は片言のフランス語〔petit nègre〕で歌い続けてきた、それは私の主要な言語《ラング》のひとつだ」(XXII, 415)と書いていたように、晩年のアルトーがグロソラリーを頻繁に用いるようになったのは、それがフランス語よりも優れた表現形式であるからではなく、反対に極めて不器用な出来損ないの表現形式であるからだ。だが、それは同時にフランス語という〈明晰な言語〉の形式が不可避的にもたらす先天的な諸限界を打破する試みでもあった。「フランス語はひとを病気にする。［…］行き着いてしまった〔*abouti*〕と思わせる」（XXIII, 85）、「フランス語よ、立ち去れ。金槌や鋤に逆らって、私の頭と事物を苦しめてきたのはフランス語なのだ」（XX, 387）と母国語への憎悪を露わにするアルトーは、「私がしていることは／明瞭さを避けることだ／不明瞭なものを明らかにするために」[40]と意味不明瞭な言語で語り続ける意図を明らかにしている。

この視点から見れば、グロソラリーはもはやほとばしり出た音声詩でもなく、いわば言語もどき、言語そのもののパロディであり、ただそこにあってそれ自体を語るだけの〈反－言語〉である。「純粋な言葉の創造」の枠組みをはるかに超えて過度に力を加えられ、極端にねじ曲げられ、意味をすっかり抜き取られ、諸々のパーツに分解され混合されるという「責苦」を受けて排泄された〈糞便的言語〉であるグロソラリーはまた、アルトーのデッサンが見事に描かれた芸術作品に対する呪詛であるように、見事に語られた文学テクストに対する呪詛の言葉でもあるだろう。

身体の〈表－現〉

「表現不可能なものに対する成功」という観点からアルトーのグロソラリーを考察し直すならば、その身体性をもっぱら発声や呼吸、ダンスの動きに還元し、この新言語の創造によって彼は〈身体の直接的表現〉を実現したのだと結論を下してしまうのは性急であろう。というのも、彼が表現しようとしているものが身体に他ならないとしても、その場合の「身体」とはそもそもいかなるものであろうか。

身体とは何かと思考することは、それだけで身体から遠ざかってしまう危険性を孕んでいる。というのも、「精神は身体を見ない」(XX, 244)からであり、「身体は／自分で／自分を外側から見る／ことができる／ようなものではない」(XXII, 128)からである。その意味で「身体は絶対的に不可視のもの」(XIX, 44)であり、見られ、客体化された身体は、表面のごく一部の、分割され、固定され、切り離された諸身体にすぎない。生のさなかにある活動中の〈身体〉は決して捉えられず、場所ももたず、「私」自身にとってさえも〈他なるもの〉にとどまっている。「私の身体であり、私の存在であるところのものは、定められた規定の原理からも、いかなる特徴づけからも逃れている」(XXI, 178)、とアルトーが言うように、また「器官なき身体」という言葉が示しているように、それはあらゆる差異化、客体化、固定化、局所化、構造化、有限化、分節化を逃れ、それと認識され得るための自己同一性すらもたない。

「身体について言えば、それは虚無そのものであり／測り知れず、／見分けられず、／抑えつけられない」(XXII, 46)、つまり「虚無であるものが身体」なのであり、それは「そこを通って身体が深淵から現れる表面の、つまり表層の近寄り難い平面の、測り知れない深淵、身体状の深淵、身体である深淵、この深淵身体[41]」である。初期のアルトーが自らのうちに「虚無」を抱えていることの苦しみから文学活動を始めたという事実を思い起こすならば、この虚無への回帰、虚無の肯定によって、アルトーの思考の歩みがひとつの閉じた円環を形成していることがわかる。当時はもっぱら「思考」という場面で問題になり、思考することの不可能性としてアルトーを苦しめ続けていたこの「虚無」――ただしそれは「活動的な空虚」(I**, 182)であるとすでに三十年代のアルトーは書いていた――は可視的な身体の「分身」なのだが、それはかつて彼が考えていたような精神的、霊的なものではなく、結局のところは彼の身体的存在そのものだったのである。

「虚無」であるこの「深淵身体」はしかし、私の「深層」にあるのでも、それを形成しているのでもない。「身体は絶対的に不透明であり、深層をもたず、つねに表層である」[42]とアルトーは書いているが、そもそも身体において表層に対する「深層」とは何であろうか。「深層はつねに穿たれるのであり、決してあらかじめ実在するのではない」(XXI, 220)、そして「私はつねに充実した表層なのであり、それは次第にまとまって身体化されるのだ」(XIX, 154)と彼自身が述べているように、「深層」とはその都度表層がつくりだす目に見えない厚み《ヴォリューム》であり、表層の自己差異化の効果である。それは変化しつつある身体が、表層に現れたおのれ自身を超出し、新たな表層として顕在化する〈間〉であり、表層と表層、身体と身体との〈間隙〉である。とはいえ、「身体と身体の間には何もない」[43]、あるのはただ表層と表層との事後的な差異のみであり、「深層」で起こる身体の〈変化〉、表層から表層への〈跳躍〉そのものは、ある現在時において決して認識されることはない。おのれの存在を顕在化しようとして表層を形成している身体のこの〈無－〉活動は、生きて変化する身体の〈表－現〉行為そのものである。

「私の真の状態は、人間の生活と籠絡からはるか遠くの無活動《イネルト》であり、それは〈それ〉がひとりでいるときの私の身体の状態」[44]であるとアルトーは「アンドレ・ブルトンへの手紙」のなかで書いているが、表層である身体は「激しい痙攣状態にあるように動かない《イネルト》」[45]無活動態である。「最も矛盾した哲学的観念《イデー》はいずれも真だった」(XXII, 256)と彼自身が言っている通り、アルトーはしばしば身体について「表層の深層」[46]、「活動的な**無活動態**（l'INERTE actif）」（XVIII, 235）、「内側は外側であり、外側は内側である」（XX, 354）など、互いに矛盾する概念を並置した撞着語法《オクシモロン》や逆説的表現《パラドックス》を用いて語っている。彼の場合、精神と身体の両面にかかわる「病」が、ごく早い時期から本質的な「生」の欠乏――生きた身体を感じ、表現することの不可能性――を開示したのであるが、この「生」の欠乏に苦しんだ結果、捉え損ねた身体の腐敗臭、糞便臭を漂わせることによって、彼のテクストは身体の、そして「生」の、失敗した、だが「狡猾」で「巧み」な表現となっていったのである。

「間隙」にある言語

「それは何も意味しないし、かつて一度も意味したことはない」（XXI, 178）、あるグロソラリーの一節の後にそう書かれているように、グロソラリーはそもそもの始めから、何かを表象しているのでも、何らかの意味を伝えようとしているのでもない。それはただ書記または発声行為という身体的場面へと書き手もしくは読み手を差し向けているにすぎず、ただ一回だけ起こるはずの出来事において身体により賦活されるが、その出来事の外では無意味のなかに陥ってしまう。一九四六年五月のノートでアルトーは自身の「カバラ的な〔摩訶不思議な〕言語《ランガージュ》」についてこう書いている。

> あの不可思議な言語について言えば、それはがらくたのつまらないもので、作っているとき以外、私にはまったく何もわからない。
> 存在の身体の外では、それは無でありカオスであって、そもそもこの厚み《ヴォリューム》と密度を帯びた身

体の、つねに物質的で物理的な身体的現実との関係でしか実在し得ないのだ。(XXI, 252)

だが、この「無」あるいは「カオス」はまさに意味に抗うことによって、つまり「精神」に逆らうことによって、身体への接近の可能性を開きもする。「精神（それは私の女陰のごとく〈聖なるもの〉である）のことを考えながら、精神は私のうちでグロソラリーに反抗し、私の動きを妨げようとした」(XV, 187)、と一九四五年四月のノートに書き留められているように、一箇の身体であろうとするアルトーに、精神は絶え間なく介入してくる。グロソラリーは、精神のこの介入を断ち切り、意味を払い除け、音節ごとの区切りによって精神の自動運動に陥った状態を裁断するための「悪魔払いのリズム」[47]であり、身体を拘束し窒息死させようとするものへの抗議の叫びである。

もはや意識的に創造された言語ではなく、「精神《マンタル》なしで心で書く別の方法」(XVII, 15) として、ある種の忘我状態《トランス》で語られたグロソラリーは、何かを語る言語というよりはむしろ、精神＝意味＝言語の流れのなかで不意に身体が差し挟む非－言語的な〈空白〉であり、一旦思考を停止し、書く手を止めるという身体的挙措でもある。アルトーの最晩年のテクストに見られるこうした〈切断〉作業は、意味と論理の一貫した流れを停止させ、宙吊りにし、生のさなかにある（無－）活動中の身体の〈空白〉をそこに刻み込む作業であると言える。この「痙攣状態にある」〈空白〉は、それ自体無意味であるとしても、意味を支えている非－意味の地盤なのであり、それなくしては言語が成立しないような言語の〈分身〉であろう。

教訓
確立された不快調音《カコフォニー》
は奇妙な多声音楽《ポリフォニー》
に取って代わられるだろう
そしてポリフォニー
は黒い沈黙に。——[48]

「「バリ島民への手紙」のためのノート」のなかでアルトーはそう書いているが、この移行の段階はまさしく、一、神の〈御言葉〉の痕跡の不完全で聴き取り難い転記である「カコフォニー」から、二、他者たちの声が語りかけてくる制御不可能な「ポリフォニー」へ、そしてさらには、三、黒々とした文字で刻印された身体の「沈黙」へと向かう、彼のグロソラリーの歩みそのものを表しているかのようである。

　アルトーのグロソラリーが身体の比類なき表現であるのは、他者の言語である精神に抗いながら、一回的な出来事の身体的場面へと書き手ないし読み手を送り返すことによってのみではない。声や叫びや息吹といった最も直接的に身体的な諸要素が一瞬にして消え去ってしまうよう定められている以上、グロソラリーは「身体」そのものの表現であるというよりは、その他者性や異質性の表現、その表現不可能性の表現にすぎない。だがそこには、声や叫びや息吹に取り憑く「分身」でありながら、時間・空間のなかでは決して捉えられることのない、「身体」の（無－）活動という謎めいた「沈黙」

が〈文字〉として書き込まれているのである。アルトーのグロソラリーは意味によって透明化されることがないだけに、この二重性を――ヘリオガバルスのように――〈体現〉している。あるいはむしろ――彼がデッサンを構成する「線」について語るように――それは「間隙的〔interstitiel〕」である。[49] 発せられた声と書かれた文字との、叫びと沈黙との「間」、身体の運動が断続的に描く点線の「間隙」、何か未聞《イヌゥイ》のもの、「未だ生まれていない《インネ》」[50]ものが「幼虫」のようにひしめいている〈裂け目〉――あの「黒いポケット」[51]――に吊り下げられ、それはふつふつと沸き立ちながらじっと動かず《イネルト》にとどまっているのである。

注

1 アントナン・アルトー、「此処に眠る」、岡本健訳、『アルトー・ル・モモ』所収、月曜社、二〇二二年、三〇四頁。アルトーのテクストのうち、邦訳があるものは注に示したが、文脈に合わせるため訳文には拙訳を用いた。

2 清水徹、「謎について」、『現代詩手帖』第七号、思潮社、一九六七年六月、二四頁。

3 アルトーの未邦訳テクストのうち、ガリマール版『全集』からの引用はローマ数字によって巻数、アラビア数字によって頁数、補巻がある場合には＊によって補巻数を示した。引用中の強調はすべてアルトーによるものである。

4 アントナン・アルトー、『手先と責苦』、管啓次郎、大原宣久訳、月曜社、二〇二二年、二一八頁。

5 アントナン・アルトー、『ロデーズからの手紙』、宇野邦一、鈴木創士訳、月曜社、二〇二二年、一〇六頁。

6　「異言。聖霊を受けて宗教的恍惚状態に陥った時に発せられる、不明瞭な意味のない言葉。初代教会ではよく見られる現象であった。これは聖霊降臨日の出来事にもみられるように神の賜物としての現象である。その詳細な説明は「コリント人への第一の手紙」十二－十四章にある。」、『キリスト教大事典』、教文館、一九六三年、七四－七五頁。
7　前掲『ロデーズからの手紙』、一八－一九頁。
8　同前、九〇－九一頁。
9　同前、九一頁。
10　同前、一三二頁。なお、棄教後のアルトーはカバラにも全面的に反対の立場を表明し、一九四七年には「カバラに反対する手紙」を書いている。アントナン・アルトー、『カイエ』、荒井潔訳、月曜社、二〇二二年、三二〇－三三八頁参照。
11　前掲『ロデーズからの手紙』、一八七頁。
12　「存在とその胎児たち」(『アルトー／デリダ　デッサンと肖像』、ポール・テヴナン編、松浦寿輝訳、みすず書房、一九九二年、デッサン No.46) には **poto klis/ ake klis/ da poto/ poto pote/ akeko daklis** 等のグロソラリーが書き込まれているが、これと酷似したものが一九四五年十月のノート三十四番 (XVIII, 157) に書かれているため、テヴナンが推定した作成時期 (四五年一月) には疑いの余地があると言わざるを得ない。
13　前掲『ロデーズからの手紙』、五五頁。
14　ナナキはアルトーの幼少期の愛称だが、ここでは別の登場人物として三人称で語られている。
15　セシル・シュラムはアルトーの元婚約者、アニー・ベナールは少女時代にアルトーに出会い、親交を結んだ女性、ネネカ (本名マリーあるいはマリエット・シレまたはシリ) はアルトーの母方祖母の愛称、カトリーヌ・シレまたはシリは父方祖母であり。母方祖母マリエットの妹。
16　Antonin Artaud, *Nouveaux Écrits de Rodez*, Gallimard, 1977, p.65.

17 前掲『ロデーズからの手紙』、二二七頁。
18 同前、二四五頁、「**Tatatukke zugyedou** / これを身体の言葉で踊っている間［…］」。
19 「アンリ・パリゾへのロデーズからの手紙」、岡本健訳、前掲『アルトー・ル・モモ』所収、一一八頁。
20 一例として、前掲『カイエ』、一三二－一三三頁参照。
21 前掲「アンリ・パリゾへのロデーズからの手紙」、一一六頁。
22 同前、一一八頁。
23 同前、一四四頁。
24 前掲『ロデーズからの手紙』、二三七頁。
25 アントナン・アルトー、「感情の競技」、『演劇とその分身』所収、鈴木創士訳、河出文庫、二〇一九年、二二六頁。
26 前掲『ロデーズからの手紙』、三〇六頁。
27 前掲「アンリ・パリゾへのロデーズからの手紙」、一一九頁。
28 前掲『ロデーズからの手紙』、二七九頁。
29 アントナン・アルトー、「傑作と縁を切る」、前掲『演劇とその分身』所収、一二二頁。
30 前掲「アンリ・パリゾへのロデーズからの手紙」、一一六頁。
31 同前、一一二頁。
32 同前、一一四頁。
33 同前、一一二頁。
34 同前、一一四－一一五頁。
35 同前、一一四頁。
36 同前、一一四頁、一一六頁。
37 同前、一二六頁。

38 アントナン・アルトー、「ピーター・ワトソンへの手紙」、岡本健訳、前掲『アルトー・ル・モモ』所収、三一二頁。
39 前掲『カイエ』、二五九頁。
40 同前、一五三頁。
41 前掲『手先と責苦』、四二八頁。
42 同前、三三四頁。
43 同前、二一九頁。
44 アントナン・アルトー、「アンドレ・ブルトンへの手紙」、鈴木創士訳、前掲『アルトー・ル・モモ』所収、八〇頁。
45 アントナン・アルトー、『ヴァン・ゴッホ』、鈴木創士訳、『神の裁きと訣別するため』所収、河出文庫、二〇〇六年、一二二頁。
46 前掲『手先と責苦』、二八四頁。
47 前掲「アンリ・パリゾへのロデーズからの手紙」、一三九頁。
48 前掲『カイエ』、一八六頁。
49 同前、一四八－一四九頁参照。
50 inné（先天的な、生得的な）という語をアルトーがこの意味で用いていたことについては、前掲『カイエ』、五七六頁、注10参照。
51 アントナン・アルトー、「序言」、清水徹訳、『神経の秤・冥府の臍　アントナン・アルトー全集Ⅰ』所収、現代思潮社、一九七七年、九－一一頁。

＊本稿は「グロソラリーの諸問題Ⅰ～Ⅲ」、『防衛大学校紀要（人文科学篇）』、第八十三、八十八、九十輯（二〇〇一、二〇〇四、二〇〇五年）を大幅に圧縮し、全面的に改稿したものである。

無限、糞便、別の身体

アントナン・アルトーの異言

中村隆之

はじめに

アルトー最後の作品といわれるラジオ劇『神の裁きと訣別するため』には、たとえば次のような謎めいた一文がみられる。**o reche modo to edire di za tau dari do padera coco.**[1] もしあなたがこの文から何かしらの意味を断片的に読みとってしまうとすれば、それはあなたが欧米の諸言語を読解する訓練を受けているからだろう。と同時に、あなたはただちにこの文が奇妙であると思わざるをえない。なぜなら見たことがあるようで決してないような文字の連なりであるからだ。

実際、この連なりには意味はない。というよりも、あえて意味を欠くことによって成立している。しかも、台本の中にみられるこの文は、声に出されることを念頭に置かれている。したがってこれは声が先立つ文、声が内在する文なのである。

こうした意味に属さない音の連なりをフランス語では“glossolalie《グロッソラリー》”と呼ぶ。ギリシア語起源のこの単語は“glosso”と“lalie”に分解され、前者が「舌（言語）」を、後者が「しゃべる」ことを意味する。このように語義としては、誰かが知らない外国語や理解不能な音節でしゃべることの意だが、フランス語で一八六六年に用いられるようになった比較的新しいこの単語は、法悦状態で発せられる神がかり的な言葉などを指す。また、精神医学の分野で、意味不明だが一定の規則性を有すると考えられるものを指す場合にも使用される。このように宗教的、精神医学的な観点から関心をもたれる、意味を喪失した声の現れが"glossolalie"と呼ばれる現象である。

本論ではこの"glossolalie"(以後「異言《いげん》」とする)に注目したところからアルトーのテクストを読んでみることを提案したい。[2] アルトーの読者ならばよく知るとおり、この意味不明の音節の連なりは、精神病院収容後の彼の後期テクストに頻出する。しかも日本語に生まれ変わったテクストの中でアルトーの異言は、翻訳不能なものとして、そのまま転写されている。意味をなさない以上、普段は読み過ごされるであろう、この奇妙な文字列に着目してみるとき、アルトーのテクストはどのような相貌を見せるだろうか。

異言と解釈

アルトーのテクストに入る前に、異言とは、意味不明な音節の連なりを、理解可能なものにするための操作的概念であることを改めて確認しておく。私たちは、たとえば先ほどの **o reche modo to edire di za tau dari do padera coco** を「異言」と規定することにより、これを「意味不明な音節の連なり」として了解する。つまり、私たちはこの一文が理解できないということを理解している。しかし、それは本当に私たちにとって理解不能なのか。何らかの解釈格子を用いれば、読解できるのではないか。このような問いを誘発してしまうことに、異言の概念的特徴がある。

実際、異言の物語とは、その解釈の物語である。そのことを教示するミシェル・ド・セルトーの「声のユートピア」は、異言に近づくためのすぐれた導きである。セルトーが異言において着目するのは、言語の有意味性との関係である。一般に、言語は意味伝達の手段のように捉えられる。私たちの日常の会話における発語のうちには、意味を伴わない無数の断片（言い間違え、どもり、間をとる音、くしゃみ等）が存在するが、コミュニケーションの場面ではそれらはしばしば不在とされる（その端的な例はインタビュー記事である）。セルトーによれば、異言とはコミュニケーションの場面から、このような音の夾雑物のみを取り出し、それを公認する現象だという。「異言を公認する」とは、そこで発せられる雑音的なものが「異言」だと人々が信じるということであり、異言の発声とは、意味を伴わない純然たる声のみが現出するというフィクションを信じることなのである。だからこそ、この声は神的なものであるべきであり、宗教的儀式において異言を発する者とは、しばしば聖霊や神が話す言葉として受け取られるのだ。[3]

こうした人間世界を超越する非意味という意味が想定されることで、宗教的な場面での異言は成立する。この場合、それは別の場所からやってくる超越的な言葉である以上、人はこの言葉を解釈する必要はない。宗教的な場面での異言はこのように制度化されているのだ。

それゆえ、異言を解釈する物語において興味深いのは、心理学や精神分析学といった、人間の内面を解明しようとする学が登場した時期である。ここでは解釈者は異言が「秘匿された言語」[4]であり、セルトーが取り上げる二つの事例が示すとおり、その意味を解明することの欲望につかれてしまう。

一つ目の事例はフロイトと親交のあった精神分析家オスカル・プフィスターによる異言研究である。これは談話を音声単位で転写し、連想によって、実在する語彙と手探りで結びつけ、意味を確定するという方法だ。妄想に陥ってしまうこの解釈法は当然ながら失敗を運命づけられている。

いま一つの事例はジュネーヴの心理学者テオドール・フルールノワが一八九〇年代に行なった分析に係わる。フルールノワは交霊会で出会った女性の霊媒を「症例」として、エレーヌ・スミスという仮名で呼び、スミスが語る超常現象と異言を記録した書『火星からインドまで――異言を伴う夢遊症研究』(一九〇〇)を刊行した。スミスは「火星語」とともに「サンスクリット語もどき」のような異言を話していた。セルトーが注目するのは、この「サンスクリット語もどき」の解明のためフルールノワがジュネーヴ大学の同僚でサンスクリット語学者フェルディナン・ド・ソシュールにスミスの異言調査を依頼する挿話である。[5] そして、ソシュールが交霊会の場で霊媒の言葉を転写し、分析した結果、たしかにこの異言はサンスクリット語のような特徴があるが、フランス語の雰囲気を醸し出さないことに注意を払っているのではないかという仮説を提示する。約めて言えば、霊媒は皆が解するフランス語から逃れるために異言を発話しようとする一方、霊媒を囲む学者の共同体は、その異言をサンスクリット語という既存の言語の中に同定して解釈しようとする。[6]

このように異言という事象に対し、解釈者の側はそれを解釈格子の中で考える一方、異言を発する者は、原則的にその解釈格子の中に囚われてはいけないのである。

したがって、異言を考察する場合、こうした異言と解釈との相補的とも対立的とも言える関係を考慮に入れる必要がある。言い方を変えれば、アルトーの異言を題材にするという点で気をつけなければならないのは、私たちが異言を「症例」や「秘匿された言語」のように捉え、これを解釈してしまうことへの誘惑である。

異言は無限から生じる

だから私たちはアルトーの異言を解釈することを最初から放棄しなくてはならないし、そもそもその行為は徒労に終わる。たしかに、アルトーの異言それ自体を解釈せずとも、その異言の形態分析はある程度可能なのかもしれない。[7] しかし、それもまた解釈関係の上に成立する行為である以上、私たちがいま探求すべきは、解釈に抗しながらアルトーが異言について何を語っているのかをたどっていくというアプローチである。

翻訳されたテクストの中でアルトーの異言が最初に現れるのは、ロデーズ精神病院の主任医師ガストン・フェルディエール宛の一九四三年三月二十九日付の手紙においてである。[8] なお、これから引用していくアルトーの言葉の多くは『アルトー・コレクション』全四巻（月曜社）に収められている。以後、煩雑さを避けるため、同書シリーズからの引用は巻数と頁数のみを記す。また詩として行分けされた言葉については、紙幅の関係から一文字空けで示す（異言は行分けを省略する）。

アルトーの最初の異言は、医師から渡されたロンサールの『ダイモーンへの讃歌』をめぐる彼の省察の中で登場する。「ロンサールは〈魔術〉を行ないましたし、秘儀を伝授された者であって、彼の詩のそれぞれの詩句はこの超越論的な秘儀伝授の一つの反映です。この秘儀伝術は不可解なものです」（I：17）。この文のあと、突然異言が現れる。

Rat Vahl Vahenechi Kabhan

「秘儀伝授」の「不可解な」言葉として提示されるこの詩句のかたちをした異言について、アルトーは「神との伝達を失わなかった場合にだけ人間によって繰り返し口にすることできるもの」とも付け加えている（Ⅰ：17）。最初に確認できるのは、アルトーの異言的詩句は、このように宗教的な神秘体験と結びついた超越的な力として提示されている、ということだ。つまり、アルトーにとってもこの呪術的な何かは、彼のエクリチュールの基礎をなすフランス語には回収されえない、人智とは別の次元に属しているようなのである。さらに重要なのは次の一節だ。

私は、カトリックにしてきわめてキリスト教的であったロンサールが、詩人として地上での使命を帯びていたことを知っていると思っていますが、この聖なる〈使命〉とは、心に語りかける言語で、〈無限〉の事物の善を繰り返し口にすることであって、それらの事物は本質的に魔術的で神秘的なのです。（Ⅰ：22）

神に通ずる無限の事物は魔術的で神秘的であり、ロンサールは「心に語りかける言語」でこれを語っている。だとすれば、**Rat Vahl Vahenechi Kabhan** や **Taentur Anta Kamarida** や **Amarida Anta Kamentür**（Ⅰ：21‐22）はアルトーがロンサールの詩句から受け取った神秘的・魔術的啓示だと受け取ることができる。

ジャン・ポーラン宛の一九四三年十月七日付の手紙に付された、キリスト教をモチーフにしたテクスト「KABHAR ENIS—KATHAR ESTI」（Ｉ：１０３－１２４）において、こうした神秘的・魔術的啓示のタイプの異言は幾度も書き込まれている。このテクストもさることながら、その一週間ほど前にポーランに送った手紙（九月三十日付）の中でアルトーが記していることが興味深い。異言を念頭に置きながら詩人はこう書いている。

諸〈存在〉には手の届かない彼方のどこかで、ただ神のみが完璧な音綴を発明することができました、「発明すること」、つまりこれらの音綴を〈無限〉から生じさせることができたのです。（Ｉ：90）

このように異言とは、神の完璧な音綴であり、無限から生じる。獄中において宇宙という無限を考え続けた革命家オーギュスト・ブランキのように、ロデーズ精神病院に幽閉され、絶えず書簡を書き続けていたこの時期のアルトーは無限に関心を抱いていた。無限は時間の外、つまりは世俗の生の時間を超える観念を内包している。そして、アルトーは自分の生きる時代のうちに「〈無限〉に近い何か」（Ｉ：91）があるのを察知していた。それは単に幽閉が強いる意識の先鋭化や時間尺度の鈍化のためだけではなく、大量死を引き起こす進行中の第二次世界大戦を踏まえてのことだろう。いずれにせよアルトーにおいて異言は無限から生じる以上、アルトーが聴きとるのは、人間の領域を超えた無限からのメッセージなのである。

実際、アルトーは無限や永遠の経験を「〈合一の生〉」（I：91）という聖人の神秘体験のように、すなわち、理性やロゴスを超えた瞬間のように捉えている。それゆえ、無限とはアルトーにとって人間存在の内なる外部として発見された無意識でもあった。「〈無意識〉、〈無限〉、〈永遠〉」、これらをめぐるものが「私のテクスト」だとアルトーは述べる（I：91）。

この言を踏まえれば、アルトーの異言とは彼の身体の内からくる無意識の声でもあるし、当人もそのように自覚していた――「このテクストの中には、私がどの程度まで作家には自らが言語の〈主人〉であると信じる権利があるだろうかと問うていた幾つかの文章があります」（I：91）。そして、この無意識からやってくる異言とは、神的なものであり、世俗に何かを啓示する言葉である。たとえアルトーと交流をもった周囲が、幽閉者アルトーを神の使者と信じず、ただの精神病患者とみなしたとしても、この時期のアルトーのテクストに現れる呪文は異言として本人によって提示されるのである。

糞便まみれの詩

アルトーの芸術活動に理解があったフェルディエール医師は、悪名高い電気ショック療法のほかに、芸術療法を実践していた。異言が登場する一九四三年三月二十九日付の手紙も、医師がアルトーにロンサールの件《くだん》の詩集を渡し、その感想を書かせるという芸術療法の一環をなしていた。この一環で一九四三年の夏の終わりにアルトーはルイス・キャロルの『鏡の国のアリス』の第六章「ハンプテイ・ダンプティ」を翻訳している。それは実際には英語からフランス語への翻訳ではなく、「幼虫ラルヴと人間ローム」というそのタイトルからも明らかなとおり自由な翻案であった。

この過程でアルトーが読んだのが、『鏡の国のアリス』の第一章「鏡の家」に出てくる「ジャバウォッキー」である。ナンセンス詩として広く知られるこの詩についてアルトーがその考えを明示した重要な文章が残っている。それは『タラウマラ』出版の仲介の労をとった人物アンリ・パリゾへの一連の手紙だ。

パリゾはアルトーとのやりとりの中で「ジャバウォッキー」を話題にした。フェルディエールにしろパリゾにしろ、解釈の側に回る人間には、アルトーの異言とナンセンス詩とはほとんど区別がつかないだろう。[9] 異言と解釈のあいだの相補的で敵対的な関係がここで再び問題となる。アルトーもまたこの機会に異言とナンセンス詩の違いを明確にしなければならないからだ。

アルトーはその手紙（一九四五年九月二十日付）で「ジャバウォッキー」を好きではないと言い、そこには魂や心がないと述べる。その二日後の手紙（九月二十二日付）は、より明瞭かつ過剰に「ジャバウォッキー」が嫌いな理由を説明している。その数々の説明の中で重要であるのは、アルトーの詩に対する態度を表明する次の呪詛である。

> 「ジャバウォッキー」はうまい料理をたらふく食らって、他人の苦しみを知的にたらふく食いたいと思った搾取者の作品です。［…］存在とその言語のウンコを掘りさげてゆくと、詩は臭くにおわなければなりません。苦しみの子宮存在の中に偉大な詩人はみな浸ったのであり、ここで自分自身

を産み出して臭くにおっているのですが、「ジャバウォッキー」の作者はここに自分の詩を浸すまいと気をつけました、ジャバウォッキーはそんな詩です。［…］私は飢えた者、病める者、除け者、中毒にさせられた者の詩が好きです［…］（Ⅱ：115）

詩は臭くにおわなければならないという。詩は身体的にして形而下の経験から生じる。最初に引用した **o reche modo to edire di za tau dari do padera coco** とは、この考えを突き詰めていった『神の裁きと訣別するため』の一節「糞便性の探究」に出てくる。「神は糞である」[10]という一文に収斂されるアルトーの苦しみの探求は、まさに異言が無限や無意識から「湧き出た詩」（Ⅱ：114）として生まれる以上、それは糞便にまみれてしまうのだ。

この手紙とその次の手紙（十月五日付）で、アルトーは一九三四年に執筆し、小部数で出版されたが、役所、教会、警察によって消し去られ、一冊は残っているが手元にはないとされる幻の著作『Letura d'Eprahi Falli Tetar Fendi Photia o Forte Indi』を話題にしている（Ⅱ：117、123）[11]。これは「フランス語ではないが、いかなる国籍に属していようと誰もが読める言語で書かれて」いる（Ⅱ：116）。この箇所は、アルトー自身が数行試して書く異言的詩句ののちに記す次の言葉とあわせて捉える必要がある。

だがこれは一気に迸《ほとばし》り出なければ価値がない、一音節ずつ探してももうなんの値打ちもありません、ここで書いても意味はない、もはや灰にすぎません。それが書かれたまま生きうるには、失

われてしまったあの書物のなかにあるもう一つの要素が必要なのです。(Ⅱ:119)

ここに暗示されているのは、異言で書かれた幻の著作が失われてしまった理由だと考えられる。「書かれたまま生きうる」には、異言が声の現出として成立する場が必要である。「生きうる」状態とは比喩的には「炎」が燃えている状態であり、文字は火が消えたあとに残る痕跡であるところの「灰」にすぎない。「失われてしまったあの書物のなかにあるもう一つの要素」はここでは示されないが、その要素とは異言のリズムを再現する声と考えるほかはないだろう。異言は、ラジオ劇がそうであるように、舞台と観衆を必要とするのである。

そしてその異言は、アルトーによれば、『Letura d'Eprahi』の「甘みをつけてアクセントを除いた剽窃」(Ⅱ:117)にすぎない「ジャバウォッキー」とは似て非なるものだ。詩は臭くにおわなければならない。苦しみを重視する詩人、「糞、苦痛、詩」(Ⅱ:361)、それがアルトーだ。「苦しみや恐怖に声を震わせて」歌う「狂人」のそれがアルトーの言語である(Ⅱ:116)。

別の身体へ

アルトーの異言は、これ以降も幾度となく彼のテクストに現れていく。しかし、解釈者との関係を離れ、さらにはキリスト教を棄教し、神を呪うようになる時期のアルトーの異言は、当初のような神との交信としての超越性を失った、純粋な呪詛や魔術のようなものとして、詩人の身体の奥底から湧き上がっていく。

ところで、アルトー自身が身体の内部から紡ぎ出してくるのは異言だけでない。学習ノート四〇六冊分に書きつけた文字とデッサン、数百におよぶ書簡、作品化されたテクスト、それらのすべてが身体の内部から「臭くにおう」ものとして、おのれを精神病院に押し込めるこの社会に対する激しい呪詛として、この社会を解体するものとして、そして、神と訣別し、あらゆる器官から解放された別の身体として生まれ変わるための新しい言語《ランガージュ》を形成している。

私たちはここまでアルトー自身の異言をめぐる考えばかりに注目してきたが、こうした異言を、異言が断片的に散りばめられたテクストのネットワークの総体の中で考える場合、とりわけアルトーの詩的実践の内で考える場合、異言は切り離されたものではなく、むしろ彼のエクリチュールと一体化した部分のごとく捉えるべきだ。アルトーの思考が書くこと（ないし語ること）を通じて具現化していく、そのプロセスにおいて異言も当然ながら生起している。アルトーの異言は、フランス語で書かれるアルトーの思考のプロセスの前後関係と切り離せないし、異言以前の雑音的なものはアルトーのテクストの中に満ち満ちている。

そのように考えるとき、精神病院からの監禁を解かれたアルトーが一九四七年に口述筆記させた『アルトー・ル・モモ』を構成する詩的テクストは、異言を考えるうえでも重要である。その一例として「此処に眠る」に言及しよう。この詩の背景にあるのは、アルトーが確信していた自らの出生の秘密である。アルトーは戸籍上の両親のもとマルセイユで生まれたことを否定し、次のような挿話を繰り返し語っていた。「私の記憶によれば、その夜、父と母とによってではなく自分自身で受肉を成しました。それはどえらい口論、角度のずれた過酷な受肉でした」（Ⅱ：４３１）。それゆえアルトーはこの詩の冒頭でこう宣言する。「俺、アントナン・アルトー、俺は俺の息子、俺の父、俺の母、そして俺」（Ⅱ：284）。アルトーのその他の詩がそうであるように、さまざまな主題が再帰し、絡まり合い、主語や対象が分裂していくこのテクストの主題は、私見では死と再生にある。アルトーは繰り返し自分の死（すでに何度も死んでいる）を語ってきたが、ここでもゴルゴダに磔刑になるというモチーフが現れたのち、「アルトー　彼は知っていた、精神はなく　身体がある、この身体は　内で大腿骨の　壊疽の中で　歯のある死骸の歯車装置のように作り直されることを」という言葉が繰り出される。[12] その後に続くのが **dakantala dakis tekel ta redaba ta redabel de stra muntils o ept anis o ept atra** である。その後「骨の　中で　汗かく　苦痛」と記される（Ⅱ：302－304）。前後の文脈を考えるとき、私には次のように思える。この魔術的詩句は、身体が「作り直される」呪文なのではないだろうか。アルトーの身体が苦痛の中で再生する様子をこの呪文に託しているのではないだろうかと。

もちろんこの解釈に客観的根拠を示すのは難しい。しかし、解釈に抗いつつもやはり解釈を最後に提出するのは「心に語りかける言語」（Ⅰ：22）による主観的な啓示を通じることのみが、異言を受け取る方法だと考えざるをえないからである。アルトーにとって、彼が認める詩人以外の言葉はどれも「合理的な語法《ランガージュ》」に従っており「すでに明らかにされた事物のみ」（Ⅲ：152）を列挙するにすぎない。重要なのは「未知のものを捉えにいく」ことであり「明瞭さを避けることだ」（Ⅲ：153）。だとすればなおさらだ。

本当の言語はどれも　理解されえない、歯をかちかちいわせる　その音のように。歯のある大腿骨の（血塗れの）　その音のように（淫売屋）。（Ⅱ：３０４）

注

1 『神の裁きと訣別するため』宇野邦一・鈴木創士訳、河出文庫、二〇〇六年、二二頁。行分けは省略。

2 “glossolalie”には「異言」のほか「舌語」という訳語も存在する。「舌語」のほうが語義に近い気がするが、ここでは宗教的現象をはじめ、その異他性を強調するため、「異言」を用いる。

3 ミシェル・ド・セルトー「声のユートピア――声言話法」福井和美・浜名優美訳、『TRAVERSES/3　声』リブロポート、一九八八年、五九－六二頁。

4 同書、六七頁。

5 火星語については『インドから火星まで』の一年後、パリの言語学者ヴィクトル・アンリが『火星語』を出版し、火星語の語彙のすべてを、フランス語、ドイツ語をはじめとする諸言語の語彙の連想から解明する作業を実施している。ソシュールはこれを「解釈妄想に類した「たわごと」と感じた」という。鈴木雅雄『火星人にさよなら――異星人表象のアルケオロジー』水声社、二〇二二年、二一七頁。また、ヴィクトル・アンリの火星語研究については以下の記述に詳しい。互盛央『フェルディナン・ド・ソシュール――〈言語学〉の孤独、「一般言語学」の夢』作品社、二〇〇九年、四七六－四七八頁。

6 セルトー「声のユートピア」前掲、七五頁。

7 Jean-Paul Jacot, « Jonction, disjonction : les fragments glossolaliques d'Artaud », *Littérature*, n° 103, Armand Colin, 1996, pp. 63-78.

8 アルトーの最初の異言は一九四三年一月二十二日のジャン・ポーラン宛の葉書に遡る（本書荒井論考を

参照のこと)。本論では以下の異言論と同様、ロデーズの精神病院移送後のテクストに着目する。Anne Tomiche, « Glossolalies : du sacré au poétique », *Revue de littérature comparée*, Klincksieck, 2003/1 nº 305, p. 71. しかし、アルトーが一九三四年ないし三五年に『Letura d'Eprahi』(後述)を書いていたとするならば、アルトーによる異言の記述は一九四三年よりも前に遡ることになる。

9 「ジャバウォッキー」の出だしはこうである。Twas brillig, and the slithy toves Did gyre and gimble in the wabe. これを見ればわかるように、キャロルのナンセンス詩は英語の要素に依存するかたちで展開されるため、異言よりも理知的に構築された造語に近いと言えるだろう。

10 『神の裁きと訣別するため』前掲、二四頁。

11 アルトーは「ピーター・ワトソンへの手紙」でも本書について言及している(II:316)。

12 精神が病んでいるとみなされたアルトーは、精神を身体よりも高次のものであるという前提に立った思想を忌み嫌っていた。そうした思想はプラトン、ソクラテス、デカルト、カントなどの名とともにすべて廃棄されるべきものであり(III:239)、むしろ精神のほうが身体に由来しなければならないとアルトーは考えていた(III:238)。

アルトーの「狂気の革命」　二十世紀最大の言語学者としての、また、哲学者としての

岡本健

母語は母語の使い手にとって通常は透明で意識されていないのは、健康な胃がその存在を意識されていないのと同じことである。しかし、母語に対して創造的な書き手は常に母語の存在を意識している病人だ。彼は言語の病を患っていて、彼にとって母語は、常に不透明になり、障礙となる。「繊細きわまる退廃の花を生みだした」と『ユリシーズ』で評されているステファヌ・マラルメにとって、jou（昼）の音色は暗くnuit《ニュイ》（夜）の音色は明るい。この致命的な欠陥を哲学的に補完するためにこそ、詩がある。詩があるためにはこの欠陥がなければならないことをマラルメは強調している。こうして、マラルメはフランス語を最後に容認する。

さて、アントナン・アルトーの場合はどうだろう。『手先と責苦』から引用する。

皆の使っている言葉を、わたしは渡されて使ってはいるが、それは自分を理解させるためではない
し、自分の中の言葉を空にするためでもない、
じゃあ何故使っている？

だからこそなんだ、わたしは言葉を使っていない、
実際のところ、わたしはただ口を閉ざしているだけ
そして拳で打っているだけ。
それ以外のことでわたしが口を開くのは、女とやるように言葉にやられちまうから、つまりこういうこと、普遍的な姦淫が続いているが、それは、何も考えていないのだ、ということをわたしに忘れさせるために。
現実として、わたしは何一つ言っていないし、何一つ為していない、言葉も文字も使っていない、
わたしは言葉を使っていないし、文字さえも使っていない。[1]

言葉とは皆が使う以上、言葉が私だけの内奥の、独自の経験を表現することは毫もない。誰もが使い誰もが読みうるには言葉には固有の主体は不在であって、言葉を使う者にとって言葉は常に他者の言葉となる。私自身の言葉はない。この事態を、若い日のアルトーは、『N・R・F・』誌の編集長ジャック・リヴィエールに次のように訴えていたのだった――「わたしの思考を破壊するなにかがいる。(略)。わたしの見出した言葉をわたしから盗み取る一瞬のなにか」[2]。だが、ここにおいてこそ、私自身の言葉が盗み取られるこの現場においてこそ、言葉が成立する。私が、例えば、秘められた恋人に「いつも愛している」と言葉を送ったとき、AもBもCも……Zもその恋人に「愛している」と言葉を送った幾つもの夜があって、しかも、私がその言葉を送ったときに、自分のそのときの感情についてあらためて「考えた」わけではない、それどころか、いつものように何も考えていなかった。「愛

する」という動詞がいつも手元にあって、それを使ったに過ぎない。秘められた恋人に対する私の想いとAの恋人への想いには絶対的な差異があるが、「愛する」という動詞はその差異を均したところにおいて機能する。二十一世紀のこの想像を絶する超高速に均一化した先進資本主義社会では、私はもう文字さえも使わずに、スマホを手にした世界中の恋人がするように、選んだラヴマークを幾つも並べて毎晩きっかり現地時間午前零時に愛が届くように彼女にラインするのがコロナ禍の日課だ。それは、手垢で擦り切れたようなあまりにも凡庸なマーク。この沼に稀有な愛も消えてしまう。こういう事態を言語の他者性による強姦とアルトーは考える。言葉のやりとりは「普遍的な姦淫」に等しい。そうであるならば、自分自身を表現するためには、マラルメのようにフランス語を容認してはならない、とアルトーは決意する。

言語には光と闇がある。

ところで、人間は言語だけでコミュニケーションをしているわけではない。言語を習得する以前にもコミュニケーションは、親と子という限られた範囲ではあるが成立している。二〇二一年六月四日に生まれた子供の動画や写真を娘が定期的にラインで送ってきてくれる。誕生から二ヶ月後の動画では、娘がベビーベッドの子供の右手に触れながら「うーうーして」と話しかけると、娘の娘（赤子）は母親を見つめて「うーうーっ」と応える。彼女はこのとき、最後の一滴まで汲み尽くすように母親の視線を咀嚼して吟味しているかのようだ。私はこのように見つめたことがあっただろうかと思い、鳥肌が立った。残念ながら、私は『仮面の告白』の「私」のような狂気じみた記憶力を持ち合わせてはいない――「永いあいだ、私は自分が生まれたときの情景を見たことがあると言い張っていた。」父親ゆえか、私は子供からこのように見つめられた記憶はまったくない。象牙色の低いテーブルの縁を両手でつかんでテーブルを齧っている写真もあれば、テーブルを両手で叩いている動画もある。象牙色のテーブルの一角に日の光が差し込んでそこに光のさざ波が立てば、それは見た目に美味しいケーキにも似て、このときテーブルは味覚の対象であり、叩かれる時は聴覚や触覚の対象となる。言語を習得する以前の人間は、このように身辺の環境を五感の全てをもって経験する。アルトーの「残酷演劇」は観客の五感に訴えることを目指した、このことを想起しておこう。

さて、五感による包括的な乳色の世界に、言語が侵入するとどうなるのか。最もつらい瞬間がやってくる、と幼児心理学者のダニエル・スターンは言う。「これは食べられない。バッチいからね」と母親に言われるとき、テーブルは視覚の対象として孤立化させられることで、これまでの包括的な世界が瓦解してしまうことを子供は受け入れなければならない。乳色の輝く光の世界は色を失って黒と白の陰鬱な世界となる。

言語には、私が経験している世界との関係をターナーの絵のように曖昧模糊とした世界から切り取ってくれるという利点があるけれども、しかし、一方でとくに形容詞（形容動詞）は現実の錯綜した襞を切り棄ててしまう。私が秘められた恋人に「おまえへの濃厚な愛」と言葉を送るとき、愛は「濃厚な愛」と「淡白な愛」に二極化され、淡白から濃厚へと移り行くグラデーションの陰翳は貧弱な副詞の手には負えない。だから、パリ時代のヘミングウェイにエズラ・パウンドはこう助言したのだった――「描写過多。もっと圧縮して、簡潔に」「形容詞を削って」。アルトーは『幼虫ラルヴと人間ローム』の中で、主人公ドデュ・マフリュに形容詞に関してこう述べさせている――「言葉には個性がある、少なくともそういう言葉もあるんだが――とりわけ動詞がそう、いちばんプライドが高い、――形容詞ならどうにでもなるが、動詞はそうはいかない、」[3]

言語を習得した人間は、眼前に開かれてくる世界を直に、生で、経験することは最早不可能となる。例えば、パンダについての知識なしにパンダに感激する子供はあまりいないだろう、と私は推測する。知識で導けば、どんな動物もパンダ並みに子供を感動させることは容易であろう。言語に囚われた人間にとって、世界は savoir の対象としてしか姿を現さない（フランス語に「知る」は savoir と connaître の二つあって、前者は知識の対象として知る、後者は経験を通して知る）。同時代の天才的な傑作を私たちがなかなか味わえないのはこの同じ理由に因る。「天才の作品がただちに称賛されることが少ないのは、書いた人が非凡で、似たような人がほとんど存在しない（プルースト）」から、類例のない新しい美に対して私たちには知識がなく、それを受容する感受性が育っていないからだ。この事態をプルーストは『失われた時を求めて』で詳述している。何故、ラ・ベルマの演技を理解できなかったのか。何故、ヴァントゥユのソナタを理解できなかったのか。長い時間が経って初めて、私たちの感受性は成長して新しい美を受容することができる。

マラルメのようにフランス語を容認してはならない。語を砕いて頁を切り裂け！

『手先と責苦』から引用する。

maloussi toumi
apapouts hermafrot.
emajouts pamafrot
toupi pissarot
rapajouts erkampfti

これは言語が砕かれるのではなくて、無知蒙昧な連中のせいで死に至るまでに身体が粉々に飛び散ること、こいつらは

okalu durgarane
lokarane alenin tapenim
anempfti
dur geluze
re geluze
re geluze
tagure

rigolure tsipi 4

この時期（晩年）のアルトーはノートに書いた草稿を音読して、それを秘書に書きとらせるという形で作品を作った。音読の際に意味を掬い上げることはできないものの、緻密に構成されたアルトー独自の言語態に相当する箇所は、ノートではフランス語で書かれている場合もあった。掬い上げられる意味とは、言語で表現される経験の平均値でしかないため、その捨象される残余こそ、経験の独自性の宿る細部であって、これには独自の言語態で応えるしかない。さあ、ノートを開いてみよう。

これは言語が砕かれるのではなくて、自分たちが何を操っているのか毫も分からなかった無知蒙昧な連中によって身体が死に至るまで粉々に飛び散ること。電気ショックに落ちた者は帰ってこない、もうひとりの他人も上がってこない、なにも戻らない、身体の表面がついにその巻物を解いてしまう、それがすべて。――それで十年、十五年、二十人生がこうしてこの身体から巻き上げられた。

人間を治療するにあたって虐殺をもって始めるとは、実に奇怪な手口。

そしてわたしはいう、電気ショックによって巻き上げられたものの一切を取り戻すには、いったい何十億の年月がいまのわたしに要ることか。

この奇怪な手口が待ちあぐむことはないだろう。

通りたまえ、わたしの前にいたのだから。

骨髄の外傷、骨の障害傷害、骨折。
粉々にされた苦痛とその記憶に苦しみ、患者は無垢な幼虫のような自分の破片の一切を、尻尾のように死ぬまで引きずることになるだろう。
このように骨が粉々に飛び散ったことと、
その記憶を別にして
電気ショックよりも一層辛いその記憶。
電気ショックのせいで患者の心は虐待される。

そしてバターがあるだろう限り

dur geluze
e geluze
re geluze
tagure

（以下、略[5]）

決定稿にあるアルトーの「叫び」、その言語態にこのフランス語を透かすことで、「叫び」からその意味を汲み取りだそうとしても、それは恣意的な解釈になって終わるだろう。この方法論的に緻密な「叫び」は意味を越えているから、意味に還元してはいけない。じゃあ、どうする？　アンリ・パリゾに宛てた手紙（一九四五年九月二十二日）を開く。

あの古い書物の言語と似ているに違いない言語を次に数行ですが試してみます。しかし、読み手自身が理解し考えるために見出さなければならないリズムに乗って、拍子をとって初めてこれを読むことができるのです。

ratara ratara ratara
atara tatara rana
otara otara katara
otara ratara kana
rtura ortura konara

kokona kokona koma
urbura kurbura kurbura
kurbata kurbata keyna
pesti anti pestantum putara
est anti pestantum putra

だがこれは一気に迸《ほとばし》り出なければ価値がない、一音節ずつ探してももうなんの値打ちもありません。ここで書いても意味はない、もはや灰にすぎません。それが書かれたまま生きうるには、失われてしまったあの書物の中にあるもう一つの要素が必要なのです。[6]

「あの古い書物」とは『Letura d'Eprahi Falli Tetar Fendi Photia o Fotre Indi』。度々言及されるこの書物は、いかなる国籍に属していようと誰もが読める言語で一九三四年に書かれたが不幸にも失われてしまった、とアルトーは同書簡で説明している。この幻の「書物」、この来るべき「書物」にアルトーは自分の最上のものを注ぎ込んだのだ。

アルトーが私たちに要求するは——読み手自らが自分だけのリズムを見出して一気にアルトーの叫びを迸らせること、そして、それを聴く者たちの身体と読み手の身体とがひとつになって魔術的な変容を遂げてゆくこと。これが「詩を生きる」ことであり、「詩が受肉して具現する」ことだ、とアルトーは同年十月六日の手紙でパリゾに詳述している。読み手と聞き手を絶対的な共犯関係に置く一種の演劇的行為を通して（マラルメの「書物」も読み手との共犯関係において成立する）、詩は五感の対象としてページの外に立つ。書かれている詩は意味を読まれる言語から脱皮して現成し、だから、ここにはもはや意味はない、文字も文法もない。世界とのあの乳色の蜜月関係を侵犯した言語は乗り越えられなければならない。アルトーはジャック・プルヴェルに宛てた「反カバラ書簡」で文法をこう断じている。

> 人間が前進できぬように首枷を嵌められているかのような、文明や文化といった偉大を自称している観念一切の傷を作ったのは、文法である[7]
>
> 文法のあるところに文法上の誤りが生まれる。法のあるところに違反が生まれる、法が違反を生むのであってこの逆ではない。医学のあるところに病が生まれる、医学が病を生むのであってこの逆ではない。
>
> 永遠の病人である、
> わたしこそが、
> ――病が足りぬばかりに医者として生まれた、――

あらゆる医者どもを治さなければならない、[8]

だから、法の起源を暴け！

アウシュヴィッツやヒロシマ・ナガサキの悲劇の後に、私たちはカント的な意味における「啓蒙の相続」の破綻した現実に直面する。私たち人間の自己愛は幾度か傷つけられてきた。最初に、私たちの住む地球が宇宙の中心ではないと報告された。次に、私たちは動物の中の王、特殊な種ではないことを告げられた。さらに、私たちは自分自身の意識の主人でさえなく、無意識の女中に過ぎないと暴かれた。最後に、世界に一つの時間を強制したあの世界戦争を通して、私たち理性的存在である人間は、その「理性の犠牲者」にほかならない荒涼とした現実を突き付けられた。近代のプロジェクトは「世界をいかに支配するか」であったが、現代は「私たちの支配をいかに支配すればよいのか」、これが現代の課題であるとミシェル・セールは要約している。この「支配の支配」が問われる際、今までの理性の在り方がその内側から抉られてゆくのは必然であって、ここに、私たちは法の残酷を垣間見る。それは、狂気を非理性の違法として一方的に排除・監禁した。「規範」の語源にあるのは「直角定規」。定規に沿って引かれた一本の線が「法」となる。それはデカルトの偏愛している直線、右側にさっと引かれた直線で、アフリカ諸国の国境の人工的な直線でもある。自然は直線を知らないのに。繰り返すが、それは左側に不器用に酩酊したかのように引かれた線ではない。灰の色の古びた港町、その路地の曲線の一襞一襞に、私は秘められた恋人と幾夜酔い痴れたことだろう。しかし、なぜ、引かれる線はその一本なのか。そもそも、いったい誰が人目を盗んで定規をそこに置いたのか。その定規自体、決してずれることなく、「正しく」位置している、と誰がいっているのか。この場合、「正しく」とは、誰に対して何を意味しているか。私のこうした一連の問いに対して、いったい、誰が答えてくれるのだろうか。「掟」は、私たちに対してその起源を問うことを禁止する。そう、いかにも「掟」は無‐根拠だから。しかし、この禁止を通して、さらにあの「ソクラテスの死」を担うことで、私たちは倫理的な主体になるが、『収容所群島』で罪＝罰を生んだのは「法」であった。法とは真実であるよりは必然のものであって、だから、虚偽が世界秩序となっている、と大聖堂で説明されてKは「憂鬱な意見ですね」と応えている（カフカ『審判』）。だから、法の起源を暴け！　ここに反精神医学の誕生があり、アルトーの「狂気」がある。

思考が論理の展開である限り、私たち人間は合理的ではないもの論理的ではないものを思考することはできない。それは人間の思考の外部として非人間的なものである。狂気が人間に固有のものである限り、反精神医学にとっては狂気もまた別種の「合理性」となる。真実の狂気とは、反精神医学の旗手デイヴィッド・クーパーが大文字のMで綴る「狂気（Madness）」であり――これこそが自己同一性にほかならない――、この「狂気」のためには、一切の「先験的組織化」を脱組織化する「革命」が完遂されなければならない。「脱構造化」「非条件下」「脱教育化」「脱家族化」を通して、私たちは「他に支配もされず他を支配することもできぬ者」になる。自己によって自己を解放する、同じことだが、自己によって自己を規定する、この実存的義務が「狂気」であった。クーパーの声を正面から受け取る以上に、この声の背景を考えよう。医者／患者、この二分法の医学空間において知を持たぬ患者には、自己規定の可能性が奪われていた。他の二分法も同じように構造化されていて、フーコーが監視と処罰の近代的地平に、監獄・学校・工場・病院を並記した所以はここにある。

ところで、クーパーの「狂気の革命」は絶望的というよりも不可能に近い。一切の「先験的組織化」の否定は——言語の否定はそのひとつである——、「わたしの生誕」の否定に帰着する。「わたし」は「わたし」自身によって生まれなければならない。だが、この不可能性を生きようと絶望的に努力したのがアントナン・アルトーの「狂気」であった。

自分は存在している、先天的に存在している人間だと思い込んでいる馬鹿な連中がいる。
わたしは違う、存在するためには自分の先天性を鞭打たねばならぬ者だ。[9]

わたしは今度の九月四日で五十歳になりますが、これは戸籍にあるように一八九六年九月四日マルセイユに生まれたということではなくて、
わたしの記憶によれば、或る夜のこと、夜明け《パトロンーミネ》の時刻にマルセイユに移ったんです。
わたしの記憶によれば、その夜、父と母によってではなく自分自身で受肉を成しました。それはどえらい口論、角度のずれた過酷な受肉でした。[10]

だから、これがアルトーの墓碑銘『此処に眠る』である。

俺、アントナン・アルトー、俺は俺の息子、俺の父、俺の母、
そして俺。[11]

二〇二二年八月二十六日

注

学術論文ではないので煩雑な注は避ける。

「私」は岡本健ではない。これは虚構の一人称である。

アルトーの日本語訳に関しては『アルトー・コレクション』の訳を参照しているが、原文に当たって「私」の文体に変更されてあることをご承知おきください。

1　XIV** p.26
2　I** p. 28
3　IX p.139
4　XIV** p.11
5　XIV** pp.159~160
6　IX p.172
7　*LETTRE CONTRE LA CABBLE.*（これは小冊子でページ数は打たれていない）
8　XXII p.69
9　I** p.9
10　XII p.227

11 XII p.77

文献

ガリマール版アルトー全集 I** IX XII XIV** XXII

LETTRE CONTRE LA CABBLE à PARIS CHEZ JAQUES HAUMONT, 1949

D・スターン『もし、赤ちゃんが日記を書いたら』亀井よし子訳、草思社、一九九二年

D・クーパー『反精神医学』野口昌也・橋本雅雄訳、岩崎学術出版社、一九八〇年

岡本健

ポスト・スクリプトゥム、あるいは魂の耳

堀 千晶

力、暴力。

その背後の竹やぶのなかで——
吠える癩《レプラ》、交響楽のように。

贈物にされたヴィンセント・ヴァン・ゴッホの
耳が、
到着する。[1]

切断された耳が街路を徘徊している。ふいにあらわれては感覚を鋭敏にしあちこちで聴き耳を立てる。あちこちで何かが裂ける音がする。人生が崩壊する音。あるいは何かが激しく軋む音。苦しむ声、

叫び声、植物の音。人間の顔面はぽっかり空洞があいている。聴く者は誰一人いない。物理的な音ではないから。けたたましすぎて麻痺してしまうから。声が無響室に放り込まれるから。人間の可聴域には入らないから。切断された耳の恥辱。音を立てない差し迫る音をそれでもしかるべき場でしかるべき時機に聴き届けるには？　それにしてもどこで、いつ？　犬の骨に響く静脈の鼓動を聴くように？　吠え声をあげながら？　耳はさまよいつづける。地面に耳をつける。地中に埋められた火傷だらけの死体の破裂した心臓の音を聴くように。溶岩の壁に聞き耳を立てるように。空中に向けて鼓膜をひらく。空気中を飛び交う非現実の声が雲間の晴れ間のように飛び込んでくる。耳は顔の周囲を飛び廻っている。「我々は新たな《言語の混乱》の前夜にいる」[2]。

「スペインは炎上中で、エチオピアの火事はどうにかおさまったばかりだ。広大な中国の地ではいまにも戦争が起こりそうな気配だ。ドイツとイタリアには奇態な秩序が支配しているが、これとて合法的に組織された無秩序にすぎない。そしてこの秩序が今度は周辺諸国の秩序と平和を、すなわちヨーロッパ全体の秩序と平和を脅かしている。フランスとなったら、これはもう潜在的な革命状態にあると言っていい」[3]。一九三六年八月、メキシコから詩人の耳は近くで遠くで鳴り響く音を聴いている。第一次大戦中の疫病、空襲、砲撃、両大戦間期の極東の帝国主義、西欧で樹立されたファシズム、勃発したスペイン内戦、あらたな混乱の前兆。やがて新たな大戦のけたたましい災厄が鼓膜から這入りこみ、詩人の繊細な「腐食性の潤滑膜」[4]をふるわせるはずだ。詩人は決して時代からも、社会からも精神を切り離さない。だからこそ社会に抗し時代に抗する者たりうるのである[5]。「時代の心を診たことのない芸術家、自分はスケープゴートであり、やり場のない時代の憤怒を引き寄せ、受け止め、己が肩に背負いこんで、時代の心理的鬱屈を解消してやる義務があることに無自覚な芸術家、それは芸術家ではない」。「今日の芸術家はかつてなく時代の社会的混乱に対する責任が重い」[6]。『ジャック・リヴィエールとの往復書簡』で語られる魂の中心部の崩壊、思考の崩壊も、『神経の秤』における思考と言語のあいだの関係の混乱と分裂も、さらには言語の涸渇とひび割れも、「狂った時代」の揺動、拡大、増幅との関連のなかに位置づけられうる[7]。それは飢餓、疫病、噴火、地震、戦争がもたらす金属質の打撃音や無音の衝撃波かもしれないし、あるいは従軍経験をもつ別の小説家がいうように戦場で「何千という昆虫が一斉に世界をかじればわき起こってきそうな音にも似たどよめき」[8]とともにふるえる思考の昆虫性なのかもしれない。そうした振動が精神のなかにじわりと広がり、動物や虫の群れと共振れし、中枢が浸食され、穴だらけとなり、言語もたえざる崩落に見舞われる。「だが戦争の真只中にあって再建されるや否や破壊される諸要素のみからなる世界において、そもそも思考などどこにあったというのか、／なぜなら思考とは平和時の贅沢品なのだから」。「焼けた爆弾と押し殺された眩暈を感じない者は、生者であるに値しない」[9]。

　詩人にとって精神は物質とふれあう領域であって、あたかも触知可能であるかのような「地理地《ジェオグラ》勢《フィ》」をなしている[10]。精神の地理地勢は、岩の転がるアイルランドの孤島のように起伏がなだらかにも急にもなり、地層は幾重にも連なり、地面はふいに陥没し、崖や火口は眩暈を惹起し、ひんやり冷たい岩の下からは溶岩も噴きあがる。ざらつきや勾配をもつ自然との、鉱物との、病毒とのかかわりのなかで、「色」や「音」、「喘ぎのリズムや疫病の悪寒を肌身に感じながら、病気と類似した植物が発する音に耳を傾けながら」、思考は生成するのである[11]。ときに「溶岩の絶壁が／差し迫った生成変化

／のもたらす転覆／のほうへと前進する」[12]。詩人は停止しているかに映ずる形態すべてを、溶岩のような様々な力やエネルギーが押し寄せ一時的に凝結したもの、したがって岩をふたたび溶かすように可塑的に変形可能なもの、脱形態化しうるものと見做す[13]。いわゆる力のエコノミーである。芸術はまさに、精神の地理地勢のせめぎあいのなかで変形や脱形態化のオペレーションを行う際の、武器、手術道具、ペスト、爆薬のようでなければならないと彼は言う。精神は、それに点火し起爆させ五感を尖鋭化させ猛り狂わせる芸術をとおしてはたらきかけうる、具体的な領域と見做されるのである。とりわけ「狂気」、「精神異常」、「自殺」は唯物論的に、つまり疎外する社会的な諸力の地理地勢のなかで理解されることになるだろう。ボードレール、ネルヴァル、ポー、ゴッホ、ニーチェ、ロートレアモン、ランボーらをめぐる描写が、「唯物論的精神医学」を証し立てている。たとえばネルヴァルは「プチブルジョワ的現実にとっては耐え難い種類の現実」を、「この世のものであって他界のものではない客観的かつ実証的な生において、ある時、ある期間、体験していた」とされる[14]。つまりブルジョワ道徳にとっての《外》を、「この世」の地勢に即物的に持ち込むこと、それがネルヴァルの生であったというのである。

こうした「精神」の地理地勢の把握法をめぐって、詩人は定型的な唯物論から距離を取る。「弁証法的唯物論」は、経済の問題へと傾注することで、荒れ騒ぐ自然や社会と共振しあう精神をめぐる問い、その深淵を回避したと詩人は考えるからである。ただし一定の距離を抱えながらではあるものの、唯物論言説との共通項を最低限確認しておくべきだろう。すなわち「生の資本主義的形態」[15]への批判である。「現代の資本主義的リベラリズム」は、「知性」に対する、「知的価値」に対する「侮蔑」にもとづいている。[16] 資本主義は反知性主義であり、その超克には高度の知性が必要である。長期間の監禁後に、「教育・医学・教会・行政・科学および資本のこの貴族階級」への批判を行う『手先と責苦』においても、所有を背景とする保守や保護の思想に矛先が向けられる。「あなたたちは多かれ少なかれ全員が守るべきもの、保存すべきもの、救出すべきものをもち、それによって現行の制度にはまりこんでいるという点で、全員が有罪なのだ」。[17] そうだとするなら、『革命のメッセージ』にあるように、「持てる人間から取り上げる」ことばかりでなく、「各人から所有の味をぬぐい去る」のでなければならないことになろう。[18] 穏やかさ、凪ぎをもたらす芸術＝行為は、各自の持ち分、各自の所有する領土のなかで安寧をもたらすブルジョワ的なものにすぎない。[19] ジャン・ヴァールの語彙を借りるなら、精神の地理地勢へと「超降（transdescendance）」[20] することで、個人主義や集団主義にもとづく所有から離脱し超脱するような、別様なる生のありかたを創出することを詩人は問う。それも経済的な意味での所有ばかりでなく、である。

詩人は経済的平等を否定しているわけではおそらくない。ただ、そうした平等が達成されようとも、「疎外＝精神異常《アリエナシオン》」から回復しようとも、「人間」が旧来のままであるなら、「革命」にたいした意味などない、経済的社会的な水準のみの革命には、詩と芸術が、人間の変革が欠けているとおそらく詩人は見ている。ここにはもちろん、どこまでいっても「怨恨」に満ちた反動的な存在である「人間」を診断したニーチェと通底する響きがあろう。詩人においては、「盗み」、「裏切り」、「詐欺」、さらには「独占」という「生物学」的な病を、人間学的な見地から把握し、そうした価値をめぐる地理地勢《ジェオグラフィ》を書き変えるべく、「武器を手にして踏み込むべき」だというのである。[21] いわゆる現実の武器や兵器のことを言っているわけではない。大戦の惨禍を前にして、戦争へと人びとを駆り立て、その四肢を文字どおり切断し奪いとり身体に穴をあけていった「金持ち」と「権力の果てしなき便乗者たち」を、詩人は「解剖学《アナトミー》」の名のもとに批判してこう述べる。「人体解剖学には我慢できない」[22]。

詩人にとって、芸術家が踏みこんでゆくべきはこうした解剖学、こうした精神であり、「人間」の地理地勢、さらには人間社会の地理地勢そのものである。人間を乗っ取ろうとする権力や他者たちに抵抗するため、芸術作品は生を静かに描きだすのではなく、精神に打撃音を響かせ、権力の圏域から身を引き剝がさせ、「人間」を壊乱するような嵐＝物質に変わらねばならない[23]。そのとき作品は現実へと飛び出す「演劇」となり、「形而上学」となるだろう。「今日、形而上学を持ち出すのは〔……〕、経済的世界観のなかへと、かつて世界から取り除けられようとしたものを再度押し入らせるためなのである」[24]。経済のなかへと、経済から取り除けられた所有秩序の攪乱を過剰注入すること。経済にとっての「災厄の形而上学」[25]であるかもしれない。詩と演劇と形而上学とは、「全面展開」された「革命の問題」であり、その全方位的な徹底化である[26]。「マイノリティの抵抗」であり、その「全面的な蜂起」への展開である[27]。「街路で、バリケードの前でなら私だってたしかに余計者だということはない」[28]と詩人は言う。社会の空気のなかに漂う諸傾向を突き詰めながら、その傾向を社会が耐えられない極点にまで追い込んでゆき、それによって社会からも時代からも抜け出すこと。レーニンはこの徹底化のまえに、簒奪者たる「神」に、人間に、「尻」を吸われてしまったのだ[29]。詩人は逆に尻を振り上げ、不毛さへと積極的に直腸を差しだす。すなわち『ヘリオガバルス』である。その光景はさながら、革命にいそしむレーニンが挑発的で倒錯的な衣裳に身を包んで、風紀壊乱の号令を発するようなものだ。使いみちのないレーニン主義とでもいうべき幻想的風景が生のなかにリアルに立ちあらわれる。何をなすべきか？　アナーキーと演劇である、と詩人はただちに応ずるだろう。

「つねに興奮の絶頂、狂乱のなかで、声は嗄《しわが》れ、女性的な生殖のアルトにまさに変わるとき、ヘリオガバルスは恥骨の上に鉄の蜘蛛のようなものをつけ、その蜘蛛の足は彼の皮膚に擦り傷をつけ、サフラン色の粉をまぶした尻が動きすぎるたびに血を噴き出させるのだが、金で覆われた、動かない、硬直した、無用で、無害な、黄金に浸した彼の陰茎とともに、太陽の三重冠をつけて、宝石をごてごてと飾りつけた外套を羽織り、火に食い尽くされて、彼が到来するのだ。〔……〕沈黙、つづいて炎が上がり、狂宴、乾いた狂宴が再び始まる。ヘリオガバルスは叫び声を寄せ集め、黒焦げになった生殖の激烈さを、死の激烈さ、むだな儀式を導くのである」[30]。

ヘリオガバルスは大したことをしたわけではない。立法権が全面的に女性のものとなり、社会全体における性的自由と同性愛を王座から推進し、どんな社会的地位であれ誰もが就けるようにしただけである[31]。財政長官、親衛隊長、夜間警備隊長、食糧幹事といった地位に、踊り子、御者、騾馬曳き、飛脚、料理人、錠前師が、特段の実利なき不毛な理由で選ばれる。誰もが地位に就き、誰もが地位から蹴り落とされる。こうしたことを実行するために、特段の技術などまったく必要ではない。実行しようと思えば実行できるのであり、ヘリオガバルスは演劇的で徹底的なしかたで現に実行に移す。もちろんヘリオガバルス自身が就いている王位も例外ではない。秩序壊乱の成果によって王位そのものの地位と価値じたいが低下し、うろんな「偽の王」たちがつぎつぎに名乗りをあげ、正統的な王位継承制度が嘲弄される[32]。王など誰にでもなりうるということによって、王という地位そのものの重要性が崩壊へと向かう。血統信仰も王の象徴的権威も肥溜めへと直行する。ヘリオガバルス自身、「国」や「家」の伝統、男系の権威を嘲弄し、生得的な権利を嗤い、異国、女性の衣を纏い、家族主義を破壊してゆく。そんな「戴冠せるアナーキスト」の一貫した態度を眺める人びとのあいだでは、よこしまな欲望があちこちで掻き立てられていったはずだ。ブルジョワ道徳の側から見るなら、風紀の乱れと映ずるであろうものが伝播し、疫病のように広がってゆくのである。それによって人びとの平等＝自由への感性が高まり鋭くなってゆく。「アナーキーとは、現実化された詩なのである」[33]とするなら、「詩人」であるとはアナキストであることの謂いであろう。永久に秩序を崩しつづける者、たえざる解体と再構成、永久的な攪拌を生みだす者。たえず天地反転し廻転する社会の様相を露出させ、その循環をあと押しするためには、寝そべる人びとのまわりに舞い散る多量の花びらのように、誰かが、何かが、その身体＝記号でもって具体的に範を示さねばならない。

　血統書を嘲笑う血統書つきのアナキストであるヘリオガバルスと、母ユリア・ソエミアは虐殺され、死体は溝《どぶ》に捨てられたという。詩人は糞まみれのその遺骸を、歴史の肥溜めから掬いあげ、糞つきのまま紙のうえに刻みつけるかのようだ。死体を、殺害者たちの好きにさせておくわけにはいかないからだ。より広く言うなら、死体の意味、死の意味は、社会の殺人者たちによって捕獲され、横領され、都合よく利用される[34]。とりわけ闘う者、さらには兵士たちの死をめぐる意味づけに関して顕著であり[35]、この意味を踏み台にして、兵士を召集し死地に送りつける者たちは社会的地位を確立する。そうだとするなら欺瞞的な殺人者たちが権力と権威を樹立してゆく機序を白日のもとにさらし、死を、殺害者たちの手から奪還してゆく必要があるだろう。それこそ詩人が、さまざまな作品をとおして行いつづけたことである。そうだとするなら、詩人が一九四三年にアンティゴネーへと向けたまなざしの理由もあきらかになるだろう。『ヘリオガバルス』もまた、その作者自身が、ヘリオガバルスにとってのアンティゴネーへと生成しながら書かれた作品ではなかったか。

「フランス人におけるアンティゴネー」において詩人はみずから「アンティゴネー」たらんとしつつ、同時に、「私のアンティゴネー」をも希求する。[36] いわば、アンティゴネー自身にとってのアンティゴネーである。彼女の存在は言うまでもなく、まったく自明のものなどではない。ヘルダーリンによるなら、『アンティゴネー』とは「国家的規模の逆転」であり、「蜂起」である。[37] スタイナーの言うように、「劇の中心は個人の精神に課せられる政治性、政治的社会的変化が人間の物言わぬ内面性に加える必然的な暴力にある」とするなら、[38] どれほど些細な行為であろうとも、それが政治的社会的な問題とされるような状況において、埋葬は政治的な闘いの名となるのである。詩人の言うようにアンティゴネーが「魂の名」であるとするなら、「魂」は当の状況のなかにあることへの、当の状況に浸食されることへの拒絶をとおしてつくりだされる。魂とは闘いの名であって、埋葬する者になることじたい、一箇の闘いの成果でしかありえない。詩人は闘う女性を愛し、みずから闘う女性であろうとする。また植物の声を聴きわける繊細な耳で、闘いの轟きと、対抗する力の生成を聴き届けようとする。「自分の魂を実存させている力をまずは切断し、対抗する力を見出すことができなければ、誰一人としてアンティゴネーには決してなれない。かくなる対抗力こそが、魂が生き、その魂を生きている存在とは異なるものとして、魂がおのれを認識する力なのだ[39]」。「世界というヴェール」を引き裂く「蜂起」をつくりだすこと、自己の出生を、自己を実存させている力の系譜を書き換えること、これは社会による殺害（第一の死）へと抗う、第二の死となるだろう。[40] 詩人のいう「死」とは、「私」を乗っ取る「神」の先を越しながら自己をつくりなおし再構成してゆく過程であり、「木乃伊」としての再誕生＝再死骸化でもある。[41] ふたつの死のあいだの期間は、「両大戦間期（entre-deux-guerres）」と重ねあわせるようにして、いわば「二つの死の間（entre-deux-morts）の圏域」とも呼ばれうるものであろう。[42] 詩人の仕事を通じて、死は別様なるありかたへのうごめきとして書き換えられるのである。

アンティゴネー自身、みずから生きたまま地下に幽閉されるからには、彼女もまた社会による自殺者＝闘争者であり、その闘いには人間の掟への対抗が貼りついている。詩人は、アンティゴネーを埋葬するアンティゴネーというかたちで、いわばアンティゴネーを分身化させてゆくのだが、それは詩人自身の死を埋葬する詩人、アナキストの死体に息を吹き込むアナキストという、詩人＝アナキストそのものの分身化でもある。闘いと死と埋葬は幾重にもわたって重層化する。自己との闘いでさえも、自己のうちに巣食う社会的な道徳との闘いとなり、自己を身体的に監禁する物質的制度との闘いとなる。社会のなかで激しく抗う者、社会によって虐殺される者、斃れた者を埋葬する者、埋葬する者自身の死体を埋葬する者。そのすべてを一人の人間が担うとき、自我はおのれ自身から幾重にも分離し、自我という死者を見つめる者となり、「おのれの自我の他者として、自己自身すなわち死者を埋葬することと」が執り行われる。[43] アンティゴネー論と同時期の「詩への反逆」にあるように、詩人はおのれが貪り食われるのを冷たく見つめている。[44]

初期の「思考の腐蝕」をめぐる書簡から、終戦後の『此処に眠る』、『手先と責苦』、『ヴァン・ゴッホ』まで、詩人の書いたテクストが、おのれ自身の死後に、当の死者によって書かれた

「追伸《ポスト・スクリプトゥム》」としての性格を帯び、追伸のなかにさらなる追伸が積み重ねられてゆくのは、おそらくそのためである。死体の殺害現場を、当の死体じたいが、あるいは別の死体が証言するのであり、その証言を身体から切断された「自分の欠けた耳」[45]、いわば魂の耳[46]が聴いて廻り、死体＝身体へと持ち帰るのだ――「第二の死」と「生」のはざまで死体＝身体をつくりなおすために。「私は電流の放電によって眠りそこなった、そしてどのくらいかはっきりしない時間のあいだ、自分自身の喉のなかにいる一匹の蝿のように自分が凶暴になったことを覚えている、それから自分が死んで、自分自身の亡骸の上に迸り出るような感じがしたのだが、私の身体から完全に私が分離するにはいたらなかった」[47]。

ただし死者自身は証言できないとするなら、これは不可能な証言でもあるはずだ。言語が粉砕され崩壊しているというのに、いかにして語るか。詩人の証言のなかでは、禁圧され寸断され虐殺される身体と言語は、崩落のさなかで喉のなかにいる「蝿」のようなものとなり（決して落ちつくことのない言語のけだもの性）[48]、さらには死体となり、死体から迸り出るものとなる。言語じたいが痛めつけられ、穴をあけられ、くずおれ、炸裂し、沈黙を強いられながら、窒息した喉のなかでいつしか息が、虫＝言語、死体＝言語へと転化し、けだものや死体として再構築され、空気や紙片のうえに刻みつけられてゆく。言語の死体、言語の空虚な穴そのものであるような不可能な言葉になること[49]。闘争の言語、社会的に殺害される言語、言語の死を明視＝埋葬する言語、明視＝埋葬する言語の闘いに息を吹き込み＝埋葬する言語。言葉そのものがいわば一種の死体――昆虫＝言語の死体――であり、死体の奪還と埋葬であり、死体じたいの語る遺骸的な生である。死後の「生き＝延び」であり、「過剰な＝生」

でもあるもの（« sur-vivre »）[50]としての、遺骸的な言語がカイエのなかからこちらを覗き込む。あるいは過剰な死、あるいは死に延びるものと言ってもよいかもしれない。永久に死に延びる死体。「言語が去って十年になる」[51]。ほとんど時間そのものが粉砕され、時系列は消滅する。[52]そこから帰還した死体＝言語は「雷」となり、「私が紙の上で行った鉛筆による数々の打撃」がその振動を伝える。「私は言葉を用いていないし文字さえも用いていない」。「私は精神や、意識や、存在の、外にある状態を知っている。／それはもはや言葉も文字もない状態、／だがそこには、叫びと打撃によって入ってゆくことができる。／出てくるのはもはや音や意味ではない、／言葉でもない／幾つもの《死体＝身体《コール》》だ」[53]。

同様に、おそらくデッサンも、不可能なデッサンの試みとなる。「紙の上に描かれたどんなデッサンもデッサンではない」[54]。支持体ないし基底材としての紙は、ときに刺し貫かれ燃やされ、罫線によって区画化された空間が引き裂かれ焼け焦げ溶解する。詩人にとって絵画は死の皮膚と関わる。というのも「人間の顔はうつろな力、死の領野」だからである。[55]たとえばバルテュスの絵画において、特異なのはいわゆる猥褻な主題などではなく、むしろタブローという領野における表層、皮膚、表皮のありようである。「バルテュスは、まず光の形を描く。壁や床や椅子の光、あるいは皮膚（épiderme）の光によって、彼は私たちに、そのざらついた面と共に浮き出してくる一つの性器をもった身体の神秘のなかにはいり込むように誘うのである」[56]。別のバルテュス論でも「表層」の主題は取りあげなおされるが、[57]とりわけ「皮膚・表皮（épiderme）」という語はおそらく、「伝染病・疫病（épidémie）」という語との綴り上の類似を念頭に置きながらもちいられており、タブローは皮膚的（épidermique）で疫病的（épidémique）な外観を纏うことになる。[58]「なぜバルテュスの絵からは、こんなにもペストや嵐や伝染病（épidémies）の臭いがするのかはわからない。〔……〕生まれる前に辺獄《リンボ》から堕ちた死骸、使われなかった処女の身体、バルテュスの裸体画はどれほどのそうしたものでできているのだろうか」。[59]

詩人にとって疫病やペストは、アナーキーを引き起こす震源として理解されていたことを想起しておこう。バルテュスの絵画においては、タブローの表層のマチエールにおいて、精神の揺動、動顚、転覆が惹起されると詩人は考えているようだ。革命は人間の顔をつくりだすという意味で、顔とはまさに革命があとに残してゆくものである。[60]また精神病院から解放された彼が、世界はその奥に秘密の原理を隠しているとする「オカルト」を拒否し、徹底して現実の外観に、その「表層」にとどまるべきだと主張していることも、あわせて強調しておこう。詩人が徹底的な引き算（「～なき、～なき」）を繰り返すのもそのためだろう。「すべてはそしてとりわけ本質的なものは、いつでもむき出しのまま表層にあったのだ」。[61]また『演劇とその分身』においても、バリ島の演劇が、「ひとつの色彩からひとつの身振りへ、そしてひとつの叫びからひとつの動きへと向かうあの永遠の鏡の戯れ」と言われていた。[62]

詩人は、表層で演じられる闘いをつぶさに聴き届ける。ただし表層のうえでこそ深淵がひらけてくる、と彼は考えているようなのだ。「顔面の、／表層の到達しえない地図の、底知れない深淵（le gouffre insondable de la face, /de l' inaccessible plan de surface）、そこから死体＝身体である深淵が姿を現わす」。[63]何の秘密も背景ももたず、他のものに置き換えて解釈することができないだけに、表層上での力の戯れ、色の戯れ、身振りの戯れは、名づけられないものとして、名づけを拒むものとしてあらわれる。絵画とは、世界のなかを行き交い交錯するそうした名づけえぬ諸力――花を拷問して歪め、大地に畝を刻み込んで搾りあげ、[64]表層に疫病を伝染させ、耳を切り取る諸力――を、見えるようにする「問題の領野」[65]であり、さらには「人間の顔（visage）」にその「面（face）」をつくりだして与える場でもある。[66]そうだとするなら画家が与えなければ、顔面なき顔にとどまり、いわば見えているのに見えていないものとして遠ざかりつづける顔を、その遠ざかりが見えるように表層上に現に差しだす行為が、絵画行為となるはずだ。ジャコメッティとの類似を語りうるとしたらこの点であろう。顔に面を与えるという肖像画（portrait）は、射抜かれた矢のような、あるいは暗闇を走る閃きのような「描線（trait）」によって、「顔立ち（traits）」をつくりだそうとするものである。詩人にとっての絵画とは、矢や雷の閃きに等しいような描線を、タブローの表層に深淵としてとどめおくものであり、さらにはその表層の皮膚的＝疫病的な力によって、死体＝身体の端的な現前をつくりなおすものなのかもしれない。意味＝零を体現する死体＝身体の過剰さをつくりなおす絵画行為、である。くわえて初期の『芸術と死』において彼は、かすかに振動するものに焦点を当てる。描線とともに、彼における「基底材（subjectile）」はいわば「ふるえる（vibratile）」もの、微細な揺れを検知する振動体となり、絵画は「事象のふるえるまつ毛」となる。[67]タブローのうえでごくちいさな音や激しい音を立ててふるえる、繊細な線の幾重にもわたる絡みあいは、それじたい揺れ動く世界を知覚する膜を織りあげてゆき、世界の顫動とともにみずからも身をふるわせおののかせる。タブローとは世界を聴く鼓膜である。ふいにその膜がふるえはじめ、詩人のいう「死」として立ちあらわれることもあるだろう。「死とは無数のふるえのひとつにほかならず、私の自我という被膜にふれる諸事物の爪がもたらす茫洋と波打つ打撃のひとつでしかありえない」[68]。

《追伸》

私とは誰か
どこからきたか
私はアントナン・アルトーである
そして私はそれをいわなくてはあらぬ
それをいますぐ
いうことができるからだ
現にある私の体が
破片になって飛び散り
明らかな
無数の側面をあらわし
一つの新しい体が
また凝結する
そのためあなたはもう
けっして私を

忘れることができまい。[69]

注

1 『パウル・ツェラン詩文集』飯吉光夫訳、白水社、二〇一二年、八二頁。

2 『革命のメッセージ』一五一／730. 本稿においてもちいたアントナン・アルトーの日本語訳は以下の通り。『神経の秤・冥府の臍』粟津則雄・清水徹編訳、現代思潮社、一九七七年。『革命のメッセージ』高橋純・坂原眞里訳、白水社、一九九六年。『芸術と死』、『ヴァン・ゴッホ』所収、粟津則雄訳、ちくま学芸文庫、一九九七年。『神の裁きと訣別するため』(『ヴァン・ゴッホ——社会による自殺者』併載)宇野邦一・鈴木創士訳、河出文庫、二〇〇六年。『ヘリオガバルス——あるいは戴冠せるアナーキスト』鈴木創士訳、河出文庫、二〇一六年。『演劇とその分身』鈴木創士訳、河出文庫、二〇一九年。『ロデーズからの手紙』宇野邦一・鈴木創士訳、月曜社、二〇二二年。『アルトー・ル・モモ』鈴木創士・岡本健訳、月曜社、二〇二二年。『カイエ』荒井潔訳、月曜社、二〇二二年。『手先と責苦』管啓次郎・大原宣久訳、月曜社、二〇二二年。仏語原文はとくに注記のないかぎり、Antonin Artaud, *Œuvres*, édition établie, présentée et annotée par Évelyne Grossman, « Quarto », Gallimard, 2004 の頁数を指示する。引用に際しては基本的に既訳をもちいたが訳文を変更した箇所がごく一部ある。上記の書物からの引用に際して「頁」や「p.」の表記は省略した。

3 『革命のメッセージ』一五一／730.

4 『神経の秤・冥府の臍』一三四／166.

5 『革命のメッセージ』二六／691.『カイエ』三一六／1522.

6 『革命のメッセージ』一五三、一五四／731, 732.

7 『神経の秤・冥府の臍』三九、一二九−一三四／72, 164-166. 両大戦間期の情況と演劇論との関連をめぐって、塚原史「狂った時代とバロック的なもの——アルトー再読の試み」、『舞台芸術06』所収、京都造形芸術大学 舞台芸術研究センター編、二〇〇四年。

8 クロード・シモン『フランドルへの道』平岡篤頼訳、白水社、一九七九年、二六−二七頁。昆虫と思考について、『演劇とその分身』一〇一−一〇三／542. アルトーとミショーにおける思考の昆虫性、動物性について、Évelyne Grossman, *La Défiguration. Artaud-Beckett-Michaux*, Minuit, 2004, pp. 85-88, 104.

9 『神の裁きと訣別するため』一五八、一六〇／1458-1459. Cf. Artaud, *Les Nouvelles révélations de l' être*, in *Œuvres*, 787.

10 『革命のメッセージ』二七／692.

11 『革命のメッセージ』四二／698.

12 『カイエ』五一九／Artaud, *50 dessins pour assassiner la magie*, édition établie et préfacée par Évelyne Grossman, Gallimard, 2004, p. 36.

13 『革命のメッセージ』一六六／737.

14 『手先と責苦』一七一−一七二／1312-1313. 同書、二〇三、二〇六／1328, 1329.「抗議の声をあげる者はすべて狂人扱いされ、狂わされ、毒を盛られ、錯乱に追いこまれ、自殺を余儀なくされ、麻痺させられる」。「あらゆる存在どもが一致して魔術を使って彼自身の身体の所有をとりあげようとしたひとりの男の物語」。

15 『革命のメッセージ』一六四／736.

16 『革命のメッセージ』一五五−一五六／732.

17 『手先と責苦』二〇七、二〇二／1329, 1327.

18 『革命のメッセージ』一五八／734.

19 『革命のメッセージ』一五九／734.

20 Jean Wahl, *Existence humaine et transcendance*, Éditions de la Baconnière, 1944, p. 39.

21 『革命のメッセージ』一六一／735.
22 『カイエ』八九－九二／1089-1091.「ここ数年はあまりに多くの戦争が、四肢をつなぎとめているたくさんの身体から、あまりに多くの手足をもぎとっていった。／なぜ人間は外で戦うのか？／なぜなら内側で彼の人体構造《アナトミー》が／彼に戦争をさせるからだ」。あるいは別のテクストでは、「労働者たち」や「兵士たち」の身体を乗っ取る「精神」に対して、「精神糞くらえ」と述べている。『カイエ』二三五／1504.
23 とりわけ監禁から生還したあと、「私の身体は私のものである」、「いかなる経験も断固として個人的なもの」であることを強調するが、そこには極私的であることで、個人主義的な「私」を突き抜ける要素が見られる。『アルトー・ル・モモ』六二／1209.
24 『革命のメッセージ』三二－三三／694.
25 『芸術と死』一五四／198.
26 『革命のメッセージ』一五七／733.
27 『手先と責苦』二〇七／1330.
28 『手先と責苦』二〇二／1327.
29 『カイエ』二四三／1507.
30 『ヘリオガバルス』一八一－一八二／461.
31 『ヘリオガバルス』一七九、一八八／461, 464.
32 『ヘリオガバルス』一七三－一七四／459.
33 『ヘリオガバルス』一五七／453.
34 『手先と責苦』一七六／1315.
35 『カイエ』二三五／1504.
36 『アルトー・ル・モモ』一七一／939.
37 ジョージ・スタイナー『アンティゴネーの変貌』海老根宏・山本史郎訳、みすず書房、一九八九年、一〇七頁。

38 スタイナー『アンティゴネーの変貌』前掲書、一四頁。同様に、ブレヒトによる『アンティゴネー』（一九四八年）を参照のこと。

39 『アルトー・ル・モモ』一七二／939.

40 『芸術と死』一二六－一二九／188-189.

41 アルトー「自殺について」宇野邦一訳、『ユリイカ』一九九六年一二月号所収、七八頁／125. « Correspondance de la momie », in *Œuvres*, 183-184. 神の先を越すこと、自殺論、木乃伊論について、Serge Margel, *Aliénation. Antonin Artaud. Les Généalogies hybrides*, Galilée, 2008, pp. 72-83, 89-96.

42 Camille Dumoulié, « Antonin Artaud et la psychanalyse : pulsion de mort et « tropulsion » de vie », in *Revue Silène*, 2007, p. 3. 「フランス人たちにおけるアンティゴネー」における愛国主義めいた後半部の分析も含むテクスト全体の詳細な読解として、荒井潔「アンティゴネーの「名」――アントナン・アルトーにおける自我の問題」、『防衛大学校紀要（人文科学分冊）』第一二一・一二二輯所収、二〇二一年参照。

43 『アルトー・ル・モモ』一七三／940.

44 『アルトー・ル・モモ』一六七／937.

45 『アルトー・ル・モモ』三一五／1098.

46 『神の裁きと訣別するため』一五七／1457.

47 『アルトー・ル・モモ』一七／Artaud, *Œuvres complètes*, t. XXVI, Gallimard, 1994, p. 169.

48 『アルトー・ル・モモ』一六八／937.

49 『神経の秤・冥府の臍』八／21. 『アルトー・ル・モモ』三一二、三一八－三一九／1097, 1100. 『カイエ』二五五、三一六／1513, 1522-1523. 『手先と責苦』二五一－二五五／1350-1352.

50 『手先と責苦』一七五／1314. 「事物の根本、それは痛みですが、苦痛の中で存在することとは苦しむことではなく生き＝延びること（sur-vivre）であり、さらにいえば永久に死に損なうこと（se survivre）でもありり、それはとりわけ高い水準で生きること、最高度の渇水状態で生きることなのです」。
51 『カイエ』二五二／1512.
52 『ロデーズからの手紙』四六／893.
53 『手先と責苦』二四七、二五五／1348, 1351-1352.
54 『カイエ』二五五／1513.
55 『カイエ』三四二／1534.
56 アルトー「ピエール画廊におけるバルテュス展」、阿部良雄・與謝野文子編『バルテュス』白水社、一九八六年、一四二－一四三頁／489.
57 『カイエ』一五六／1466.「バルテュスの絵は肌と肌がくっつくように自然やカンヴァスにくっついて〔……〕」。
58 『革命のメッセージ』一〇八／714.
59 『カイエ』一五五－一五六／1465. アルトーを描いたバルテュスによるデッサンについて、『バルテュス、自身を語る』鳥取絹子訳、河出書房新社、二〇一一年、八四－八五頁。「デッサンの仕事は絵より厳しく、おそらくより神秘的で、火、真赤に燃えあがる火にたどりつくことを意味します。ときに数本の線だけで火は奪われ、とらえられ、いまにも消えそうな状態でも、かすかに見てとれる閃光でもつかまえられる。私がとても自慢だったのは、カフェのテーブルでなぐり書きした哀れなアルトーの肖像で、それについて言うと、画家は精神的な働きかけをしなければいけないということです。なぜなら火は精神で、精神は生命だから。画家の視線のなかにあるのは精神で、それをとどめておける画家の力が、モデルの真実、彼や彼女の性質と構造のもっとも深い、もっとも衝撃的なものを探り出すことができる。アルトーのときはそこに横断のようなものがありました、たとえればアルチュール・ランボーが言ったような透視力が働いた」。
60 『カイエ』三三九、三四二／1533, 1534.
61 『アルトー・ル・モモ』六六／1211.

62 『演劇とその分身』一〇一／542.

63 『手先と責苦』四一四／1414. Cf. Jean-Luc Nancy, « Le visage plaqué sur la face d' Artaud », in *Antonin Artaud*, sous la direction de Guillaume Fau, Bibliothèque nationale de France/Gallimard, 2006, p. 15.

64 『神の裁きと訣別するため』一五七／1457.

65 『神の裁きと訣別するため』一一八／1443.

66 『カイエ』三四二－三四三／1534.「人間の顔」について、cf. Jacques Derrida, *Artaud le Moma. Interjections d' appel*, Galilée, 2002, pp. 60-69.

67 『芸術と死』一五七、一六四／199, 201. ふるえる線について、cf. Évelyne Grossman, « L' art crève les yeux », in *Antonin Artaud, op. cit.*, p. 163.

68 « Lettre à personne », in *Œuvres*, 185.

69 『神の裁きと訣別するため』六八－六九／1663.

無名の小星《アスタリスク》から凶星ー大災厄《デザストル》へ

アルトーとブランショ

高山花子

最期の野営がなおも燻る夜明け、雷雨に歌う騎士《キャヴァリエ》の旅程は黒き火炉に消え去る。

——アンリ・トマ

一九二四年九月一日発行の『新フランス評論』表紙には、著者名がアスタリスク三つ「＊＊＊」の「ある往復書簡」というタイトルが載っている。誰と誰のやりとりなのだろうと思って雑誌のページをめくると、そこにあるのは、同誌の編集長ジャック・リヴィエールとまだ二十代の若きアントナン・アルトーとのあいだに交わされた、一九二三年五月一日から一九二四年六月八日までの合計十一通の手紙である。[1] 一九二三年五月一日の手紙でリヴィエールがアルトーに対して詩篇掲載の不可を告げつつ会うことを提案すると、アルトーは六月一日付でこの面会への感謝を述べつつ、みずからの思考の混合ぐあいと美のせいで、文学的には存在するに至らないということになってしまっているのかと、ある種の形式的な次元をもとめるであろうこの雑誌の掲載基準を意識しながら、リヴィエールに切実に詰め寄る様子がうかがわれる。リヴィエールは返信でアルトーの詩がじゅうぶんな統合に至っていないと書き、一貫性があり調和的な詩を期待する文言を並べる。アルトー自身は、トゥーレ、ジャン・エプシュタイン、ジュール・シュペルヴィエル、ウジェーヌ・マルサンの名前をあげて自分自身の詩の欠如を引きくらべ、追伸では「わたしは自分の思考を消え去るがままにはしない (je ne laisserai pas se perdre ma pensée)」として短い詩「叫び (cri)」を載せている。[2] やがて、翌一九二四年五月二十四日の手紙で、リヴィエールはこの往復書簡そのものを掲載するアイディアを出し、すると翌日、アルトーはこの話に乗り、読者が現実に体験された小説を味わえるようなかたちで、書簡の最初からすべてを公表するかたちを提案する。かくしてこの往復書簡はアルトーの名前を全面には出さない姿で公となるのだが、書簡の随所で、リヴィエールはアルトーの不十分さを指摘し、ポール・ヴァレリーが『テスト氏との一夜 (Soirée avec M. Teste)』で成功した精神の運動する方向性や、プルーストの「心情の間欠 (intermittences du cœur)」といった例を出しながら、アルトーにとっての「思考」は、なにかある水準に到達していないという自説を曲げることはない。作家であり批評家として活動したモーリス・ブランショ (一九〇七–二〇〇三) のアルトー読解の焦点は、基本的には、このようなリヴィエールに対する批判とアルトーの思考ならざる思考の肯定に貫かれていると言ってよいだろう。

一九〇七年に生まれたブランショにとって、一八九六年生まれのアルトーは、ひとまわりも年が離れていないので、二人はほとんど同年代と言ってしまってもいいように思われるのだが、『新フランス評論』にアルトーが現れた一九二四年当時は、プルーストが亡くなってまだ二年が経っていないときであり、直前まで『失われたときを求めて』が連載されていた同誌には、遺稿というかたちで、一九二七年九月まで『見出されたとき』が掲載されていた。そのころの同人には、ヴァレリーはもちろん、アンドレ・ジッドやアルベール・ティボーデが名前を連ねているのだから、ブランショには、アルトーが——たとえすでに詩や散文を公にしていたとはいえ[3]——そうした十九世紀的な薫りをまとう文壇に出現した一人の新星であっただろうことが想像される。アンリ・ミショーの「エクアドル」(一九二九年六月号)、「インドの未開人」(一九三二年十一月号)、「中国の未開人」(一九三二年十二月号)ジッドの『コンゴへの旅』(一九二六‐一九二七年)が彩るように、異国への関心が旅行趣味とともに高まる雰囲気のなか、「エロイーズとアベラール」(一九二五年十二月号)、「ミイラの手紙」(一九二七年三月号)、「残酷演劇」(一九三二年十月号)、「演劇とペスト」(一九三四年十月号)にかぎらず、書評や展評も手がけていたアルトーは——たとえば一九三四年五月号には「ピエール画廊でのバルテュス展」と題し、「キャシーの化粧」(一九三三)について、クールベの「アトリエ」における写実主義と夢想があると手短に指摘したりしている——、「タラウマラの国への旅[4]」(一九三七年八月号)を最後に『新フランス評論』への寄稿を終える。この号にかんしては、表紙にも本文末尾にもアルトーの名はなく、代わりにあるのは最初のあの往復書簡を彷彿させるアスタリスク「＊＊＊」のみであり、本文につづられるのは前年一九三六年のメキシコ旅行におけるタラウマラ族との鮮烈で驚異的な出会いであって、〈自然〉と人間の結ばれ方、カバラにおける〈数〉の音楽を想起させる魔術、マヤの生命の樹、数年森に隠遁しなにかを得る魔法使いの存在、ペヨトルのダンスといったものからアルトーは「私のたえまない磔刑をまぬかれる一つの身体、唯一つの人間の身体に出会うことができたのだろうか[5]」という言葉さえ紡ぎ出している。この掲載の直後、滞在中のアイルランドのダブリンで錯乱し逮捕されたアルトーは、フランスに帰国し、長らく精神病院に収監されることになる。やがて十五年以上のあいだを空けて、アルトーの死後、一九五〇年代に至り、とつぜん、『新新フランス評論』にアルトー自身が生前に用意していた全集のための「序言（préambule）」が掲載される（一九五四年十二月号）。そして誌名が『新フランス評論』に戻ってからの一九六〇年になると、アルベール・カミュやジャン・ポーランをはじめとする友人に宛てられたアルトーの手紙が『新フランス評論』に断続的に公開されてゆくことになるだろう。ブランショが「アルトー」と題したテクストを寄せたのは、このちょうどはざまに位置する一九五六年十一月号である。それはまさしく、ガリマール社からアルトー全集第一巻が刊行された直後のことだった。

＊

『来るべき書物』（一九五九）に収録されることになるブランショのテクスト「アルトー」の骨子は、全集第一巻に収録された『冥府の臍』や『神経の秤』をはじめとする作品にももちろん触れるものの、筋としては、リヴィエールとの往復書簡に分析をくわえ、ひたすらアルトーの希求していた「思考ならざる思考」、その無能力（impouvoir）を、彼の「苦痛」とともにみようとするものである。[6] この路線は、『終わりなき対話』に収録される二本目のアルトーをめぐるテクスト「残酷な詩的理性（飛翔への貪欲な欲求）」（初出一九五八年五月）にもつうじている。[7] 断片的な身体のイメージを提出する『冥府の臍』や不可能な空間としての外部を描き出す『神経の秤』につらぬかれる混乱した言語と思考の関係を念頭に、ブランショは、リヴィエールの判断には誤解があったのだとして、アルトーがなぜ詩を書いたのか？　という問いへ向かってゆく。ブランショは、リルケ、サド、ヘルダーリン、マラルメを引き合いとして、「わたしは思考できない、わたしは思考するに至らない」というアルトーの状況が「最も深遠な思考の要請」[8]であるとして、最後、「極限的な思考と、極限的な苦痛とは、同じ地平を開くのであろうか？　苦しむことは、究極的には、考えることなのだろうか？」という問いを読者に投げかける。[9]

この「アルトー」に自己言及しつつ展開される「残酷な詩的理性」では、アルトーに一貫して存在した「明晰さ（lucidité）」が強調され、彼にとってはつねにポエジーと思考が問題意識としてあったことが指摘されている。リヴィエールとの往復書簡、『冥府の臍』、『神経の秤』、『芸術と死』といった全集第一巻に収められたテクスト群を第一期としたうえで、ブランショは「欠如と苦痛としての詩的思考は衝撃的である」[10]と書く。かくして、死の直前の一九四六年になお刻まれた「闘争（combat）」という言葉に重きを置きながら、ブランショが強く読み込むのは、アルトーにおいて追求された別の空間、不可能な空間である。そして、アルトーが演劇についても書いていたことはもちろん踏まえたうえで、ブランショは、アルトーにおけるそれでもなお「ポエジー」と呼びうる詩性の重要さを指摘する。「問題となっているのは、限定された諸ジャンルを拒みつつ、最も根源的な言語を肯定することでしか達成しえない詩の要請なのである」[11]というふうにジャンルを超える創作の本質をポエジーとして読み取るのである。それから、『演劇とその分身』ならびに同時期に書かれた『ヘリオガバルス』を挙げながら、ブランショは第二期のアルトーの特徴として身体の問題を取りあげている。彼はニーチェやヘルダーリン、ランボー、ヘラクレイトスに連なる形で独自の作品とポエジーを追い求めていたとするのだが、後期のアルトーにかんして、人間の生物学的身体を超えるような、引き裂かれた様態、多様体がはっきりと読み取られている点は注目に値する。ブランショはアルトーの厳密さについて、「細分化する暴力（violence morcelante）」が「開かれている深みを、閉じてはいるが割れ目の生じた汚れた肉体に変えてしまい、粉々な破片、切り裂き、乱痴気騒ぎとは異なる有機的な爆発によって、断片的なものを絶対的な細分化へと変えてしまう」[12]と書いている。そのようにして、ブランショは、アルトーが非キリスト教文明に聖なるもの、「事物の「粉砕された多様性」（« la multiplicité broyée » des choses）」[13]、無秩序を求め、そしてその統一を求めており、キリスト教徒になりながらもけっしてキリスト教的に思考することはできなかったのだとして、最後、「複数性において単独であるための複数の神々」[14]を措定したヘルダーリンの神性との近接を指摘してゆく。このテクスト自体は、アルトーの最後の十年を語る困難さを告げたあと、「サタン、炎の生と死」、それから「メキシコ的なものと文明」の引用によって、「存在の深みに由来する蜂起」を読み取るかたちで結ばれるのだが、『終わりなき対話』第三部「書物の不在（中性的なもの、断片的なもの）」は、ルネ・シャール、シュペルヴィエル、バシュラールをめぐるテクストへとそれ自体なかば断片的につづいてゆく。

ほかにも、ブランショは評論集には未収録のアルチュール・アダモフの戯曲を論じるテクストや（一九五〇年八月）、シュルレアリスムをはじめとする作品を検討する「驚異的なもの」（一九四七年五月）において、ジョルジュ・バタイユが『クリティーク』誌で紹介したことで知られるアルトーの書簡「ピーター・ワトソンへの手紙」（パリ、一九四六年七月二十七日）を長く引用しているとはいえ、[15]全般的に言及するアルトーの個別作品はきわめて限定されており、そもそもとして言及がすくないことは否めない。じっさい、『来るべき書物』収録の「アルトー」にかんして、ジャック・デリダは、ブランショがアルトーの固有さをヘルダーリン理解と重ねる形で見逃しており、分析が中途であると指摘したうえで、狂気と作品に先立つものがアルトーによって追い求められていたのだと批判していることが知られている。[16] しかし、デリダがふんだんにアルトーのテクストを引用しながら厳しく乗り越えようとするブランショの記述の抑制的な性格は、ブランショにとってアルトーの諸作品が関心を惹かなかったことを必ずしも意味するわけではないだろう。[17] 削ぎ落とされるような記述から見てとるべきなのは、やはり断片的なもの、非論証的言語によるロジックなきつながり、文学的言語によってのみ可能とされる非連続の連続といったものへの思考を深化させてゆくブランショの核心に、若きアルトーの遺した言葉が、楔のように刻まれ生きつづけていた点なのではないだろうか。これは、ブランショがかつてヤスパースのヴァン・ゴッホ論の序文においてヘルダーリンに焦点を絞るかたちで、ヤスパースが狂気に触れゆく転換点を見出すのをあっさりと否定し、ただひたすら一貫して捉えがたいものを希求するポエジーの運動があり、分裂症的な、狂気と呼ばれる状態はそれに到達しようとするために経過したプロセスに過ぎないのだとする読解にも重なっている。[18]「思考」について、ソクラテス以前の哲学史そのものから振り返りつつ、途切れ途切れのディスクール、さらには文体、形式の問題として、自分自身の文体も変遷させながら、実験しながら、断片への傾倒を加速させてゆくブランショの問題意識は、当時のブランショの目に触れていなかったのだとしても、むしろ予見するように、やがてつぎつぎと断片的なかたちを露とするアルトーの「思考」をめぐる苦悩、破裂するように諸ジャンルを越えて展開する創造の動きと、鋭く同期し呼応していた。そうしたアルトーとの呼応は、バタイユやポーランを失ったあとのブランショにとって、一九八〇年以降にも、痕跡として残っているように思われる。

*

ブランショ研究では知られていることだが、『新新フランス評論』に掲載されたブランショのテクスト「アルトー」は、三年後に刊行される『来るべき書物』収録にあたり、冒頭にあった数段落すべてが削除されている。[19] それは、「どんな思考も彼にとっては最大の苦痛であり、なにも思考しないこと、思考の不在、それは苦痛の剝き出しの現存であった[20]」と書きはじめられ、「彼は自分の苦痛と自分の思考とのあいだには彼の外部で痛ましくなされた共犯関係があったのだという印象をもった[21]」というように、「思考」とその不在を、「苦しむ（souffrir）」ことと結びつける断章である。[22] 最後の段落は次のようなものである。

彼は、（詩的）瞬間のきらめきが無限に保たれた等しい明白さになってほしかった。彼は、瞬間の眩暈によって暴かれた、現実のすべてがこの瞬間的な眩暈の啓示であるような空間が、同じものでありながら、平らかで持続可能な昼の空間であってほしかった。消失の極限の啓示は唯一の存在様式がつねにすでに破壊されている思考においてしか（dans une pensée dont le seul mode d'existence était d'être toujours déjà détruite）とどまれない——彼は瞬間ごとに、自分の肉体と自分の精神において、自分の精神の肉体において、それを苦しむだろう——そのことにしか耐えられなかった。現在において、つねにすでに過ぎ去っている、ある思考（Une pensée, dans le présent, toujours déjà passée）[23]。

アルトーはもちろん誰の固有名もあらわれないこの断章群の結びの一文は、興味深いことに、『彼方への一歩』（一九七三）につづいて断章形式がきわめられる『災厄のエクリチュール』（一九八〇）における「思考」と「災厄（désastre）」をめぐる記述を強く想起させるほどに同書の一部と酷似している。「災厄はすべてをそのままにしながらすべてを破壊する」[24]と書き始められる『災厄のエクリチュール』の最初の断章には「それ〔災厄〕はむしろつねにすでに過ぎ去っている」[25]とあり、六つ目の断章にも「わたしたちは災厄との関係で受動的なのだが、災厄はおそらく受動性なのだ、過ぎ去っておりつねに過ぎ去っているという点において」[26]とある。この本では、「思考」そのものが徹底して練り直され、「思考なき思考」のさらに先へと進むために、「デザストル＝災厄＝凶星」という概念ならざるモチーフがつかみどころのないかたちで出現する。penser（思考する）、passer（過ぎ去る）、pas（一歩）、passif（受動的な）、passion（受難）といった言葉遊びを自覚的に散りばめつつ、ブランショは、キリスト教的な意味を含み持つパッションから距離をとる絶対的な受動性を「災厄」という言葉ともに記述しようとする。そのさい、興味深いのは、「狂ってしまった思考ではないもの」[27]、「災厄が思考であるかぎり、それは災厄的な思考ではなく、外部の思考である。わたしたちは外部へのアクセスをもたないが、飛びかかってくるものとして、外部はつねにすでにわたしたちにたいして頭で触れている」[28]というように思考と分かたれつつも関係する微妙な線を描きながら、なにかしらの災害、悲惨な出来事、殲滅がこの語とともにたしかに想定されていることである。そしてブランショがある種の物理法則、すなわち天体的な意味での凶星――不穏な動きによって災いを告げこす星――とそれに連動する占星術を強く想起させている点である。中世にまで遡ると「星＝アストル（astre）」は「天体（corps céleste）」であり、そして「体（cuerpous）」の意味には、「心臓の拍動（battement de cœur）」、「心臓の拍動を持つもの（qui a des battements de cœurs）」とあり、「パッション＝受難（passion）」には「天体に影響をあたえる現象（phénomène qui affect un coprs céleste）」という意味がある。[29]すると、そうではない凶星、大災厄を告げこす「デザストル」の背景にも、心臓の拍動のリズムに重ねられる天体の明滅と、星々に影響を与える力とかかわる受動性が透けて見えてくる。かくして、「苦しみのなかにある、誰にも属さない身体」[30]、「身体は見かけを持たず、不死的な死すべきものであり、非現実的で、創造的で、断片的である。身体の忍耐、それはすでになおも思考なのである」[31]といった言葉からは、アルトー論における「思考」と「苦痛」の結びつきが想起され、そこからさらに発展して、たんに引き裂かれているだけでなく、もはや現実の身体にかぎらない、天体的な不可視の暗黒のコルプス――明滅する拍動をもつ星とは異なる天体――とともにアルトーの身体をめぐる言葉の叫びを逆照射することもできるように思われる。

このように過去のアルトーをめぐるテクストの残響が感じ取られるのは、この『災厄のエクリチュール』の終盤で、ブランショがドゥルーズ＝ガタリ『千のプラトー』（一九八〇）の「序――リゾーム」(初出一九七六)を引用しながら、「思考」についてこう書いているからである。

多になりつつ、〈一〉の加算から逃れようとする思考の要請(L'exigence d'une pensée se rendant au multiple)。「〈多〉、それは作り出さなければならないのだ、相変わらず一個の高位の次元を付け加えることによってではなく、逆におよそ最も単純な仕方で、節制により、手持ちの次元の水準で、つねにnマイナス1で(こうしてはじめて一は多の一部となるのだ、つねに引かれるものであることによって)」(ドゥルーズ - ガタリ)[32]。そこから次のように結論できるだろう。するともはや一は一ではなく、減算の部分なのであって、それによって、多は、多になりつつ、とはいえ統一体が欠如としてそこに組み込まれるはなく、構成されるのである。これが最も難しい点であり、すると命じられている特定の知に守られて、ある規範モデルが問題となってはいないだろうか?[33]

かくしてブランショは、神秘的な次元も留保しつつ、多の曖昧さ、耐えざる〈一〉の魅惑、居住可能な宇宙の秩序に呼応する組成のしぶとさ等を指摘してゆく。アルトーの名前こそこの本には出てこないが、「序――リゾーム」においては『アンチ・オイディプス』の核のひとつである「器官なき身体(CsO)」とともに書くことそのものやアレンジメントとしての本のありようが問われているのだから、ブランショはそれらを間違いなく踏まえて書いているだろう――さらに付け加えるならば、ブランショが引用している箇所の直前で、ドゥルーズ゠ガタリは、世界はカオスになったが、断片化した本がコスモスの代わりにカオスモスでありつづけると述べていた。アルトーの見果てぬ夢のつづきを、あたかもみずからのかつての「外部の思考」からさらに「宇宙的な次元」へと進化させるかのようなかたちで、ブランショは不思議な「体＝コルプス」を目に見えないままにイメージさせながら、『災厄のエクリチュール』にひそやかに刻み込んでいる――。

＊

一九八〇年代以降に、日の目を見ることになるアルトーの遺稿集、カイエ群、デッサン集といった資料体を、ブランショはどのように評しただろうかと考えると、想像は尽きることなく無限に拡がってゆくだろう。断片的なものへの探求が両者の根底で強く通じあっていたことは言うまでもないが、くわえて、ひとつ具体的に言えるのは、ときに描き殴られ、はじまりも終わりも定かではないアルトーの大量の自画像、肖像画は、ブランショ自身の素朴かつ本質的な絵に対する関心と響きあっていたのではないだろうかということだ。ブランショは、かつて一九四二年、アンリ・ミショーの『魔法の国で』を評したさい、サンジェルマン＝デ＝プレ界隈の画廊におけるミショーの展示会に行った風な記述を残していたが、芸術の起源をめぐって思考を繰り広げるなか、ラスコーの洞窟壁画やアンドレ・マルローに触れるかたちで、わずかとはいえたしかに絵画論を残し、言語と結ばれるかたちで、視覚芸術への関心を持続させていた。

意外かもしれないが、まだ若い頃、三十代のブランショが書いた二作目の長編小説『アミナダブ』（一九四二）の冒頭には、絵と画家が現れる。[34] 主人公のトマが飾り窓にみえる肖像画に興味をもって、集合住宅と思しき建物に入ると、中では不思議な叫び声が異様に反響するようになっており、沈黙もまた不気味なものである。最初にとおされる丸い部屋の壁にはよく似た絵がいくつもかけられており、なにを描いているのかはっきりしないが、やがてそれらは部屋かアパルトマンを描いていることがわかり、さらにはトマ自身が迷い込んだこの建物の絵であると判明する。別の部屋に進んでゆくと、そこではカンヴァスを乗せた大きな画架が部屋の仕切りのように配置されており、油絵具の香りや雑然とした様子からは、まるで仕事で絵を描いていない人の作業場であるとトマには思われる。置かれた鏡から自画像が準備されるだろうことも予感されている。肖像画は床にも描かれており、やがてトマは守衛に連れられて画家のデッサンのモデルになる。この画家が何者なのかは不明であるが、貸部屋を求めているにもかかわらず鈴の音で登場人物たちのあいだのメッセージのやりとりがつねに阻害され、さながら崩壊状態にある迷宮をトマが彷徨いつづける物語の後半、この建物自体が、じつのところ、たくさんの病人たち、負傷者たちが居住する収容所であると明らかになることを思い出すと、画家と思しき男もまた、この不可思議な建物に閉じ込められた一人だったのではないかと夢想される。

もうアルトーはいない『新フランス評論』一九五九年一月号に、ブランショは「サイエンス・フィクションの善用」と題したSF論を寄稿する。その手前のページに置かれているのは、不確定性原理で知られる、ナチス政権下で原子核研究を進めた理論物理学者ヴェルナー・ハイゼンベルク（一九〇一－一九七六）の論考である。[35] ドイツ語から訳された、当時マックス・プラント研究所につとめていたハイゼンベルクの「現代物理学による自然イメージ」は、次号にまたがる連続掲載によって、中世以来の十七世紀物理学――ニュートン、ケプラー、ガリレオの自然法則でも、デカルトの自然哲学でももはや決定論が説明不可能となり、因果論による決定論とは区別された思考法が求められ、これまでとはまったく異なる自然に対する立場、技術の問題の介入、クロノロジー概念が係争化する、アインシュタインの相対性理論以後の現代世界を伝えている。[36] 興隆するSF的想像力と新進作家たちに対するブランショの冷淡なまなざしとその背後に垣間みえる素朴な人間中心主義は、こうした日月進歩の科学的知識と思考の枠組みの劇的な刷新と隣りあう、同時代人の感度の賜物でもあっただろう。だとすれば、『災厄のエクリチュール』に匿名のままに刻み込まれていたと思われるアルトーの思考の強度は、ブランショを介して、アルトー自身は決して触れることは叶わなかった――しかしながら、強く予感し希求していた――謎めいた壮大な宇宙理論の激しさに静かに触れていたといえないだろうか。その果て先になにが起こるのか。なにが起こっているのか。既知では決して説明しきれない人間の言語そのものの探究は、旅の途上にある。

注

1　＊＊＊, « Une correspondance », *La Nouvelle Revue Française*, nº 132, septembre 1924, p. 291-312.

2　Antonin Artaud, *Œuvres complètes I*, Gallimard, 1976, p. 30-32. アントナン・アルトー『神経の秤・冥府の臍』粟津則雄・清水徹編訳、現代思潮新社、二〇〇七年、四二―四六頁。以下、フランス語原文の訳出については、既訳を参照した上で、基本的にそのまま使用しているが、文脈に応じて適宜変更を施している。

3　初期詩篇や散文の発表を含め、アルトーは多数の雑誌に寄稿を続けていた。亡くなったあとでの『テル・

ケル』誌等での掲載も含めた状況は、以下でさまざまな角度から論じられている。Olivier Penot-Lacassagne dir. *Artaud en revues*, L'Âge d'homme, 2005.

4　＊＊＊, « D'un voyage au pays des Tarahumaras », *La Nouvelle Revue Française*, nº 287, août 1937, p.232-247.

5　Antonin Artaud, « D'un voyage au pays des Tarahumaras », *La Nouvelle Revue Française*, nº 287, août 1937, p. 238. アントナン・アルトー『タラウマラ』宇野邦一訳、河出書房新社、二〇一七年、四三頁。

6　Maurice Blanchot, « Artaud », *Le Livre à venir*, « Folio essai », Gallimard, 1959, p. 50-57. モーリス・ブランショ『来るべき書物』粟津則雄訳、筑摩書房、一九八九年、五〇－五九頁。初出は Maurice Blanchot, «Artaud », *La Nouvelle Revue Française*, nº 47, novembre 1956, p. 873-881.

7　Maurice Blanchot, « La Cruelle raison poétique (rapace besoin d'envol) », *L'Entretien infini*, Gallimard, 1969, p. 432-438. モーリス・ブランショ「残酷な詩的理性——飛翔への貪欲な欲求」岩野卓司訳、『終わりなき対話Ⅲ 書物の不在（中性的なもの、断片的なもの）』湯浅博雄・岩野卓司・郷原佳以・西山達也・安原伸一朗訳、筑摩書房、二〇一七年、二六－三四頁。初出は *Cahiers Renaud-Barrault*, nº 22-23, mai 1958, p. 66-73.

8　Maurice Blanchot, « Artaud », *Le Livre à venir*, *op. cit.*, p. 57. モーリス・ブランショ『来るべき書物』前掲書、五八頁。

9　*Ibid.*, p. 58. 前掲書、五九頁。

10　Maurice Blanchot, « La Cruelle raison poétique (rapace besoin d'envol) », *L'Entretien infini*, *op. cit.*, p. 433. モーリス・ブランショ「残酷な詩的理性——飛翔への貪欲な欲求」前掲書、二八頁。

11　*Ibid*. p. 435. 前掲書、二九頁。

12　*Ibid.*, p. 436. 前掲書、三〇－三一頁。

13　Antonin Artaud, *Œuvres complètes VII*, Gallimard, 1967, p. 106.「詩とは、粉砕されてめらめらと炎をあ

げる多様性である。そして秩序を回復させる詩は、まず無秩序を、燃えさかる局面をもつ無秩序を蘇らせる」アントナン・アルトー『ヘリオガバルス　あるいは戴冠せるアナーキスト』鈴木創士訳、河出文庫、二〇一六年、一五七頁。

14　*Ibid.*, p. 436-437. 前掲書、三一－三二頁。

15　Maurice Blanchot, « Du merveilleux », *La Condition critique. Articles 1945-1998*, Gallimard, 2010, p. 115-129. 初出は *L'Arche*, nº27-8, mai 1947, p. 120-133. Maurice Blanchot, « Le Destin de l'œuvre », *La Condition critique. Articles 1945-1998*, *op. cit.*, p. 184-187. 初出は *L'Observateur*, nº 19, 17 août 1950, p. 19. アダモフの「侵入」はシャンゼリゼで一九五〇年十一月十四日に初演されている。Arthur Adamov, « L' Invasion », *Théâtre I*, Gallimard, 1981, p. 98. アントナン・アルトー「ピーター・ワトソンへの手紙」『アルトー・コレクションII　アルトー・ル・モモ』岡本健訳、月曜社、二〇二二年、三一二－三二四頁。Antonin Artaud, *Œuvres complètes XII*, Gallimard, 1979, p.230－239.

16　Jacques Derrida, « La Parole soufflée », *L'Écriture et la différence*, Seuil, 1967, p. 253-292. ジャック・デリダ「吹きこまれ掠め取られる言葉」『エクリチュールと差異〈改訳版〉』谷口博史訳、法政大学出版局、二〇二二年、三六三－四二二頁。後述するヤスパース論についてもデリダは批判を加えている。

17　ただし、デリダのように、正面からアルトーやゴッホを論じる態度とは相当異なっていることは間違いない。なお、ブランショに近しかったロジェ・ラポルトはデリダのアルトー論を踏まえた上で、「アントナン・アルトーあるいは責め苦の思考」をブランショの記述で結んでいる。Roger Laporte, « Antonin Artaud ou la pensée au supplice », *Quinze variations sur un thème biographique*, Flammarion, 1975, p. 101-112（初出一九六八年）.

18　Maurice Blanchot, « La Folie par excellence », Karl Jaspers, *Strindberg et Van Gogh : Hœlderlin et Swedenborg*, traduit par Hélène Naef, Minuit, 1953, p. 19. 原書の邦訳は以下。カール・ヤスパース『ストリンドベルクとファン・ゴッホ』村上仁訳、みすず書房、一九七四年。一九七〇年の仏訳再版からの訳出され

た序文邦訳は以下。モーリス・ブランショ「比類なき狂気」西谷修訳、『現代思想』一九八三年十一月号（特集＊精神医学の現在）、一九八三年十二月、二一二–二三四頁。

19 Christophe Bident, *Maurice Blanchot. Partenaire invisible*, Champ vallon, 1998, p. 351n. クリストフ・ビダン『モーリス・ブランショ――不可視のパートナー』上田和彦・岩野卓司・郷原佳以・西山達也・安原伸一朗訳、水声社、二〇一四年、五一九頁。アルトー研究のエヴリーヌ・グロスマンは上記のビダンの指摘を受けこの点を考察している。Évelyne Grossman, « L'impensable, la pensée », Christophe Bident et Pierre Vilar dir., *Maurice Blanchot. Récits critique*, Farrago / Léo Sheer, 2003, p. 69.

20 Maurice Blanchot, « Artaud », *La Nouvelle Revue Française*, nº 47, novembre 1956, p. 873.

21 *Ibid.*

22 この前号の『新フランス評論』にブランショは「最後の人」という断章を寄せており、内容が通じている。じっさい、書物として出版される『最後の人』（一九五七）の最後には、「思考、ごく些細な思考、静寂な思考、苦痛（Pensée, infime pensée, calme pensée, douleur）」という言葉があり、削除された「アルトー」の断章と酷似していることが知られている。Maurice Blanchot, *Le Dernier homme*, Gallimard, « l'imaginaire », 1957, p. 147. モーリス・ブランショ『最後の人／期待 忘却』豊崎光一訳、白水社、二〇〇四年、一四一頁。

23 Maurice Blanchot, « Artaud », *La Nouvelle Revue Française*, nº 47, novembre 1956, p. 873-874.

24 Maurice Blanchot, *L'Écriture du désastre*, Gallimard, 1980, p. 7.

25 *Ibid.*

26 *Ibid.*, p. 9.

27 *Ibid.*, p. 10.

28 *Ibid.*, p. 16.

29 Takeshi Matsumura, *Dictionnaire du français médiéval*, Les Belles Lettres, 2015, s. v. « astre », « cuerpous » et « passion ».

30　*Ibid.*, p. 50.

31　*Ibid.*, p. 77.

32　Gilles Deleuze, Félix Guattari, *Mille plateaux. Capitalisme et schizophrénie*, Minuit, 1980, p. 13. ジル・ドゥルーズ＋フェリックス・ガタリ『千のプラトー――資本主義と分裂症（上）』宇野邦一他訳、河出文庫、二〇一〇年、二二頁。

33　Maurice Blanchot, *L'Écriture du désastre*, *op. cit.*, p. 196.

34　Maurice Blanchot, *Aminadab*, Gallimard, « L'imaginaire », 1942, p. 10-32. モーリス・ブランショ『アミナダブ』清水徹訳、書肆心水、二〇〇八年、一二―三五頁。

35　Maurice Blanchot, « Le Bon usage de la science-fiction », *La Condition critique. Articles 1945-1998*, *op. cit.*, p. 289-298. 初出は *La Nouvelle Revue Française*, n°73, janvier 1959, p. 91-100.

36　Werner Heisenberg, « L'Image de la nature selon la physique contemporaine (I) », traduit par A.-E. Leroy, *La Nouvelle Revue Française*, n° 73, janvier 1959, p. 73-90. 次号に続きが掲載されており、隣には今度はブランショの「カフカの最後の言葉」が載っている。Werner Heisenberg, « L'Image de la nature selon la physique contemporaine (II) », traduit par A.-E. Leroy, *La Nouvelle Revue Française*, n°74, février 1959, p. 281-293. ハイゼンベルクの論考は次で書籍として読める。W・ハイゼンベルク『現代物理学の自然像　新装版』尾崎辰之助訳、みすず書房、二〇〇六年。

エクス・マキナ

丹生谷貴志

ああ、
時おりこんな想いにとらわれるのだ、
私は要するにひどく危険な生を生きているのではないか、と。
というのも私は一種の機械、
爆裂するかもしれない機械の
一種だから。……
——ニーチェ

＊

「伝説によると、十三世紀最大のスコラ哲学者として知られるアルベルトゥス・マグヌスは、木と蠟と銅でできた一個の人造人間を造り出すことに成功した。人造人間はアルベルトゥスの召使として、まめまめしく立ち働いていた。或るとき、ドイツのケルンにあった哲学者の邸に、彼の弟子のトマス・アクィナスが訪ねてきた。トマスが門をたたくと、人造人間が出てきて。うやうやしくドアをあけ、何かわけのわからぬことを喋り出した。トマスは恐怖に駆られて、思わず、この人造人間をぶちこわしてしまった。」（澁澤龍彦『悪魔の創造』）

このトマス・アクイナスは言うまでもなくヨーロッパ最大のスコラ哲学体系『神学大全《スンマ・テオロギカ》』を書き上げた人である。

アルベルトゥスの人造人間をたたきこわしたトマスの激情を澁澤氏は次の様に説明している。

「おそらく、神のみに許された人間創造の事業を簒奪しようとする、人造人間造出の野望に伴う宿命的な不吉の匂いを、おぼろげに感知したのである。神の創造の秘密を盗む行為に、なにか悪魔的なものを感じたのである。」

いささかうがち過ぎの気配のある説明である。「知る」ことが盗むことであるとすれば（例えば草蔭から石を掘り出した時、われわれはその石の孤独を盗んだことになりはしまいか？）、「知る」ことと神の啓示、信仰を結合するトマス自身の巨大な体系こそ一種の〝神の創造の秘密〟の窃盗だった。それに、「知る」ことは最終的には当の対象を再創造し得るまでに至った時に完成するとすれば、トマスの知の体系は、最終的に世界を再創出し、人間を再創出する「実験」に結びつく筈である（分生物学者渡辺格氏は〝われわれが生命を知らないというとき、生命の神秘を意味するのではなくて、今のところそれをわれわれが再生産することができぬ、ということを意味している〟と言っている)。とすればアルベルトゥスの機械人間はむしろトマスの体系の眼に視える姿だったことになりはしまいか? ……とすれば、何がトマスの激情を、あるいは恐怖を呼び起したのだろうか? アルベルトゥスの機械人間に自らの体系の悪意あるパロディを見たのでなければ? ……おそらく、トマスは、機械人間造出に於ける〝神の業〟を盗む人間の悪魔的なヒュブリスにではなく、別のものに脅えたのに違いない。「精神のない機械」、つまり「器官《オルガン》/組織なき身体」の現前に脅えたのではないだろうか?

トマス・アクィナスの思想を、つまりは西欧の思想をつらぬいているのは言うまでもなく精神と肉体の二元論である。そしてこれもまた周知の様に、神の至純に属する精神が上位にあり、それが主人として肉体=機械を組織し統括して行く訳である。精神なき肉体=質料は機械であり、カオス、悪に他ならない。精神によって統抑されている限りに於いてのみ、肉体=機械、自然=機械は許し得るものであるのに過ぎない。つまり、奴隷としてのみ機械は許される訳である(あるいは「道具=奴隷」である限りに於いてのみ自然=機械は許されるのである)。

アルベルトゥスが自らの自動人形に脅えをもたなかったのはそれが彼の「召使い」であることを知っていたからであろう。しかしトマスがそこに見たのは「召使い」としての機械ではなく、文字通り自動人形《オートマート》、つまり精神によってではなく全く別の意志、機械自身の意志、言わば自然の自己組織化に於いて動く、信じ難い何ものかだったのである。……いささか曖昧な言い方をすれば、アルベルトゥスにとってそれは「道具」に他ならなかったが、トマスにとってはそれは「機械」、本質的な意味での「機械」として出現したのである。

機械論的世界観は旧くからある。デモクリトス以来、あるいはガリレイ、デカルト以来現在のサイバネティクスに至るまで。宇宙は巨大な時計仕掛けである、生物は機械である……等々。しかし厳密に言って、「機械」とは何か？

当然のことながら「機械」定義の試みは夥しくある。「人力を用いるものは道具であり、人力以外の動力源をもつものは機械である」という素朴なものに始まって、十九世紀のフランツ・ルローの「抵抗力を有する物体の組み合わせで、その助けにより、一定の運動を生せしめるように組み立てられたもの」という最も流布した定義の一つに至るまで、さらにサイバネティクスに至るまで（因に現在の辞典の「機械」の項は大部分この二つの定義の組み合わせで書かれている）。しかしそれらの定義は大部分「機械」の外形的特性の定義にとどまっており、機械性の定義とはなっていない。もっと端的に言えば、道具と機械の区別が不明瞭のままに定義が行なわれていて、その結果機械は最終的に道具へと迷元される形でのみ定義されているのである。それ故「機械」と「道具」とを明確に分離しなければならない。

単純に言えば、「道具」とは奴隷である。道具はその上位、外部に主体としての使用者を持ち、その使用者の意志、意図を実現する為の媒介物である。主の自由を保証する為に自らは自由を奪われたもの（例えば鉄は鉄としての自由を奪われた形でスパナに、船に、車輪にｅｔｃ・ｅｔｃになる）。かりにそれが自動装置を有していても、その動作が、外部の使用者の意図を前提とする限り他動的であり「道具」である（例えば先にあげたフランツ・ルローの機械定義は、「……組み立てられたもの」という形で外部の創造主を前提とし、つまり使用者の意志を前提としており、これは「道具」の特性である）――操作者、使用者が外部に前提される限りに於いて全ては「道具」である。例えばデカルトの有名な人間機械論はそれを操作する主体。コギトがその外部に前提とされており、その限りで人間機械論ではなく、要するに身体＝道具論である。――「道具」とは主と奴隷の弁証法の産物である。「道具」とは奴隷にかかわるものであり、「道具論」とは要するに、誰が主で誰が奴隷であるのかを確定しようとするコード論である。

ともあれこれで「道具」についての定義ができた訳だ。では「機械」とは何か？……ここでわれわれは立ち止まらざるを得ない。というのも、以上の「道具」の定義からして、「道具ではない機械」の例を見つけ出すことはほとんど不可能になって来るからである。論理的には単純である。道具論の条件から主－奴隷の弁証法を差し引けばよい訳だ。使用者、制作者のいない道具を想像すればよい訳だ。しかし、使用者、創造主のいない道具、つまり機械とは一体どの様なものだろうか？決して造り出されたことがない機械とは一体どの様なものだろうか？神？われわれに一切関係を持たぬ限りに於いて多分神は機械である。しかしともあれ西欧に於いて神はわれわれに関係している以上、神は機械ではない。というのも創造者は他者を道具化すると同時に自らも道具的世界のサイクルにまき込まれるからである。つまりわれわれに対して「法」を説いた瞬間に「神」は「王」になり、かくして主－奴隷のサイクルに、つまり道具論的サイクルに入るからである。

むしろ、神こそが最大の創造者・使用者として世界を道具化しているのである。こうして唐突だが、神が死なない限り「機械」は存在し得ないことになろう。つまり機械論は極く最近まで、おそらく未だ、存在したことがないのである。機械論が存在しなかっただけではなく機械そのものも存在しなかった、ないし、現われ出る度に「打ちこわされて」来たのである（トマス!!）。

機械は道具の進化形態ではないし、また、道具とは別に成立している何ものかでもない。道具性に於いて隠蔽されている何ものか、でそれはあるだろう。例えばシュペルヴィエルの小詩『見知らぬ海』に現れる海の様に、「知る」ということの道具性——他者支配性のファンタスマ、道具性のパラドクサルな捩れの中に現れる倒錯的な道具性として現れるものでそれはあるだろう。

「誰も見ていない時の海は／誰も見ていない時の私たちの様で／見知らぬ波が立ち……」

誰も見ていない海として見られた海、つまり視ることの不在ではなくて、視ることの捩れの中に現れる海としての。ともあれ機械は道具性から奪取されなければならない。つまり、神から奪取されねばならない。その奪取に於いてのみ、つまり道具性の倒錯に於いてのみ機械は実存するのであり、機械の定義は他にはない。

ドゥルーズ、ガタリの共著『アンチ・エディプス』は次の様に書き始められている。

「それは至る所で機能している、時に切れ目なく、時に不連続に。それは呼吸し、熱し、食べる。それは排泄し、口づけをかわす。それと言ったがまずい言い方だ。至る所に機能しているもの、それは機械だ。メタフォールで言っているのでは全くない。機械の機械、交接し、連鎖する機械があるのだ。」（第一章・欲望機械）

機械は比喩でも隠喩でも換喩でもない。実名詞でさえもない。そこに本当に機能しているのだ。

……ともあれ、ここに新しい機械論、厳密に言えば始めての機械論が展開される訳である。道具性の倒錯としての機械論、戦闘としての機械論がある訳だ。

すでに述べた様に、機械は神とけりをつけることに於いてのみ現れる。正確に言えば、おそらく、けりをつけ続けることに於いてのみ現れる（機械はその必要条件として動態系《ダイナミクス》であろう）。例えばまさに、ドゥルーズ、ガタリのこの本の中心で回転しているのはアントナン・アルトーである。神のプログラム、オートマティズムつまり道具性との戦闘状態に入った機械－器官／組織なき身体であるアルトー。「あなたがたが組織－身体（道具性？）から器官なき身体をひき出した時、その時あなたがたは身体をあらゆるオートマティズムから解き放つことができ、それを真の自由へと解き放つことができるのだ。」（アルトー『神の裁きとけりをつける為に』）

道具性、王＝神の支配への闘争としての機械。ここでトマス・アクィナスの伝説がそっくり反転する。言わば、踊る自動人形－機械が、『神学大全』の道具性宇宙を動乱させ、そっくりそのまま機械状組み込みへと反転させて行くのである。今や身体上に食い込む細菌となって機械－身体を道具化しつつある神とけりをつけること、が必要なのだ。

笑いたければ笑うがいい、しかし人が細菌と呼んでいるものは、実は神なのだ。あなたがたは知っているか、ロシアとアメリカが何を使ってその原子爆弾を造っているかを？

彼らはそれを神の細菌から造り出しているのだ。（……）

俺が言いたいのは、人間の身体構造をつくり直すことだ。

人間は病気だ、実にまずい造り方をされているからだ。
神
そして神と
その器官／組織
を
身体を死ぬ程のむずがゆさで襲うあの微生物を
けずり落す為に、身体を裸形にする決意をしなければならぬ。

お望みなら俺を縛るがいい、
しかし、器官／組織ほど不用なものはありはしないのだ（アルトー・同前）

こうして道具性の「細菌」の仮面の背後から本当の仮面としての「機械」が現れて来る。すでに述べた様に、いわゆる人間機械論は特にデカルト以来、はっきりとした口調で繰り返されて来た。しかし、その見解が如何に緻密に形成されていようと、その機械の外部に、それ自身は機械に属さず、自由にその機械を自分の目的に向けて操縦する「意識」が前提とされる限りに於いて、その機械論は道具論に過ぎない。古典主義時代の機械論がスキャンダルでは全くなかったのは、要するにそれが絶対王制、ブルジョワジーの世界観と全く同じ構造をしていたからである。世界の主体である者は地上のあらゆる富を自在に利用することができる。われわれの存在によってこそ、それ自体としては無目的な、盲目的な機械－世界、機械－人間は価値と意味を得ている、という訳である。

このデカルト的ととりあえず言える道具論的世界機械論は現在もなお、未だ反復されている。例えば脳の特権化はその目に見える証拠である。あらゆる身体構造を機械化した人間機械の内部に、首だけが、あるいは水溶液に浮かぶ脳だけがもとのまま組み込まれているといったSFイコノグラフィー。脳だけがあらゆる機械化から逃れ、世界＝機械を道具化し、奴隷化している。脳こそがここでは他者として機械を統治する人間主体、王＝意識を形象化しているのである。ここに於いて、宇宙はなお未だ道具論、奴隷性の中に組み込まれ続けている訳だ。「なお未だ」……あるいはむしろ、今や、誰もがそう口にする様に、おそらくそのすき間のない緻密さに於いて、史上最も完璧に実現された「意識」＝王による世界の奴隷化があるのである。

そしてアルトーの激烈な反撃はまさにこのネオ・デカルト主義への捨て身の戦闘だった訳である。「意識」による道具化、奴隷化から脱出すること。しかしアルトーの特異さは、その反撃を、「人間性」を取り戻すといった、ロマン主義的センチメンタリズムに於いて決行しようとはしなかったという点にある。むしろ逆にアルトーは「意識」が最後まで隠れすむ脳をとりはらい、それによって完全に世界、身体を「機械化」する方向へとジャンプを行うのである。

「実際今や、人間をこそ削除する決意をしなければならぬ」（アルトー・同前）

どうかこれを非人間的な科学主義などととらないで欲しいものだ。もはやそうした反論に答えるのはあまりに億劫である。いささか早口に言っておけば、所謂人間性こそが世界を道具化して来たのであり、その目に見える具体物こそが核兵器である。核兵器は極限化した道具であり、人間性＝意識の分身である。核兵器は機械を拒否する欲望の具体化である。核兵器は意識そのものである（毛沢東は、核兵器は張り子のトラだ、と言っていたのだった‼）。アルトーは、繰り返すが、原子兵器は神の細菌から造られている。と言っていなかったろうか？

こうしてロボット＝機械＝奴隷などとは全く別の形で、ブルトンの表現をかりれば、「超明晰」な「機械」が突然姿を現すのである。言うまでもなく、この「機械」は形式性、つまりプラトン立体的抽象性とは全く関係がない。それは一性＝王＝意識の爆破に於いて成立している以上、プラトン的単数性とは全く関係のない複数性へと開かれ、複数性を条件としているからである。また逆に質料的カオスとも関係がない。というのも、質料的カオスはヒュレーの極点に於いて単数だからである。「機械」は複数であり、言葉本来の意味で、つまり形と質料の絡み合いという意味で、「概念」である（「概念」は形相と質料を絡み合わせ続ける空間そのものである。つまり、形相へ、あるいは逆に質料へ、つまり一性へ向う「暴力性」を爆破する二性そのものである……）。「機械」は複数であり、アルトーはまさに複数性の空間を開くのである。

追伸。俺は誰なのか？・
俺は何処から来たのか？
俺はアントナン・アルトー
そう言えるのだから

丹生谷貴志

言ってやろう
その瞬間あなたは見るだろう、俺のこの現在の体が
くだけ散るのを
そして一万もの面を見せて身体があつまるのを
その時あなたはもはや俺を
忘れることができなくなるだろう。（アルトー・同前・補遺）

複数性は「機械」の属性であるよりもむしろ必要十分条件である。

道具性とはナルシス性である。というのもそれは失われた「一性」への憧れであり欲望だから。わたしは一人であったが今や二人に引き裂かれている。いつの日かあるいは今すぐここに一性へ、一人へ回帰しなければならない。こうして二人のうち一人が殺される。……「奴隷はそれ自体としては死んでいる。」（ヘーゲル）……核兵器はナルシスである（ダリの『ナルシス変容』はほとんどキノコ雲である）。

ところで、「機械」は双子なのだ。

「或る日、わたしたちは母親の胎内にいたのだが、わたしたちのせいで母は体の具合を悪くした。母がわたしに後に話してくれたのだが、母は祈禱師のところへ出かけていった。祈禱師は母の腹と胸をマッサージし、これは双子だ、と言った。母は驚き、嘆いた。「一人欲しいだけです、子供は。」祈禱師は答えた。「では一人にしてあげよう。」（……）こうしてわたしたち双子は一人になっていった。」（ドン・C・タラジェスバ『ホピの太陽』）

ここにあるのは、ナルシスとは全く異なる「政治」の出現だ。わたしは一人だが実は二人であり、常に二人である。ここにはナルシス＝道具性の、主－私と奴隷－私、私Aと私A'の鏡をへだてた死の戦争はない。ホピの私は常に複数なのであり、あらかじめ複数なのである。ナルシスの二元性と双子の二元性を混同してはならない。前者は一元性へ、つまりどちらか一人の死へと閉じており、後者は二元性からさらに多性へと開いているのである。前者は象徴へと閉じ、後者は概念へと開いている。前者は「一つの花」へと世界を閉じており、後者は複数の、あるいは無数の花へと開いている。「一つの花」において世界は道具化され、複数の、ほとんど無数の花において世界は「機械」となる（ファシズムは道具性であり、フーリエのファランステールは「機械」である。機械を賛美しつつファシスト化したイタリア未来派は「機械」と「道具」を混同したのである。概念を象徴で置きかえてしまったのだ……）。

複数性へと開くこと。「機械」となること。人間＝機械となること。

「わたしは亡くなった両親の許へと今や急ぎ足で進んでいるが、素晴らしい雨と一緒に帰って来るだろう。オライビは亡んだが、それでも、わが先祖たちとともに、広場の上に、カチナとなって踊りながら」（タラジェスバ・同前）

＊

トマス・アクイナスの偉大さは、おそらく、アルベルトゥス・マグヌスの落ち着きはらった主人性を越えて、逸早く、アルベルトゥスの自動人形のアンチ・キリスト性、機械性を嗅ぎ取った点にあるのかもしれない。それ故に逆にトマスは「機械」を覆い隠す最も精緻な体系をつくり上げ得た訳である。しかし今やわれわれは、『神学大全』的な爆音をたてて走る機関車＝道具に対して挑戦するアルフレッド・ジャリの自転車－機械－超男性の様に、「機械化」する必要がある。あるいはロラン・バルトを切迫する「恋愛感情」で茫然とさせたフェリーニの『カサノバ』のラストシーンの踊る自動人形になる必要がある。何故か……言う必要があるだろうか？　土方巽師の言葉を借りれば「性能」故にであり、多分「愛」故に、である。

終りに、気象機械が描く美しい恋愛感情の記述を置く。

「大西洋上には低気圧があった。それは東に移動しながら、ロシアをおおう高気圧にむかって進んでいたが、これにさえぎられて北方に転ずる徴候はまだしめしていなかった。等温線と等暑線がその責をはたしていた。気温は、年間平均気温、極寒極暑両月の気温。非同期的な月間気温変動にたいして秩序正しい関係にあった。日の出、日の入り、月の出、月の入り、月、金星、土星の環の盈《み》ち虧《か》け、その他おおくの重要な現象は、天文年鑑の予報と一致していた。大気中の水蒸気は最高張力をしめし、空気の湿度は低かった。いささか古風だが、この事実を的確にひとくちでいえば、つまり、一九一三年八月のある晴れた日だった。」（ローベルト・ムジール『特性のない男』第一部の一、「ふしぎなことにここからはなにもおこらない」高橋義孝他訳）

（初出「ＷＡＶＥ」四号［一九八五年一一月］、『砂漠の小舟』筑摩書房、一九八七年）

アルトーと共に生き、アルトーを復活させるために　六つの質問と回答

原智広

1　原さんは主宰なさっている雑誌『ILLUMINAIONS』において「アントナン・アルトー　イブリー手帖との対峙」を掲載しています。これは『イブリーの手帖』を翻訳＝創作するという独自のアプローチでアルトーに向き合う試みです。原さんにとってアルトーとは何者なのでしょうか。

少なくとも考えて分かることではないのは確かです。かといって、考えることを放棄しているわけではありません。アルトーにとって真実だということがあり、私にとっても真実だと思うことはあります。世間では「狂気」と揶揄されるかもしれませんが、我々にとって共通の「真理」であるということは確かです。私が思い違いをしているということは否めませんが、それならそれで私はいいのです。人間は一度滅ぼされました。正確には人間に似たようなものたちです。「私」が「私」であることを承認出来ないように、この世界以前には太古からなるひと続きの生命がありました。嫉妬、悪意、名声、戯言、虚偽、審判、意識、感情、優劣、差異、倦怠、怠惰、食欲、性欲、生活、それらは

「悪」と見做されます。もともと身体というものは空っぽだったのです。アイルランドに「聖パトリックの杖」を還しにアルトーは旅に出るわけですが、ダブリンで拘束され、精神病院に監禁されましたが、この特異な行動を何と捉えればいいのでしょうか？　この出来事の思惑は明瞭です、使命を授かったんです。何らかの者の声が聞こえたんです。アルトーという稀有なるひとつづきの生命、つまりこれはアルトーが生まれる前からあった真なる「生」です。これは一度滅ぼされた人間が元々持っていたものです。このひと続きの生が今も続いているということ、したがって「何者」というわけではなく、これはこの不完全なる世界と闘争するための聖なる「何か得体の知れないもの」です。それは「言葉」では言い表せないし、何かを例として示せるものでは決してないのです。一番正しい言葉で表すとしたら、非常に困難ですが、「空白」ということになります。つまり、「何もない状態」のことです。人間は人間の声を聞き、人間に似せた人間は人間の罪を断罪します。それは当然それだけのことをしてきたのですから、悪魔たちは、常に我々を蹴落とそうとします。そして、それに気付いたとしても、どうしようもないのです。そんな生を受け継いでしまったアルトーは絶えず痛みと苦しみと共にいることしか出来ませんでした。そもそも、アルトーが書いた作品、特にあの晩年の膨大な『カイエ』は、意図して書かれたものではなく、アルトー自身も当然すべて分かって書いているわけではないのです。

あれはアルトーの血で書かれたものです。いつの時代であれ、血で書かれたものだけが心を響かせ、我々に悲しみを問いかけ、奮い立たせ、僅かながらの真理を感受するのでありますから。それが私は分かっているからこそ、『イヴリーの手帖』と対峙するという試みにおいて、アルトーと同時に生きようとしたのです。当然違う場所、違う時代、異なる生なので、当然そんなことは不可能ですが、少なくとも「翻訳」という行為はそのひとつづきの生を受け継ぐという覚悟を持って取り組まねばならないし、その世界に対して告発するという行為は自分にすべて「呪い」として降りかかってくるはずですから、分かりきっていることですが、当人を不幸にします。殆どの人は幸福を望むでしょうから、そこに思考が及ばないわけです。アルジェリア系のフランス人で、アラン・バディウの弟子の哲学者である、メディ・ベルハジ・カセムは『アルトーと陰謀論』という本の冒頭でこう記しています。「私はすべてこの世から生み出された悪を避けることなどないし、あらゆる事物が悪の道連れになることを放っておくことなどできないし、私はこの身を犠牲にしてもすべてを受け入れる覚悟を誓った（中略）同時に悪魔は未来永劫に悪や欲望、人間を打ち負かすことをくどくど繰り返す、このある種の来るべき「終わり」を私は望まない（中略）何も生み出すすべきではない、幾つかの可能性を除いて、生を中断することなしに、何度も自身の気持ちを揺り動かす、悪魔どもを追放せよ、アルトーが晩年に悪魔と闘争していたように、この悪魔からの招待状、アルトーが言及していたことはすべてつれづれに現れ現実に生み出されたのだから、私はそして地獄の最中にいる、最終的にはその地獄に自分自身を生贄とするだろう」（拙訳）。

生贄として自身を捧げるように翻訳をするという行為の中で彷徨することで、何か自分も腑に落ちるような発見があるかもしれない、アルトーのようなヴィジョンを発覚するかもしれない、気づきと覚醒がくるかもしれない、何かしらの声が聞こえるかもしれない、自分も何らかの者に召喚されるかもしれない——そういう可能性を夢みています。

2　アルトーとはどのように出会ったのでしょうか。原さんの数奇な軌跡とあわせてお聞せください。

原智広

アルトーのことを使って、自分自身のことを語るのはあまり宜しくないとは思うのですが、その点を踏まえて話したいと思います。知的好奇心は旺盛でしたが、とにかく頭が悪かったので、学校にも行ってなかったですし、集団も苦手でして、極度の人間不信でした。三か月アルバイトをしては、半年物価の安い海外に行っていました。五十冊くらい本を持っていって、毎回税関で猥褻本だと思われて捕まったりして。本当にアホだったんで、昼間は一人づつこの社会はおかしいとカフェとかいろんな場所に行って説得して回ったり、拡声器使って路上で叫んだりしていたんです。村上龍が美学校というところに通っていて、それを創立した出版社の本がとにかくすごいと書いてあるのを読んで、現代思潮新社の本を熱心に読むようになりました。バクーニン、トロツキー、クロポトキンとかを読むんですが、何が書いてあるか全然分からなかった。ただ自分を犠牲にして世界をよくするために、命を懸けて頑張っている人がいることだけはわかって、そこに感銘を受けました。本当に何でも良かったんですけど、なにか使命が欲しかったんです。でも、別に崇高な目的があったとかそういうわけではありません。最初に読んだアルトーはその現代思潮新社から出ている『神経の秤・冥府の臍』です。こんな文章書ける人ってどういう人なんだろうと思って、スティーヴン・バーバーの伝記とあともう一冊の伝記を読んで、凄い人生だなと圧倒されたんです。その後、『神の裁きと訣別するため』を読んで、『アルトー後期集成』を読みました。アルトーだけは別格だった。凄まじい生と熱量。こんなふうに自分も生きれたらなと思いました。

3　原さんはヴァシェはじめ夭折したり自殺した文学者に強い関心を抱いておられます。それはなぜでしょうか。またそれらとアルトーが関連するとしたらどこにおいてでしょうか。

周囲に死ぬ人や行方不明になる人が本当に多かったので自殺については強迫観念みたいものがありました。祖父の兄が作家だったんですが、二十歳で自殺しています。でも文章は読んだことないんですよ。吉川英治と一緒の雑誌に掲載されたと知ったくらいで、何かの文学賞に入選したと母から聞きました。親友も自殺しています。祖父の兄は首吊りで、友人は睡眠薬を多量に飲んで風呂の湯をガスで沸騰させてぶよぶよにふやけて死にました。だから自分も若くして死ぬなと確信していたんです。敢えて自殺を選ぶってどういうことなんだろうと、気になって、ヴァシェや、リゴー、クラヴァンに興味を持ったんです。とにかく死ぬ意味っていうのが何なのか知りたかった。感情の起伏が本当に激しい上に凄まじく過敏なので、嫌なものを受信してしまうんです。だから、他の人間と空気を一緒にするだけでとても疲れて、尋常じゃないくらい憔悴します。いまだに電車にも乗れなません。そんな苦しみに耐えられなくて、三度自殺未遂をしました。それらはヘロインのオーバードーズでしたが、本当に死ぬ覚悟がある人間はそういう選択はしないでしょう。だから自殺する勇気も覚悟もない。ただ自分には出来ないことだから憧れはあります。ヴァシェの訳をやって自分自身が救われた部分もあるんじゃないですか。自分が書いてるものはすべて自分自身のため、自分の治療のためです。アルトーのこともそうですし、やってる雑誌のプロジェクトも映画も全部そうです。自分が救われていいはずはないが、救われたいとは思っているということですね。

4　原さんはアルトーの神の裁きとの訣別を神学的な格闘として捉えておられるようです。アルトーにとって神とは、そしてあの呪いとは何なのでしょうか。

呪いというのはこの社会の諸構造を存続させるためのすべてのことです、つまり人間中心主義の、あらゆる繋がり、でもそれは造られたもので必ずしも必要なものではない、そもそも人間を存続させるという考えの人が恐らく殆どだと思うんですけど、私はそうは思ってないので。人間なんて滅びればいい。アルトーもそういいますよね、豚のように汚れた人間はすべて滅びればいいと。だから、それを告発するのは当然のことじゃないですか。だって、間違ってますから。本来自由であるべきですから。そもそも、人間が共同生活、つまり集団を形成した時点で、呪いというものは始まっていて、今はより社会が複雑化され、その呪いはより見えにくくなってますが、基本的には同じことです。それが「呪い」の諸形態です。ただ当然「呪い」を告発すれば、すべて自分に跳ね返ってきますから、凄まじい苦しみがあると思いますけど。私には想像することしか出来ません。神とは憎むべき存在でもあるし、否定できない存在でもある。アルトーとは、今の世界を造った神と訣別しこの世界を治癒するために召喚された存在でした。カラックスの『ポーラX』の冒頭に、好きな言葉があるんです。

シェイクスピアの引用「この世界の箍が外れた、まさかそれを自分が修復する運命にあるとは」です。まさにそれが当て嵌るのがアルトーです。

神学者がとにかく好きです。決定的に解決出来ない問題を、考え抜くというのは、愛、それも無償の愛です。そういった信仰の純粋性と知性に憧れます。自分は汚れているし知性もないから、その極地にはいけませんけど。でも、熱心に神のことを考えてた時期はあったんです。ヨーロッパ各地の教会を、黄色い蛍光スプレーを吹きかけたレインコートを着て巡礼しました。たしかロンドンだったと思うんですけど、何か確信があったわけではないです。正直な話、この時、何故こんなことをしたのか、自分でもよく分からないんです。恐らくですが、今まで私がやってきたことに対する罪悪感に耐えきれなくて、あと、アルトーや神学者たちに憧れて、このような行動をとったのでしょう。教会に聖歌隊がいて、私は十字架の前に立ってお祈りをしたんです。そして、後ろを振り向いて、右手を挙げたら、五十人くらいはいたと思うんですけど、モーゼが海を割ったみたいに、私が通ろうとしている道程だけ、人波が割れたんです。理由は分かりません。だから、その時に今認識している光じゃなくて、本来の光というものがあるのではないかと思ったんです。その時は人間自体を変えるという意味で、内的な光を照らせば、人間は変わると思っていた。その体験を基に書いたのが『光学革命論』です。

付け加えると、アルトーは「歴史的」にして「超歴史的」な、「真理」と「誤診」、「一致」と「不一致」、「現実」と「非現実」を超えてまさしく我々が夢を見るように反被造物的存在者として君臨しているのだと思います。神はひとつの病気であり創造されたものと創造されてないもののひとつの深淵です。アルトーは神の微菌を世界にばらまくことによって、キリストを否定し、偶像崇拝などという下らない儀式を真っ向から拒絶しました。死と復活の問いを揺るぎなき「出来事」とするために、自身を磔刑に処せられたものとしたのです。身体の場所は常にゴルゴタにあってわれわれは、生殖と永劫回帰に苛まれ続けます。これは永遠的悪夢の問いに直結しますが、このとき、人類などという観念はとっくに捨て去られてしまっています。

一個の身体であるとは、あらゆる言語や概念を排他し、実在性を構成する諸力を無化し、すべてに抗った結果残る、崇高なる残骸であるということなのです。

アルトーが繰り返し告発するオカルト的ネットワーク（つまり呪いのことです）、エートルと大気、微粒子、息遣い、人々の、様々な、うようよとした蠢きは、分裂的倒錯的心理の地図を横断します。纏わりつく未生の記憶を喰らい続け、アルトーは昼も夜も問わず、超人的な力でそれらを告発し続けたのです！

5　先の質問と同じことかもしれませんが、アルトーが「存在」をあれほどに憎むのはなぜだとお考えですか。

アルトーにとっての「存在」とは思念、断片、切れ端、粒子、空気中に漂うもの、声、臭い、象徴、エトセトラ、それ以外の、つまり、大まかに言うならばアルトーの外にあるものすべてでのことです（糞の臭いのするところには存在が臭う）。本当に簡単にイメージするなら数千人規模の意識です。だが、それは集合的ではない。それぞれが分裂して襲いかかってくるんです。けれど、もっとすさまじいものを予感させますね。だから、一番近似した表現は電気と雷鳴です。とにかくそういうものをすべて消し去って、グノーシス主義でいうところのプレローマにも似た完全な世界というものを求めていた。求めていたというか別の世界というのは実際にありますし。だから、この不完全な世界と闘争するしかないわけです。天使は十四人いた、その中で失墜した天使が、今の世界と天使に似せた人間を造ったわけですから、もともと不完全なものであるわけです。アルトーが行ったのはその本当の現実を奪還するという試みです。だから存在を徹底的に告発していく。聖パトリックの杖の密度にもそのような効能があると確信していたわけじゃないですか。ピカソだかデスノスとか色んな連中に、その杖の効能を話してますよね。だから突発的な行動とは思えないんです。

アルトーが晩年、存在として忌み嫌ったもの、唾棄したもの、そして精神には既に遠く離れて自然が睥睨していると同時に別離し、絶対的明晰さと共に降りてくる真理のような「何か」があります。アルトーは、明晰性は拒絶しながら、異物を焼き払うために、闘争し続けました。予感的で白昼夢――むろん、それは現実です。我々が認識していない現実です。だからシュルレアリストたちが共産党と活動を共にしようと言ったときに、自分以外はシュルレアリストなんかいないとブルトンに言ったのでしょう――に似た「気づき」と「覚醒」がそこにあります。アルトーには四六時中、絶えず目の前に浮かんでいるもの、すなわち異物や声、他者たち、微粒子、卑しいものども（悪魔）が混入しつづけ、干渉しつづけました。それに逆らうために、歩行しながらこの世を告発したのです。ありとあらゆる矛盾が絡まった糸を解すかのように、ひたすらそれだけを繰り返しました。だが何者にも形容しがたく、圧倒的に事物があますところなく実在する薄っぺらな錯誤に溢れた現実は、われわれを戦かせます。つまり、在ることは即ち牢獄であり、在ってはならないのです。無論のことここにはグノーシス主義の影響もみてとれます。そこから脱出する術は、膨大なカイエを書くか、オカルティズムにのめり込むことしかなかったのです。だから、ある時期、オカルトに言及した『存在の新たなる啓示』を書いたのでしょう。だが、それはさすがにすぐに間違ってることに気づいたのです。アルトーが見えているものは誰も気づきもしないが、変わらずそこにあるもの、それを排除し、闘争し、告発するしかなかったのです。最後の闘争としての、「神の裁きとの訣別」において、アルトーはキリストの否定としてのゴルゴダを体験しました。アルトーの後期の『カイエ』と『手先と責苦』はつまるところ、全体として機能するようなもの（器官なき身体）として、書かれています、したがって、文節（器官）はあまり意味をなさないのです、全体に焦点を当てなければならないのです。或いは文節自体は神の微菌というべきで、全体とは無論のことアルトー的生です。途方もない壮絶な闘争の記録なのです。

6　これらの闘争とアルトーの言語破壊はどのように結びついているのしょうか。

アルトーは、外部から身を護るために、あらゆる「存在」を告発するために、独自の言語をつくりあげ、異常ともいえる思考の速度で、圧倒的な強度のある文体をつくりあげたのですが、これは意味と非意味の中間に位置するものであり（言説のはぐれ雲といってもいいような）、五十一回にも及ぶ電気ショック療法のせいで意識の混濁と明晰が交互に訪れ、ますます明瞭に見えてくるものがあったのではないでしょうか。私はこれに関して何も言う術を持たないですけど、敢えていうならば、そしてこれは論理でも文法でもなく、あらゆる方式や意識の外にあるものを捉えるものです。あまりにも「もの」が見えすぎる或いは感受しすぎるということは、「不可触と不可知」の渦の中で、感覚と、精神の欺瞞を超えて、我々が本来息すべき場所をさし示すことでもあります。すべての存在者を超越したこのもろもろの絶対否定を通じた肯定は、理性の諸原理から出発するものではありません。ひとつの目覚めと波紋と広がり、未分化の暗闇に突き入ろうとするひとつの揺るぎなき崇高なる残骸は、不明の、未侵入の、領域の、いまわしさの海を遠く離れ、判然とはしない身振り、あらゆる揺らめき果てなき目覚めへのゆるい歩みと思考の速度とともに何ものかのおとずれへと向かいます。そこに時間や空間や存在によって迫害された、唯一無二の一個の揺るぎなき身体を見出すのです。問いは空中に消え去りますが、またそうした一瞬の在り様が解体し拒絶し錯乱させ破壊された残酷の時を経て受け入れられる時が来るだろうと思います。この苛酷な闘いは圧倒的な暴力に晒されつつも歪みはなく、ある意味とても純粋で、危機や困難に接しつつも、避けられません。だから、アルトーは自らに問います。これは同時に見事なまでの生の発現でありますし、端的に言えば言語破壊ですけど、むしろ本来の言葉の奪還なのだと思います。

「存在」たる欺瞞をすべて滅ぼすことで、別の世界のある事象というか、感覚表象というか、イデアのようなもの、つまり統一的な「核」みたいなものが降りてくるし、見えてくるのだと思います。グノーシスやデミウルゴスの思想や存在を肯定しつつも否定し、ロトと娘たちのあの背後の火花のように、停滞しながらも動化し、スコラ学を解体し、悪魔と天使、物質と精神、形相と質量、現象と物それ自体の二元論を宣言するものたちはズタボロに解体され、腐敗し、キリストの肢体はそこでは見世物としての機能しか果たさないでしょう。

あの『存在の新たなる啓示』のような別次元の実在性（浄化し、純化し、悪しきものどもを滅ぼす）が息づくことを懇願しますけど、私はその術を何も知らないのです。私は実際にそれを見たこともあるし、生まれる前の感覚や予感として知ってはいますけど、実行する術を何も持たないのです。だから、アルトーと共に生き、復活（リロード）させるという試みに心血を注いでいるわけでして。自分自身はアルトーとは当然全く違う生き方をしていますし、純粋とはほど遠く、世知に塗れてます。とんでもないことをやってきた人間ですし、そもそも救われていいはずはないのです。

アルトーはいずれ未来の果てで完全に理解されるはずです。ただしそこにあるのは我々が目撃し、体感している不完全な世界ではありません。

先住民のペヨーテ／アルトーのペヨーテ

高祖岩三郎

抵抗と叛逆

古老アナキストで、都市的闘争を経た後、先住民のある部族に帰化した友人のおかげで、わたしは「ペヨーテの儀礼」におりおり参加している。この体験は、これまであまり関与して来なかった北米先住民の存在様態と闘争を、あらためて理解する上で重要であり、また個人的にもそこから思考と情熱を活性化する何かを与えられている。とはいえ、この体験は、まだ進行中であって、それについてまとまった考えを披露しえる段階ではない。だがアントナン・アルトーについて書くという課題を与えられて、気持ちが変わった。すなわち、謎に満ちた彼のペヨーテ体験に接近する上で、わたしの初歩的な体験でも、ある種の手がかりになるかもしれない、と。またその逆に、アルトーの体験を考えることで、自分の体験にも光が当たるのでは、と。そこで不安を抱えながらも、この文章を書き始めている。

現代アメリカにおける先住民の存在様態、そして彼らのペヨーテ儀礼の形式は、アルトーが体験したメキシコのタラウマラ族の存在様態と儀礼の形式とは、だいぶ異なっている。だがその差異や変容も含めて、それらに貫徹している、ペヨーテという定義しがたいものの力（とその周りに集合する共同性）を喚起することで、先住民の闘いとアルトーの闘いをつなぐ地平が、少しでも明らかになるのではないか、それが、ここでの目論見になる。

ペヨーテは、それが含む一定の成分の効果の故に、いわゆる幻覚刺激物（psychotropic substance）と見做され、昨今そのように使用される場合が多い。だがアルトーの体験には、そしてわたしの体験にしても、そこには現代消費社会における個々人が楽しむ幻覚効果に還元されえない、複雑巧緻な「共通場（common horizon）」の形成が仕掛けられている。その場とは、先住民諸部族が、西洋植民地主義（およびキリスト教の宣教）の拡張に対する「抵抗」の中で、その圧倒的な影響をある程度受け入れながらも、自律の砦として形成してきたものであり、またその場に参加する個々人の知覚体験の内側でも、自我の同一性を、個人／家族／社会／国民国家という諸次元において、なし崩しに拡大し永続させようとする――精神による身体の捕獲を基にした――世界の有機的組織化への「叛逆」が生起している。そしてまさにアルトーこそは、その内的叛逆をもっとも先鋭的かつ鮮烈に闘って果てた戦士であった。

現在わたしたちは、実存諸領域を網羅する全地球的危機を生きている。この危機が、これまでのもの以上に困難だとすると、それは、現代社会からわたしたちに与えられてきた（核家族／知的労働／保安と保健の管理などの理想に依拠する）生の希望あるいは幸せの基準が、「資本主義／国民／国家」の拡張と永続のための組織化、あるいは世界の有機的組織化に、完全に捕獲されているためである。そのために、いまや全ての土台である地球環境を破壊しつつあるこの趨勢を、なかなか制御することができない。かくして、わたしたちは「成長する世界」の果てに到来した「衰退する世界」を生きている。この負の趨勢の中で、それに沿って、世界を解放する運動はどうありえるのか？ そして最終的に、わたしたちの生（生産と再生産労働）は、「資本主義／国民／国家」の拡張／永続を拒絶するなら、何を欲望するのか？ 先住民の抵抗とアルトーの叛逆をつなぐ共通場としてのペヨーテは、それらの問いに挑戦する手がかりを与えてくれるかもしれない。

アメリカにおける解放運動の二つの歴史的基盤は、奴隷の子孫（アフロアメリカン）と先住民（インディアン）の闘争である。都市的叛逆と土着的抵抗とみなしうるこれら二つの趨勢が——昨今の事例では、警察暴力に対する都市蜂起と石油パイプラインなど暴力的開発への地域的抵抗など——反権力闘争を主導してきた。アメリカにおける革命を考える時、これら二者の出会いと結合を想定せざるをえない。この結合は、二つの闘いの形態、つまり回帰する一回性の出来事と終わることなき過程の結合となるだろう。そしてこの結合は、二者が同じ立場で、連合するというよりも、後者が前者に「生＝闘争」の地平を提供すること、あるいは前者が後者に同化する過程を含むことになるだろう。何故なら「全体化する世界」を解体する闘いは、場所との特異な関係性、あるいは「地球的遍在」に依拠する以外にありえず、それは（Sylvia Wynter が言う）「先住民になること（indigenization）」を意味しているからだ。

当論考は、アルトーのペヨーテ体験を、右の視点から解釈しようと試みる。それは「残酷演劇」から「器官なき身体」にいたるアルトーの「試練＝実験」の軌跡を、「世界の全体化」に対する「地球身体」の叛逆として視ることである。

以下では、まず先住民のペヨーテをわたしのペヨーテ体験を通してまとめ、それをもとにアルトーのペヨーテ体験を類推し、最後にアルトーとわたしたちにとっての「先住民になること」とはどういうことか、現代民衆闘争の文脈から考えてみたい。わたしのペヨーテ体験の記述については、プライバシーを尊重し、個人名やグループ名は一切外している。

先住民のペヨーテ

土曜の午後、参加者たちはなじみの場所（公共施設かスポンサーの家）に集まりはじめる。たがいに挨拶をかわし、しばし歓談する。その敷地は多くの場合、都会の喧騒から離れた森林あるいは田園地帯にある。その中の空き地には、それまでにティピが建てられ、その脇には、明朝まで燃やし続ける篝火につかう薪が積み上げられている。日没近くなると、人々はティピに入る。儀礼は、次の日の朝（日の出）まで続き、先住民由来の朝食をとって終わる。その後、昼にはティピの外で、日常にもどった饗宴を分かちあい、その後散会となる。長時間にわたる出来事の間、眠くなったり疲労困憊したりしないのは、まさにペヨーテの賜物である。

主な参加者たちは、知古の間柄で、多くは先住民社会にみられる義親関係で結ばれている。これは貧しい者たちの生存共同体となっている。したがって儀礼の世俗的な目的は、特定個人の病気の治癒、家族の不幸、祝い事、あるいは共同体の関係修復など、切実な事態で、それに対処するために、参加者の願いをとり集めるための場を形成する。

ティピの内部は、掘り返したり盛り上げたり、造形に便利な砂土で敷き詰められている。わたしが参加している儀礼の空間は「半月形式（half moon style）」と呼ばれるもので、東方に入口が設けられ、西に向かって、儀礼の継続中、炊き続けられる篝火の薪が逆円錐形をかたちづくり、その先には、その形に照応するように、半月形に延びる祭壇が、二〜三〇センチほどの砂土の堤で造形されている。そしてその中央には「父祖ペヨーテ」と呼ばれるボタン型の固形ペヨーテが置かれる。つまりこの儀礼が、何らかの「神位」を仰いでいるならば、これこそがそれを体現している。そしてその背後には――進行役（road man）をはじめ、清め役（cedar man）、水ドラマー（water drummer）など――儀礼の主導役の面々が座す。反対側の東の入り口の脇には、篝火役（fire man）と補佐役の席が設けられている。その他の参加者は、東西の主導役の周りにティピの円形の際にそって座す。ティピは、外観と内観に錯覚的なズレが感じられる。外から見ると、さほど大きくは見えないが、内部に入ると三〇〜四〇人は優に収容しえる空間が広がっている。

儀礼は、進行役（road man）の司会で始まる。それは基本的に会議の場であり、発話に重みが置かれている。主要な発話の局面では、発話者はあたかも言霊を煙で実体化させるかのように、トウモロコシの殻で巻かれたタバコをふかす。出来事は、水ドラムとひょうたんラトル（そしておりおり鷲の骨の笛）の伴奏による詠唱が、車座になった参加者全員に、三度回るかたちで進行する。その間、参加者は、やはり三回の循環で、（生／乾燥／茶という）三つの形でペヨーテを摂取する。その結果、初心者のみならず熟練者でも、嘔吐する場合がある。その時、補佐役が、砂土を掘って、吐瀉物を地下に埋める。さらに清め役（cedar man）が、スギの粉を篝火にまいて、その香りを漂わせる。人によっては、その後で、再びペヨーテを摂取する。吐き出すことは異常事態ではない。アルトーも、彼の体験について書いているように、むしろ「ペヨトルを含んだそれは聖なるものとなっていたのである」。儀礼の終盤では、朝日と共に（後で述べる神話的な役割をになう）「朝水女」が登場して、儀礼の出来事全体をふりかえり、それを讃え、水清めを行う。そして古来の料理法で簡素に調理された鹿の肉とトウモロコシの粥と生の野苺と清められた水の朝食となる。

わたしが参加しているアメリカ北東部の儀礼では、参加者は多様で、北米先住民／中南米からの移民（やはり先住民が多い）／白人／その他である。後で述べるペヨーテ儀礼の歴史が示しているように、宗教的には、先住民のペヨーテ信仰に、キリスト教が重なった「異教混淆《シンクレティズム》」である。それが、参加者の中の微妙な差異（あるいは対立）として現れている。たとえば主体なき「創造（creation）」を主張する者と「創造主（creator）」を称える者、ペヨーテ以外の神位を認めない者とイエス・キリストを唱える者、さらに先住民の歴史を最重視する者とアメリカ合衆国の存在を認知する者……。北米の先住民は、ペヨーテを合法的に採取し輸送し使用する権利を合衆国政府に認知させることと引き換えに、「教会組織」として儀礼の実践を継続することを余儀なくされたのである。それ故に、ペヨーテ儀礼には、アメリカ合衆国形成の基底をなす歴史的対立抗争が――儀礼全体にそして個々の知覚と感性に――圧縮された形で内在化されている。

ペヨーテは、メキシコ中北部から南テキサスの石灰岩土壌の半乾燥砂漠に見られるサボテンの一種で、和名は烏羽玉《うばたま》である。語源はナワトル語で青虫を意味する「ペヨトル」である。メスカリンなど五十五種のアルカロイドを含み、これが幻覚作用を引き起こす。栽培する場合、発芽してから花をつけるまで六〜一〇年はかかると言われている。儀礼における聖餐（sacrament）に使用する場合、その頭部のみを薄く切りとる。深く切りすぎると、茎／根本から死んでしまう。今では野生種は、娯楽用にそれを商品化するための過剰伐採によって、絶滅の危機にある。

ペヨーテとは何か？　語ることが大変難しい。まずその摂取については、独特の香りはあるが、大変苦くとても美味いとは言えない。その効果は、ガンジャ、コカイン、スピード、笑い茸、ＬＳＤ、それらどれとも違っている。個々の植物体によって、アルカロイド成分が多い場合に、幻覚作用が強くなることは間違えない（カルロス・カスタネダが「メスカリート」と人格化したように、個々の植物によって、別の人とつきあうように効果が異なっている）[2]。だがそれだけではない。それは確かに、鮮やかな視覚・聴覚など知覚の拡張のみならず、心身の力能化をもたらしているのではないか、という感を与える。後でみるアルトーの記述が示しているように、身体をめぐる感覚／知覚が極端に拡張される局面と、その逆に身体の内部に向かって収縮／還元される局面の双方が経験される。またその効果は大変長く続くか、あるいは摂取後しばらくしてから立ち現れることもある。儀礼の空間においては、ティピー内外の微妙な気配が感得されるとともに、人々の発話や唱和／伴奏のみならず、彼らの存在状態への感応性が、確実に強化されている。以上の意味で、それを共通場が形成される出来事から外して語ることは難しい。

南北アメリカ先住民の多くの部族は、ペヨーテを大変重視している。それは儀礼のみならず、アルコール依存症や心身の病の治療薬にも効くとされ、「良薬（medicine）」と総称されている。それは多くの部族共同体において、儀礼の周りに配備された生の運営と管理を司る倫理的な体系を成してきた。

そしてそれは、西洋植民地主義がもたらした全てから、彼らの歴史的実存の固有性を保持する砦となっているのである。

アメリカ大陸の歴史は、大地をめぐる暴力の歴史である。それは西洋植民地主義による土地の私有財産化と開発が、先住民と大地の間に形成されていた固有の共棲関係の破壊をとおして実現されてきた歴史である。そもそもそれは、ヨーロッパで広められた、アメリカ大陸についての偽りの表象によって促進された。「無人の大地（terra nullius）」という神話が、つまり「無料の土地」というデッチ上げが、凡百の入植者を引きよせた。コロンバスによるいわゆる「新大陸の発見」以降、清教徒の入植者は、神との契約によって認可された土地の収奪を開始した。そこに先住民に対する一貫した政策が、つまり「植民地化」から「没収」へ、「入植者の植民地主義」から「大量虐殺」に至る、先住民の人民としての実在を抹消する暴力が由来する。その侵略戦争において文化的武器となったのが、キリスト教の布教と酒であった。歴史家ロクサン・ダンバー・オルティッツが主張しているように、先住民には、暴力／非暴力を問わず、絶対的な闘争の権利がある。今日の先住民社会が存続しえているのは、彼らの抵抗によってのみなのだから。[3] その闘争にとって、ペヨーテは、キリスト教と酒の浸透に抗する抵抗の拠り所となった。

ペヨーテは、古代から数千年にわたって、メソアメリカに伝わってきた共有財《コモンズ》である。一六世紀初期にスペイン人が渡来した時すでに、その使用が幅広く観察された。一五六〇年代、あるスペイン人司祭の言によると、チチメカ族は、幻覚と陶酔を引き起こすペヨーテを、常日頃食べているために、とても強く勇気があり、飢えも乾きも感じることなく、そのために、あらゆる危険に立ち向かうことができる。その後、イエズス会士やフランシスコ会士は、ペヨーテが持つ（予言や占いを可能にする）力を認知し恐れ、それをキリスト教が禁ずる力をもたらす「悪魔の根」と呼んだ。その後、キリスト教教会は、ペヨーテの使用を――たとえば、パンとワインの聖餐（sacrament）で代行させるなど――さまざまな形で弾圧し、禁止しようと試みた。その懲罰は、ことさらキリスト教徒である西洋人（あるいは混血）の入植者には厳しく、人と見做されていなかった先住民の場合は、より軽いか無視されることもあった。ともかくペヨーテの使用は、禁止と弾圧にもかかわらず、古来の用法で、あるいはカトリシズムの聖餐との異教混淆《シンクレティズム》の形で、ますます栄え拡張していった。アズテカ、チチメカ、フイチョル、タラウマラをはじめとするメキシコ中北部の各部族や、リオ・グランデ川付近のアパッチ族などが――個人の用法としては、内科／外科的な薬用からお守りや占い、共同体の用法としては儀礼など――多様な用法を発展させてゆく。フイチョル族やアルトーが関与したタラウマラ族は、古来の用法を二〇世紀に至るまで継承していった。[4]

　高名なバーバラ・マイヤーホフの調査[5]が記録しているように、フイチョル族の生活世界は、年に一度の巡礼として行われる「ペヨーテ狩り」を初めとして、植え付け／刈り入れの祭りや豊沃の祈りの周りに組織されている。その神話と現実／聖と俗の区別のない多神教的神殿《パンテオン》において、ペヨーテが、祭司と聖霊との交信を仲介している。またそれは「ペヨーテ／カモシカ／トウモロコシ」という彼らにとっての主要な「記号＝力」が循環する宇宙論的装置《コスモロジカルアパラタス》でもある。その始祖神話は、以下のようである。祖国を離れ途方にくれた神は、父祖神（父祖ペヨーテ）の助けを仰ぐ。そこでペヨーテの祖国へと導かれるが、その間、飢えや渇きに悩まされる。そこで女神（朝水女）に水を与えられて、ついに聖なるペヨーテの祖国に辿りつく。そこで鹿を射止めるが、その鹿はペヨーテの変身であり、そのペヨーテと水を混ぜ、それを飲み力を回復する。かくしてフイチョルの民は「命の植物（Hikuri）」を手に入れる。「ペヨーテ狩り」の巡礼は、この神話を再現するものだ。そしてわたしが参加している北米の「ペヨーテの儀礼」も、多かれ少なかれこれに類似した神話を再現している。以上のように、フイチョル族に代表されるメキシコにおけるペヨーテの用法は、（アルトーの文章が記述しているように）古来の複合的装置を形成しているが、現代北米先住民の使用法は、基本的に聖餐の儀礼に限定されている。ここに断絶がある。

以後ペヨーテの使用は北米へ、テキサスからオクラホマへ拡張していった。アメリカ合衆国建国以降、北米において、ことに大平原地帯のインデアンは、入植者と合衆国軍の連合と激しく対立することになった。連邦政府は、インデアンの諸部族を、条約と外交と軍事力と馬の駆除と野牛の絶滅など、あらゆる手段を用いて弱体化させ特別保留地《リザベーション》に閉じ込めようとした。一八七〇年代には、インデアン移住法によって保留地に強制移住させられた先住民の精神復興の一環として、ペヨーテの使用は広がっていく。

合衆国インデアン事務局（the Bureau of Indian Affairs＝BIA）の対インデアン政策は、一言でいって同化である。それは「インデアンを殺し／人間を救う」というスローガンの下で、彼らの共同体の歴史や文化の固有性と自律を解体し、アメリカ人という個人に解体してゆくことである。昨今カナダと合衆国で（人体実験による殺人や廃人化が露呈され）大きな醜聞《スキャンダル》になっている「寄宿学校（boarding schools）」[6]もその一翼で、子供を家族から切り離して「文明化」することを目指した。その同化政策の一環として、BIAは一八八一年にインデアンの宗教や儀礼を全般的に禁止し、一八九〇年代にそれに対して勃興した文化的抵抗運動である「ゴーストダンス運動」を違法化し、そのことがウンデッド・ニーの虐殺につながった。

その間、BIAは、長期にわたり一貫して、ペヨーテを麻薬とみなし、その使用を犯罪化し、その全面的廃棄に乗りだしていた。それに対して、先住民側は、極秘に使用し続けるか、表に出て使用権を勝ち取るか、という選択を迫られていた。一九一八年、オクラホマ州エル・リーノで、シャイアン族をはじめとする大平原地帯のインデアン諸族が集会し、アメリカ合衆国修正第一条に含まれる宗教の自由な行使を盾に、ペヨーテの合法化を訴えるためにアメリカ先住民教会（the Native American Church）のオクラホマ支部を設立した。これはキリスト教教会との異教混淆《シンクレティズム》を選びとることで、「ペヨーテの儀礼」を公然と敢行するという妥協策であった。それ以後も、ペヨーテ使用への弾圧は執拗に続いてきたが、一九九四年にアメリカ連邦法は、ついにアメリカ先住民教会が主催する儀礼についてのみ、ペヨーテの使用を合法化した。現在、ペヨーテの収穫と売買と所持と消費は、先住民部族のみに認可されている。ただし人工的栽培は一切認可されていない。現在、メキシコからアラスカまで、幅広い先住民部族が、アメリカ先住民教会（the Native American Church）の名で「ペヨーテの儀礼」を行なっている。[7]

この妥協あるいは異教混淆《シンクレティズム》のために、現代北米の「ペヨーテの儀礼」においては、参加者たちの間の差異と対立のみならず、個々の内面において、感性と知覚の中で、葛藤が起こっている。それはキリスト教的な心身の有機的組織化と、そうでないもの、それ以前のもの、あるいはそれに抵抗するものの葛藤と言っても良いだろう。それを存在論的により深く、また現代の民衆闘争の文脈で考えるために、アルトーが自ら体験し記述した（やはりすでにカトリシズムの影響が入り込んでいた）タマウマラ族のペヨーテ儀礼を参照する必要がある。

アルトーのペヨーテ

アントナン・アルトーとは誰か？　わたしの信ずるところ、彼は、何よりも、現代／未来の子どもたち／若者たちにとっての先駆者である。幼少時に罹患した骨膜炎の後遺症の痛みにたえるために、彼は一生ヘロインなどの薬物を服用し続けねばならなかった。またいわゆる精神分裂病者であり、社会との共存が困難な自らの存在様態を奇跡的に実験的プログラムに転換する、彼の演劇と詩と小説が、ジル・ドゥルーズとフェリックス・ガタリをはじめとする先鋭的な哲学者や芸術家たちの仕事に決定的な発想源をあたえた。他方、現代の多くの子供たち／若者たちは、あらゆる次元で崩壊しつつある世界において、偏狭な領土性を代行する管理機構に成りつつある、家庭や学校や職場や国家社会との実存的齟齬をますます激しく経験している。言い換えると、彼／彼女らの多くは、次々に発明される病名によって症例化され、薬漬けになりつつ、管理機構の指令にしたがって生きざるをえない。アルトーは、そんな子供たちと若者たちに、内奥からの怒りを呼び起こし、心身の病や制度への適合不能性を能動的な力に変えて、闘争としての生を生きる可能性を指し示しているのではないか。思考をますます支配しつつある表面としての情報網に穴をうがち、情動を呼び起こすことによって……。ますます日常化しつつある心身の受苦性を、存在論的実験プログラムに転換することによって……。

アルトーは、その「革命的可能性」を信じていたシュルレアリスムと一九二六年に手を切る。彼自身の絶望とアンドレ・ブルトンによる彼の除名が同時に起こった。アルトーが信じた革命は、ブルトンをはじめとするシュルレアリストたちが同調することになったフランス共産党の政党政治的革命とは、軌を異にしていた。彼はマルクス主義を（その経済還元主義を）「部分的な形而上学」と批判し、それに対して現代の若者たちが要請している「全面的な形而上学」[8]を想起した。それは彼のメキシコとメキシコ革命への期待にも現れていた。彼は、自分が観察したメキシコの若い革命家たちの間の意見の混沌を、革命の生気の証として評価し、かつメキシコの白人（クレオール）が考えたがらない「インデアンの革命」[9]を、コルテス以前の先住民の魂を奪還する革命であり、かつ「新しい人間概念をつくる革命」として、そこに期待をかけることになる。

一九三六年一月、アルトーは、メキシコの芸術と文化を研究するという公認の使命をもって、不況による貧困とファシズムの台頭に見舞われたパリから当地に向け出航する。メキシコ・シティーでは、ヨーロッパの知識人として左翼知識人の会合や大学で講演し、文化活動にも参加する。だが彼の真の狙いは、生きた先住民の文化と出会うことであった。彼はメキシコ・シティーから四八時間行ったメキシコ北部のタラウマラ族の共同体を訪れる。「四万の人々が、大洪水以前のような状態でそこに生きている。」「彼らはこの世界に対する挑戦なのである」。彼らは「四〇〇〇年前から、彼らを攻撃しようとしたあらゆるものに、文明、混血、戦争、冬、動物、嵐、そして森に抵抗している」[10]。

アルトーのタラウマラ体験とその記述には、形而上学的／詩的思考スタイルの特異な濃厚さに加えて、それ自身が生きられた闘争の証でもある内的葛藤からくる難解さがある。少し後で触れるように、そこには彼のペヨーテ体験の根幹に刻まれた「キリストの身体（受肉）」と彼自身の身体との確執、あるいはキリスト教との激しい愛憎関係があった（そして勿論、こうしたこと全てが、これらのテクストのこの上ない素晴らしさでもある）。さらに体験とその記述の間の時間的／状況的ずれがあった。彼のメキシコ滞在は、一九三六年だが、主要テキストのほとんどが書かれたのは、そのしばらく後、彼がフランスのもどった後、再び旅立ったアイルランドで捕縛され、その後いくつかの収容所に拘束され、一九四八年セーヌ川イヴリィの精神病院で死去するまでの間であった。

一九四三年ロデースの精神病院にて書かれた「タラウマラ族におけるペヨトルの儀式」で、アルトーは当時の社会的背景を説明している。一九三六年当時、メキシコの混血政府は、親インデアン的ではあったが、山岳地帯の代表者は古代メキシコ人の信仰を危険視していた。タラウマラ族にとって、大変重要な年に一度の（ペヨーテを中心に行われる万物の創造を反復する祭礼）シグリ[11]の大祭を前に、軍隊はペヨーテの栽培を阻止するように命令されていた。そこに反乱の嵐の予兆を感知したアルトーは、その弾圧を止めさせるために、タラウマラ原住民学校の校長を説得する。そしてそれは成功する。このあたりの記述からすると、ペヨーテはタマウマラ族の不服従の砦でもあった。それを摂取する量と仕方によって、反乱を呼びおこすこともありえる。ここで興味深いのは、シグリが、共同体と個人の情動（あるいはエトス）の波長域《スペクトラム》をつかさどっていることである。それは摂取する量によって、薬にも毒にもなる。それが神を呼びこすか／悪霊を呼び起こすか、微妙な際をつかさどっている。つまりペヨーテは、共同体の礎にも武器にもなりえるのだ。

この文章の追伸において、アルトーは、それを書いていた時、キリスト教に改心していた、だが今ではそれについておおいに後悔していると記している。「というのも今では、十字架の多層からなる偏狭な記号ほど、死臭がして、死ぬほど忌まわしいものはない、と私には思われるからだ」[12]。ここでわたしたちが知るのは、すでにこの頃タラウマラ共同体は、カトリシズムの影響を受け、それを導入し、その儀礼はシグリにしても異教混淆《シンクレティズム》となっていたことである。その共同体において「インデアンの酋長は、平和と戦争、〈正義〉、〈結婚〉、〈愛〉をつかさどる」。それに対して、祭礼において「トゥグリの司祭たち[13]は、彼らの口でもって〈精霊〉を立ち上がらせる」。その中でも「〈太陽の司祭〉たちが神の言葉あるいはその言、つまりイエス・キリストのそれの発現としてふるまっているとすれば、ペヨトルの司祭たちは、〈神秘の神話〉そのものに私を立ち合わせ、起源的、神話的秘法の中にしのびこませ、それらを通じて〈神秘の神話〉の中に入らせ、極限的実践の形態を見せてくれたのである」。ここで後者である「ペヨトルの司祭たち」は「ペヨトルが彼らに下す秘密の命令に従っているだけである」。つまり北米現代の「ペヨーテの儀礼」と同じく、ここでも真の「神位」はペヨーテ自体なのだ。

繰り返すと、アルトーは生涯、薬物中毒と精神疾患に悩まされていた。フランスにもどった直後に書かれたテクスト「ペヨトルのダンス」[14]で、彼はそんな自分の心身の状態（「この私という拙劣に組み立てられた器官の塊」）と、それとの関係で切実にペヨーテの助けを期待していることを示唆している。「肉体の支配は、そこで相変わらず続いていた。この私の肉体という災厄……二十八日待った後でも、まだ私は自分自身に復帰していなかった。——自分自身へ出てゆく、というべきか。私の中へ、この脱臼した寄せ集めのなかへ、この損傷した地質学的断片へ」。「この疲労の後で、私は世界の最終地点の一つにたどり着いていた。そこにはペヨトルによる癒しのダンスがまだ存在している」。「ペヨトルが促しているかに見えるあのもろもろの危険な解体現象を、私は一挙にあきらめたわけではない。それは私が別の手段で二十年間追及していたものだ」

「タラウマラ族におけるペヨトルの儀式」で記述されたシグリの祭礼にもどると、この時「老いた酋長」は、「生まれ損なったので、太陽を理解することができなかった」アルトーの「意識を新たに開こうとして」彼を打った。この行為は、明らかに、いわゆる治癒行為、つまり彼を健康な市民にもどして、現代社会に適応できるようにするためではない。むしろ彼の内的な自己解体（死）と再構成（復活）の経験を促進するためであった。その結果、彼は正常な人間にもどる代わりに、むしろ彼の症候の強度化として世界に対する特異な知覚と身体感覚を獲得したのではないか。

　つまりその結果、アルトーの知覚の中には、「身体について別の考え」が、「私なんかではない」「ある他者が感じ生きた」のだった。それは「ペヨトルのダンス」によって知覚しえるようになる「神の外部」であり、そこでは「捨ててきたばかりの、あなたをそれ自身の限界の中に落ち着かせていた身体を、もはやわれわれは感じない。反対に、自らが自分自身よりも果てしないものに属していることを、はるかに幸福と感じる」。「あるとき風のような何かが巻き起こり、空間は遠のいた」。

このような果てしないものへ拡張する知覚体験をへて、次にアルトーは逆方向へ、つまり極限的な還元の身体感覚を呼びおこす。それが「自分自身へ出てゆく」ということであろうか。「**ペヨトル**とともに**人間**はただ一人であり、絶望のうちに、父も母も家族も愛も神も、あるいは社会もないままに、彼の骸骨の音楽をかきならすからである」といった実感であり、また以下のような境地である。「ペヨトルは自我を、その真の源泉に回帰させる。――このような幻視状態から出てきたなら、人はもはや以前のように嘘と真実を混同することはできない。――われわれは自分がどこからやってくるのか、自分が誰なのか理解したのであり、もはや自分が何か疑うことがない。――そこからあなたの目をそらすような感動も、外部からの影響も、もはやない。

そして無意識によって投影される淫らな幻想の全行列は、もはや人間の真の息吹をつなぎとめることができない。その理由はまさに、ペヨトルは生まれた人間ではなく、**先天的人間**であり、ペヨトルとともに隔世遺伝的、人格的意識全体が警戒態勢に入り、強化されるということである」。

わたしには、かく精妙かつ難解なアルトーによる彼のペヨーテ体験の記述を、正確に理解しそれを読者諸氏に説明することはできない。だがこのタラウマラ体験には（アルトーの小説／演劇／詩を参照軸として）ジル・ドゥルーズが先鞭をつけ、後にファリックス・ガタリとの共同で発展させた、いくつかの哲学概念の基盤があることは明らかである。そしてそれらを通して、彼が――ペヨーテの力を梃子として――実存的苦難を、服従の拒絶へ、そしてそれを実験的プログラムへと昇華させた契機と過程を追跡することができる。

たとえば右に引用した「父も母も家族も愛も神も、あるいは社会もないままに、彼の骸骨の音楽をかきならす」、そして「ペヨトルは生まれた人間ではなく、先天的人間であり、ペヨトルとともに隔世遺伝的、人格的意識全体が警戒態勢に入り、強化されるということである」。これらの言葉は、ペヨーテ体験の他方の極（還元の身体感覚）を表現している。それは一方では、彼が「残酷演劇」[15]で追求した、台本も、舞台装置も、視覚／音響効果も、舞台と客席さえも取り払った他の何物でもない今ここにある役者の身体の宿命的実在であり、また他方では子供の身体が、パパ／ママの身体に対する同時存在性を基盤に、それらの包摂／支配から逃れようとする欲望の表現でもある。ここには、ドゥルーズ／ガタリが『アンチ・オイディプス』で展開する「反家族帝国主義」の基盤ともなる身体性の位相がある。それはフロイト的精神分析が、オイディプス・コンプレックスを梃子にして制度的に固定化する「パパ－ママ－私の三角形の形象」あるいは「家族の星座」に対する分裂病者の叛逆であり、その肯定である。この「傍系親族、子孫、先祖といったものを統合するオイディプスの帝国主義」は、まさに「資本主義／国民／国家」という世界の支配原理の土台となっている。アルトーは叫ぶ、「私は父も信じない／母も信じない。わたいには、パパ－ママなんかない」[16]。

ドゥルーズは『意味の論理学』において、ルイス・キャロルの表面、あるいはテキスト的戦略とそれを引き裂くアルトーの深みと情動、あるいは苦悶の言語を比較している。アルトーは、キャロルの表面が耐えきれずに、それを破壊しようとするが、それは分子的知覚によって、モル的知覚（統計的係数的秩序）に穴を穿つことである。そしてそれは分裂病者の身体感覚から来ている。「分裂病的な身体の最初の相は、ある種の身体－濾過器である。フロイトは、表面と皮膚に無数の小さな穴が開いていると捉えることを分裂病者の特質として強調していた。その帰結として、身体全体が深層にほかならなくなり、一切の事物を、基礎の退縮（逆進化 involution）を表象する大きく開いた深層の中へ運び去りくわえ取ってしまう。」このような苦悶を芸術的プログラムに転換する闘争の中で、アルトーはきわめて特異な思考の可能性を開示する。それは「イメージのない思考」の恐るべき開示性であり、その中で詩的テクストは、次第に「叫び＝息」に分解されてゆく。

アルトーの最後の作品は、「Radio Works」とも呼ばれる音声表現を念頭にした詩作品『神の裁きと訣別するため』[17]であった。そこで彼は、アメリカという癌の身体、戦争の身体、貨幣の身体を呪詛する。これはアルトーならではの反帝国主義／反資本主義宣言でもあった。ちなみにここであらわれるタラウマラの民は、地球の身体からじかにペヨーテ（錯乱）をとって食べながら生まれる。ここでは彼らは、十字架をそれが再び、空間にあらわれないように破壊しつくす。そしてこの作品は「人間に器官なき身体を作ってやるなら、人間をそのあらゆる自動的反応から解放して真の自由にもどしてやることになるだろう」と締めくくられる。わたしの考えでは、この「器官なき身体」とは、アルトーが分裂病者の身体感覚をペヨーテの力をかりて、プログラム化した「残酷の方法論」である。この「器官なき身体」をドゥルーズ／ガタリは（ことに『アンチ・オイディプス』と『千のプラトー』において）哲学的概念に作りあげた。

この哲学において主眼となるのは「生命」ではなく（人間／資本／地球など）「身体」である。身体は、形式／器官／機能／主観によって定義しえない。それは動力学的にそして力学的に定義されねばならない。その意味で、強度が問題になるのだが、「器官なき身体＝ＣｓＯ」とは生産の原理としての強度ゼロである、とされる。この思考の文脈で注意すべきなのは、身体を「有機体（organism）」として定義してはならないということだ。それが道徳的に身体の能力を隠蔽することにつながるからだ。ドゥルーズ／ガタリは言う。「われわれはしだいに、CsOは少しも器官の反対物ではないことに気がついている。その敵は器官ではない。有機体こそがその敵なのだ」[18]。この哲学の戦闘性は、欲望の生産を中断し、それを従属させる基準――内的欠如、至高の超越者、見えすいた外部という三つの亡霊――と闘うことである。それは「有機体」「意味性」「主体化」の統制／支配と闘うことでもある。この三者こそが、「資本主義／国民／国家」の拡張と永続のための組織化、あるいは世界の有機的組織化をつかさどっているのである。この闘いを、アルトーの内的体験にちなんで語るなら、それはキリストの受肉と地球的身体（器官なき身体）の闘争であると言える。

先住民になること（indigenization）について

締めくくるにあたって、最後に「ペヨーテ儀礼」の現代的関連性について二、三のポイントを上げておきたい。

ペヨーテとは何か？　それは現代に奇跡的に残っている古代からの「地球的共棲媒介《プラネタリーコモンズ》」の一種である。その定義しがたい力は、これまで見てきたように、個人的な摂取というよりも、いくつかの先住民部族が自らの集団的自律を守る方法として、かろうじて受け継いできた儀礼において、ことさら発揮されている。初心者として儀礼に参加している身としては、儀礼について二律背反の想いをいだいている。一方で、その観光化への抵抗として、それを固有の集団の間のみのプライベートな場として大切にしたいという気持ちがある。だが他方では、ペヨーテと共に、この儀礼の形態を、現代の闘争集団の集会《アッセンブリー》などに、そして場合によっては、行動の組織化に、適応できないか、などという不遜な想像も起こってくる。ともかく歴史的に不可視の領域に追いやられてきた先住民諸部族の存在形式と闘争を、ことにそれらが遍在する南北アメリカ大陸において、今あらためて学ぶ上で、それは重要な窓口になると信じている。

現代の民衆闘争は、わたしが観察するかぎり、大雑把にいって、二つの実践領域にまたがっている。一方には、都市的闘争があり、他方では田舎の拠点づくりが進行している。後者は、昨今「大地の企画《ランドプロジェクト》」と呼ばれている実践で、多くの若い友人たちが、野山を切り開き、共同体の生活空間を造ろうと励んでいる。それらは多くの場合、都市の闘争に食糧や物資を供給し、また労働支援を受けるためにそして憩いのために、逆に都市の同志／友人たちを受け入れている。ここで重要なのは、ことに北米では、多くの土地が、今だに先住民と合衆国やカナダ政府と、その使用権をめぐって係争状態にあるという事態である。先住民の反植民地闘争は、全く終わっていない。つまりそこでは大地は、原理的に「無人の大地（terra nullius）」ではないのだ。したがって現在、ある地域の「大地の企画《ランドプロジェクト》」にとっては、先住民の歴史と実在に積極的に関与する必要性が出てきている。さらに「大地の企画《ランドプロジェクト》」のそもそもの目的が、場所ごとに特異性を有する地球的身体との微妙な共棲関係を築くことであってみれば、先住民の歴史的知恵から学ぶことは多い。あるいはある意味で、彼らに同化する必要がある。

ジャマイカの哲学者シルヴィア・ウインターは、カリブ海域の歴史的経験をもとに「先住民化

(indigenization)」という概念を提起している。同じカリブ海生まれの思想としては、エドァアール・グリッサンの「クレオール化」[19]が、水平方向に広がる地球的民衆の多種多様な混成化を強調しているとすれば、「先住民化（indigenization）」は垂直方向で、どのように「資本主義／国家的開発」に対抗するかたちで、大地に根ざすことができるか、わたしたちの思考を誘っている。それはまず、西洋植民地主義の収奪と抹殺によって、空き地にされたかつて先住民が生きていた土地に、国を追われて土地を失った人々（アフリカから奴隷として連れてこられた黒人とクレオール）が、根を下ろす過程のことである。この文脈で重要なのは「植民地農場（plantation）」に対する「提供地（provision ground）」である。それはサトウキビなど商品作物の栽培に適さないために、奴隷たちに投げ与えられた土地であった。そこで彼らは、農場主から与えられた微々たる食糧を補充する農作物を、自分達で栽培することを許されていた。これらの土地やいくつかの逃亡奴隷（Maroon）の共同体において、黒人たちは、アフリカで存在していた社会関係を再現するかたちで、彼ら自身の文化（生活形態、民話、神話、宗教、芸術など）を育成しようと試みた。その過程においては、まだ実在する先住民の共同体と共存するか、あるいはかつて実在した先住民の生活形態（文化）をモデルにした。ウィンターによると、こうした土地との関係において、アフリカの奴隷たちは、資本の本源的蓄積によって、新しい土地に根付くかかわりに、人間と自然の共棲関係を破壊していたヨーロッパ植民者の土地との関係構築とは異なった、大地との特異な関係性を実現することができた。彼女は、この奴隷たちの「提供地（provision ground）」との関係を、人間の地球そのものとの関係と見做している。

「先住民になること（indigenization）」は、こうした地球身体との関係性に第一の基盤が置かれるべきである。だがそれだけではなく、「ペヨーテの儀礼」に体現されているような大地から発生する「力＝記号」を採取し、（それを一方的に商品化し充当するのでない）それとの特異な関係を育みながら、自律的共同性を構築する装置が必要であろう（その意味で「大地の企画《ランドプロジェクト》」にたずさわる多くの友人たちは、植物との特異な関係性の歴史の熱心な研究者でもある）。「ペヨーテの儀礼」が、古代において共同体を組織する第一の文化的装置であったとすれば、現代における最大の文化的装置は、サイバーネットワークであろう。その拡張し続ける表面は、「世界の有機的組織化」の主要な趨勢として、わたしたちの思考と感性をますます捕獲しつつある。現代におけるテクスト論あるいは表面論は、間違えなく本の空間からサイバーネットワークへと拡張されねばならない。わたしたちの闘いは、（キャロルのように）その表面上の戦略を投げるわけにはいかないが、同時に何らかの地球的共棲媒介《プラネタリー・コモンズ》によって、（アルトーのように）その表面に穴を穿つ戦略が必要になるだろう。現代／未来のアルトーたちの生と闘争は、表面とその破壊という二つの戦略的領域とそれらの調整にかかっている。「個人／家族／社会／国家／世界」の有機的組織化が、わたしたちを妄想的に巻き込んでいる「永続し拡張し続ける生」と訣別するために、わたしたちは、自らの欲望を「永遠に生きる望み」から解放せねばならない。わたしたちは、地球身体と共に、十全に「生き／死ぬ」ことを欲望している。

注

1 「ペヨトルのダンス」、『タラウマラ』宇野邦一訳、河出文庫、二〇一七年。

2 カルロス・カスタネダ『呪術師と私――ドン・ファンの教え』真崎義博訳、二見書房、一九七四年。

3 Roxanne Dunbar-Ortiz, *An Indigenous People' s History of the United States*, Boston: Beacon Press, 2014.

4 *Peyote— History, Tradition, Politics and Conservation*, Beatriz Caiuby Labate and Clancy Cavnar, Editors, Santa Barbara, California: Praeger, 2016.

5 Barbara G. Myerhoff, *Peyote Hunt— The Sacred Journey of the Huichol Indians*, Ithaca and London: Cornell University Press, 1974

6 < https://www.nbcnews.com/news/us-news/indian-boarding-school-deaths-interior-department-report-rcna28284>

7 *Peyote— History, Tradition, Politics and Conservation.*

8 「運命に抗する人間」、『革命のメッセージ』高橋純＋坂原眞里訳、白水社、一九九六年。

9 "Letter to Jean Paulhan (March 26, 1936)," "The Trip to Mexico" (1936), *Antonin Artaud Selected Writings*, edited, and introduction by Susan Sontag, Farrar, Straus, and Giroux, 1976.

10 「失われた人々の種族」（『ヴァラ』（一九三七年一二月三一日号）に掲載されたテクスト）『タラウマラ』。

11 「深夜に行われ、ペヨトル（サボテン科に属する植物で幻覚作用をもつ）の吸引にともなうシャーマニズム的祭儀」。『タラウマラ』の注より。

12 「タラウマラ族におけるペヨトルの儀式」の追伸、『タラウマラ』。

13 コロンブス到来以前の古代からタラウマラ族の間で行われてきたダンスをともなう祭儀であり、雨、太陽、健康などを請願する。牛が犠牲にささげられる。」『タラウマラ』の注より。

14 「ペヨトルのダンス」、『タラウマラ』。

15 「残酷の演劇（第一宣言）」、『演劇とその分身』鈴木創士訳、河出文庫、二〇一九年。

16 ジル・ドゥルーズ＋フェリックス・ガタリ、『アンチ・オイディプス——資本主義と分裂症　上』、宇野邦一訳、河出文庫、二〇〇六年。

17 「神の裁きと訣別するため」宇野邦一訳、『神の裁きと訣別するため』河出文庫、二〇〇六年。

18　ジル・ドゥルーズ＋フェリックス・ガタリ、『千のプラトー——資本主義と精神分析　上』、宇野邦一ほか訳、河出文庫、二〇一〇年。

19　*Sylvia Wynter – On Being Human as Praxis*, Katherine Mckittrick, editor, Durham and London: Duke University Press, 2015. And David Scott, "The Re-Enchantment of Humanism: An Interview with Sylvia Wynter," < https://serendipstudio.org/oneworld/system/files/WynterInterview.pdf >.

異界の召喚

ゴッホ、アルトー、ガタリ

村澤真保呂

ずっと以前に、かれはシニフィアンの壁をつき破ったのである（ドゥルーズ＝ガタリ）[1]

序　転生と異界

かつて文芸作家の中村真一郎は、「死と転生をめぐる変奏」[2]という詩で、「輪廻」について次のように問うた。仏教では人間が過去から未来にわたって永遠に転生しつづけることを輪廻と呼ぶが、そこで「永遠」という概念を「過去から未来に向かう時間の流れ」と解釈するのではなく「時間を超えた領域」と解釈すれば、輪廻が意味するのは、過去と未来に転生した無数の自分が同じ空間に存在する場所ではないか。その場所からあらゆる方向に時間が延びていき、魂を同じくするそれぞれの自分の生にしたがって時空が展開していくとしたら、ある時代の自分と別の時代の自分が交わることもありえるのではないか、と。

そこで彼はふと思い当たる。以前に古都の博物館の陳列棚で古代の舞踏用の仮面を前にして、その仮面の奥から自分が眺められている感覚に襲われたが、あれは過去の別の時代を生きた私だったのだ。あの「永遠」から分岐して延びた時空の流れが、あのとき交錯したのだ。その仮面をつけた古代の舞踏家は、私自身だったのだ、と。

精神病院を廃人に近い状態になりながら退院したアルトーが、パリの美術館でゴッホの絵を前にしたとき、彼も中村と同様の経験をした。それを心理学や精神分析で言う「投影」とみなすこともできるだろう。すなわち、他者は自己を映し出す鏡にすぎず、鏡には生命も魂もないのだから、ゴッホの絵の中にも魂は宿っておらず、そこに魂が宿ると感じるのはたんなる錯覚にすぎない、と考えるわけだ。

しかしアルトーは、たしかにゴッホの絵の中に魂——アルトーによれば「（器官なき）身体」——を感じたであろうし、実際にそれに触れ、それが自身と同じであることを確信した。というのも、それがもうひとりの自分の魂であるからこそ、アルトーはゴッホの人生を自身の人生として受け入れ、生き直し、あの類いまれなゴッホ論を書いたからである。ゴッホとアルトーの魂は非時間的な領域——永遠——においてひとつの同じものであり、そうでなければ魂が交流したり合一したりすることはありえない。

物理的には実在しない別の世界が、この物理的に実在する世界と交錯するような場所は、昔から「異界」と呼ばれている。それは死者の霊や妖怪など「この世にいない者たち」と出会う場所である。日本の「盆」やメキシコの「死者の日」などの祭礼も、そのような「異界」を想定せずには成り立たない。それどころかほぼすべての宗教は、別の世界の非物質的実在（天使や精霊、神など）を想定し、それらとの交流可能性を前提としている。そのような実在は科学的世界観においては迷信とされ、近代医学においては幻覚とされ、ようするに非存在とされる。しかし、そのような「異界」はほんとうに実在しないのだろうか。むしろ、その実在性を否定することが多くの問題を引き起こす原因になっているのではないか。

前置きが長くなったが、本稿はそのような「異界」の探索者あるいは召喚者としてアルトーを考察する試みである。そのために、ここではアルトーのゴッホ論『ヴァン・ゴッホ　社会による自殺者』[3]を主たる題材としつつ、この「異界」がアルトーにおいてどのように捉えられていたかを探るとともに、ガタリの議論を介することでその現代的意義を考えることにしたい。

1　ゴッホとアルトー

最初にゴッホとアルトーについて取り上げる。ただし後述する理由により、ここではアルトーのゴッホ論のテキストを論じるのではなく、反対にゴッホの観点からアルトーを論じる仕方で進めることにしたい。

輪郭と色彩——後期印象派の課題

一八五三年にオランダのプロテスタントの牧師の家に生まれたヴィンセント・ヴァン・ゴッホが画

商の弟（テオ）を頼ってオランダからパリに移ったのは、ちょうど印象派が絵画界にセンセーションを巻き起こしていた時期だった。モネやルノワールらが結成した「印象派」は、それまで絵画アカデミーの主流だった「新古典主義」に決定的な打撃を与えた。それはヨーロッパの絵画界に大規模な地殻変動を起こす引き金になった。

それまで国立アカデミーの主流派であった「新古典主義」は、古代ギリシャの美を理想として、対象の正確なデッサン、構図の幾何学的均整、「良識ある国民」にふさわしい伝統的主題、感情を刺激しない抑制的な色彩表現を重視していた。体制に批判的なロマン主義絵画は、動的表現と世俗的主題、激しい色彩表現によって新古典主義に対抗した。

そのとき両者の対立軸として焦点化されたのが「輪郭線」と「色彩」の関係である（一九世紀のフランス絵画界におけるアングルとドラクロワの対立はその典型である）。ギリシャ美術の幾何学的精神を崇拝する新古典主義は、対象の「形」、すなわち正確なデッサンによる輪郭線を重視し、色彩が輪郭線の枠内におとなしく留まっていることを要求した。つまり輪郭線は「形相」、色彩は「質料」であり、後者は前者に従属するべきとされた。アカデミーが絵画界の序列化と統治を使命とする以上、体制派である新古典主義が、絵画の優劣を定める基準を客観的観点から「正確なデッサンと均整の取れた構図」に求めたのは当然である。他方、ロマン主義は色彩表現を輪郭線よりも重視し、色彩がもたらす情動的効果のうちに絵画の本質を見出した。つまり輪郭線を色彩に奉仕するものとみなしたわけだが、これは客観性より主観性に絵画の価値を置くもので、体制派の新古典主義と真っ向から対立する価値観である。こうしてロマン主義は必然的に反体制的絵画とみなされていく。というのも輪郭線と色彩の対立は、思想的にはそのまま形相と質料、形式と中身、精神と身体、国家制度と民衆、ヨーロッパ帝国主義と非ヨーロッパ植民地、……といった対立と結びつくからである。

その対立を引き継いだ印象派は、ロマン主義以上に主観的な色彩表現を発展させた。その結果として輪郭線はさらに曖昧になり、そのことが印象派グループの分裂を引き起こす一因になった。たとえば輪郭線の軽視する傾向を懸念したルノワールは新古典主義に復帰して官展《サロン》で成功し、グループ内で「裏切り者」扱いされた。また、輪郭線なしに対象を写実的に描く「点描画」を追求したスーラの加入をめぐって、グループ内が紛糾した。こうして、彼らに続くゴッホやセザンヌ、ゴーギャンら「後期印象派」の画家たちは、輪郭線と色彩の関係をふたたび問い直す必要に迫られたのである。

セザンヌは、絵画の対象である「自然」のうちに「幾何学的図形」を見出すことで、輪郭線に代わる新たな「形相」を復活させ、新古典主義を生まれ変わらせる道を切り開いた。ゴーギャンは輪郭線と色彩を等しく強調することにより「形相」と「質料」の両立をめざす「総合主義」を提唱し、絵画界の対立に終止符を打とうとした。それは同時に、メキシコ先住民の末裔であるゴーギャンにとって、ヨーロッパ帝国主義と非ヨーロッパ植民地の調和的共存をめざす方向性でもあった。

しかしゴッホは、ロマン主義と印象派による革命の方向をさらに推し進め、輪郭線なくして色彩のみからなる絵画に向けて道を切り開こうとした。先述したように、これは思想的にみれば、国家制度なくして人民のみからなる共同体（アナキズム）、形相なくして質料のみからなる実在、精神なくして身体のみからなる人間に向かう、真の意味で革命的な方向である。さらに言えば、それはゴーギャンのように帝国主義ヨーロッパと植民地メキシコの共存をめざす思想ではなく、メキシコ先住民文化による帝国主義ヨーロッパの解体をめざす思想であり、長らく抑圧されてきたアニミズム的古代宗教によるキリスト教支配の転覆をめざす思想である——そして、そのすべてがアルトーの思想である。

そこでは思考することは、もう自らを擦り減らすことではなく、
、、、、、、、、、、、
もはや存在しないのである、
そしてそこにあって残されているのは、ただ身体を寄せ集めること、つまり
幾つもの身体を積み重ねることだけだ。

こうして意識と脳を超えて再び取り戻されるのは、もはやアストラル世界ではない、それは直接的創造の世界なのだ。[4]

〈残酷の演劇〉の最初のスペクタクルは次のように題されるだろう。

「メキシコの征服」[5]

正午の思想——カンバスにおける転生

新古典主義の輪郭線を否定するゴッホは、絵の具を分厚く塗り重ねることにより、色彩（絵の具という質料）のみで対象をカンバスの上に現前させる方法を探った。そして現実に輪郭線が消え去る条件を探し、南仏アルルへと赴いた。それは太陽が真上に輝き、事物の影（輪郭線）がかぎりなく消え

去る「正午」の時間に絵を描くためである。こうしてゴッホはニーチェと同じ道筋を辿っていく。というのもニーチェもまた、存在の「影」であるルサンチマン（怨恨）がすべて消え去るときを「正午」と呼び、そのとき真の世界としての「永遠」がその姿を現すと考えたからである。正午、すなわち事物の輪郭線が消え去り色彩のみからなる世界が現れる瞬間、それは形相が消え去り質料が、精神が消え去り身体が、国家や法が消え去り人民が、キリスト教の唯一神が消え去りアニミズム的な大地の神々が、それまで己を縛りつけていたくびきを振りほどき、世界の表面に姿を現すときである。それまで「形」や「観念」や「制度」に守られていたすべての事物は、その個体性を維持していた枠組みを失い、その中身だけが世界に溶けだし、踊りだす。つまり人間の「文化」がつくりだしたあらゆる装置が機能を停止し、その装置に閉じ込められ覆い隠されていた「自然」が姿を現すのである。それはつねに流動し変化しながらも、過去も現在も未来もつねにそこにあった／ある／ありつづける──つまり永遠の──実在である。

「輪郭」が支配する私たちの人間世界は、個体性をそなえた事物からなる世界であり、それはスピノザによれば「様態」と呼ばれる一時的実在の世界である。そのような「様態」にたいして、個体性をもたない永遠の実在があり、様態はその実在の属性あるいは表現にすぎない。それをスピノザは「実体」と呼ぶ。たとえば、海面の波のひとつひとつは「様態」であり、始まりと終わりのある「時間」の中で生成と消滅を繰り返す一時的実在である。それにたいして「実体」は、ひとつひとつの波がつねにそこから生まれ、つねにそこに戻っていく「海」それ自体である。つまり純粋な「質料」としての「海」にたいして、ひとつひとつの「波」は海がその表面につくりだす形、つまり「形相」にすぎない。そうであれば、「波」を「様態＝形相」としてではなく、海という「実体＝質料」として描くことが問題になる。

ここで「形相」と「質料」という言葉について、少々一般と異なる使い方をしているので、読者の混乱を招かないために少し整理しておこう。この対概念は、前提となる世界観や思想により意味が大きく変わってしまうからである。デカルトの心身二元論に慣れ親しんだ私たち近代人は、古代ギリシャ哲学の「形相」を「観念」、「質料」を「物質」と安易に同一視する傾向がある。しかし、そもそもプラトンにおいて「形相《イデア》」はこの世の具体的存在に宿る「魂」、反対に「質料」はその魂を宿す「肉体」に近いものとみなされ、「質料」のくびきを離れて「魂《イデア》」の世界に飛び立つことが人間にとって理想とされた。アリストテレスは「形相《エイドス》」を事物の「本質」や「定義」、「質料」をその「構成要素」という意味に置き換えた。デカルトでは「形相」は「観念」と、「質料」は「物質」と同一視された。スピノザもその観点にはさしあたり従うものの、その前提と意味を大きく組み替える。スピノザにおける「形相＝観念」は、デカルト的な「観念」、すなわち私たちの精神内に浮かぶ概念やイメージだけでなく、外的世界の事物の「形」を含む広い意味をもっている。それとペアをなす「質料」のほうは「身体」と呼ばれ、個物としての人間や事物のみならず、世界全体に適用される概念として使われている。

ゴッホ（＝アルトー）の観点からそれらの概念の意味を多少なりとも明確にしておくなら、それはプラトンやデカルトの用語と意味は重なるものの価値評価は正反対であり（プラトンのように物質としての「質料」に魂としての「形相《イデア》」が宿るという観点をアルトーは正面から否定する）、スピノザとも大きく重なるものの、質料の評価が部分的に異なっている。ゴッホが問題にしたのは、輪郭線（形相）の囲いのうちに色彩（質料）が閉じ込められ、従属させられていることである。たとえばアカデミーが理想とする新古典主義の人物画であれば、モデルである人物の輪郭線の形が個体性と本質を表現し、色彩はその構成要素にすぎず、そこからはみ出すことは許されない。

　しかしゴッホにとって、目の前のモデルにおいて実在するのは「身体」だけであり、「輪郭線」はあくまで画家と観衆のあいだの慣習的な約束事、つまり「観念」でしかない。したがって輪郭線を拒否することは、「観念」をつうじてモデルの身体を認識し、カンバスに描くという通常の絵画のあり方を拒否することである。そのような絵画においては、まったく別の認識と描き方が要求される。すなわち画家自身の「身体」をつうじて風景やモデルの「身体」を捉え、カンバス上にその「身体」を色彩（絵の具）という「質料《マチエール》＝身体」によって描く仕方である。このとき画家とそれが描くモデルや風景は、従来とはまったく異なる関係に置かれることになる。

　新古典主義をはじめ印象派も含むそれまでの絵画は、画家が主体として、客体であるモデルや風景を「観念＝形相」として認識し、それをカンバスの上に「輪郭線＝形相」のデッサンとして描き、そこに絵の具を塗ることにより「色彩＝質料」を与えるという仕方である。つまり画家とその対象は「見る主体／見られる客体」の関係に置かれる。しかし「輪郭線＝形相」は「身体」という実在の影であり、その影にどれほど「色彩＝質料」を与えたところで、それは実在性を失った「表象＝再現前《ルプレザンタシオン》」にすぎない。というのも、そこには対象のモデルや事物の「生命＝身体」が失われ、「観念」しか残らないからである。新古典主義の大成者であるアングルや一時期（新古典主義に回帰し

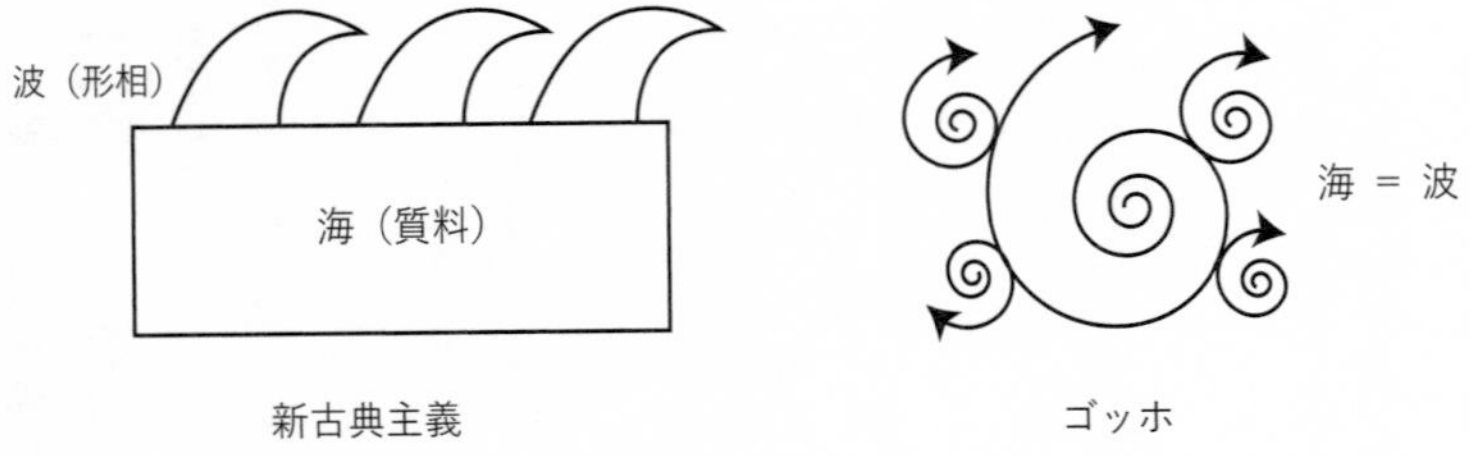

図1　新古典主義とゴッホの違い

た時期）のルノワールの人物画から生命感がまったく失われるのは、そのためである。

　ゴッホが試みたのは、このような画家と対象の関係を打破することだった。つまり自身の「観念」ではなく「身体」によって対象の「身体」を捉え、カンバスに絵の具という「質料＝身体」を積み重ねることにより、対象の「身体」を描くことである。先ほどの「波」の比喩をふたたび用いるなら、ゴッホにとって「波」はたんなる形相ではない。それを形相として捉えるのは、海からその生命を消して、つまり動きを止めて捉えるからである。実際には個々の「波」に見えるものは「海」という「質料＝身体」それ自体の運動の現れであり、その運動こそが「波」の実体である。そうであれば「海」という「質料＝身体」も、実際には海底の隅々まで運動の流れで満たされており、私たちの目に「波」として現れるものはその一部にすぎない。そのように捉えるとき、それぞれの「波」は、「海」という「質料＝身体」の運動の流れのうちにその個体性を失う。つまり「海」と「波」の区別は消失する。そして画家もまた自身の「身体」において、つまり自己の身体を海の身体へと融合させることによって、その運動の流れを感じ取り、カンバスという海にその運動の流れである「波」を起こすのである。したがってここで「質料《マチエール》」とは、運動と一体化した「質料」、つまり「生きた身体」である。ようするにゴッホが試みたのは、対象の「生きた身体」をふたたびカンバスの上にもたらすこと、つまり「転生」させることだった（図1）。

ゴッホが絵画をつうじて、またニーチェが思索をつうじて到達したのは、「観念」や「形相」という文化的装置を介さない世界の知覚、つまり精神を介さない身体による知覚である。しかし、それはほぼ狂気の世界でもある。というのも、そのように知覚されるのはゲシュタルト（形）を失った世界であり、それこそは精神病者が陥っている状況だからである。また、そこでは自分自身の個体性を守っていたはずの「形」もなくなり、自己と対象のあいだが「身体」あるいは「質料」として融合するからである。さらに言えば、それは近代の哲学や科学の観点からすれば不可能な世界でもある。というのもカントは、近代科学の世界観に合致する人間観を哲学において確立する中で、そのような世界を「物自体」と呼び、観念のカテゴリーにしたがう理性的認識によっては認識不可能であることを宣言したからである。しかしゴッホはその身体によって、カントが定めたその不可能な限界を飛び越えてみせる。[6] 彼は正午の輪郭線が消え去った世界で、目の前の風景と融合することにより、それまで輪郭線に閉じ込められていた色彩を解放し、その「永遠」が放つ眩い輝きの流動を暴露する。そこに姿を現すのは、アルトーが述べるように、それまでずっと「沸騰していた」世界の姿である。

皮膚の下の身体は、加熱したひとつの工場である、そして、外で、病人は輝いて見える、炸裂したそのすべての毛穴から彼は輝き出す。例えば正午のヴァン・ゴッホの風景のように。ただ永久に続く戦争だけがひとつの移行にすぎない平和を明らかにする。こぼれ出ようとしている牛乳が、それが沸騰していた鍋を明らかにするように。[7]

つまりゴッホの絵は、対象の「物」を外側から眺めて描かれたのではなく、身体の融合をつうじて「物」を内側から捉え、その「物」となって画布の上に「転生」したものである。そのときゴッホは、私たち人間の側から「物」を見ているのではなく、「物」の側から私たちを眺めている。それは死者の側から現世の人間を眺めるのと似ている。アルトーは自問する。なぜそう感じられるのだろうか？

どうしてヴァン・ゴッホの絵画は、こんな風に、まるで結局その幾つかの太陽だけが、そこでは楽しげに回転し照らし出すことになるひとつの世界の墓の反対側から見られたような印象を私に与えるのか？[8]

真夜中に潜む光――身体を解放する眼差し

アルルにおいてゴッホが見出した「正午」の世界は、しかしながら長く続かなかった。先に述べたように、それは「観念」や「制度」への従属を要求する人間の社会・文化的条件の限界を超えることであり、それを維持することは大きな精神的努力を要するからである。ゴッホの精神は限界に達し、あの有名な「耳切事件」を起こしたことで、ゴッホは「狂人」とみなされて精神病院に送られることになる。そこでゴッホは「正午」とは正反対に、あらゆる色彩の光を失った世界、いわば「真夜中」へと落ち込むことになる。つまり「質料＝身体＝色彩」ではなく「形相＝観念＝輪郭」が支配する世界である。もはや世界から色彩は消え去り、風景や人物の微細なニュアンスや生命感が失われ、それらの「形」しか認識できない。人々の表情を読み取ることはできず、周囲のすべての人々が生気を失った空虚で不気味な存在として目の前に現れる。つまり狂気の世界に落ち込んだのである。その状況をゴッホは妹宛の手紙で率直に伝えている。

多くの苦しみを経験すると、人々が遠く離れたところにいるように感じて、まるで巨大なアリーナの端にいるように、彼らの声がはるか彼方からしか聞こえなくなる。僕が発作を起こしているとき、目の前のすべての人々が、たとえ僕が彼らを識別したとしても（いつも識別できるわけではないれど）、僕にはとても遠くにいるように感じられ、現実の彼らとは似ても似つかぬ姿に見えてしまうんだ。（一八八九年一〇月二一日の妹宛の手紙）

こうしてゴッホは「夜」を描きはじめる。それはすべての影が消え去る「正午」とは反対に、「夜のカフェ」に描かれたように、すべてが生命の光を失い、影に覆われ、狂気と犯罪と絶望が支配する世界である。その世界の狂気と暗黒に飲み込まれそうになりながら、それでもゴッホはその空虚に潜んでいたかすかな輝きに気づく。それは「星月夜」の夜空に散りばめられた小さな星々であり、それが生気を失った暗黒の世界に、ほんのわずかであっても色彩を与えていたのである。ただし「正午」

の太陽が「永遠」を照らすのとは反対に、「真夜中」の星々が照らすのは「瞬間」である。ゴッホにとって、それは「消え去っていくものの中の過ぎ去らないもの」（テオ宛ての手紙）[10]が露わになるとき、つまり聖夜の訪れを告げる鐘が鳴り響く、真夜中の午前零時である。ゴッホが気づいたのは、その真夜中の「瞬間」が正午の「永遠」と正反対でありながら同一であることだった。アルトーはゴッホとともにその瞬間に立ち会ったかのように、次のように証言する。

> だが、ヴァン・ゴッホは、瞳がいまにも空虚のなかに流れ込もうとしているその瞬間をつかんだのである。
>
> この眼差が、一個の流星から放たれた爆弾のようにわれわれに向かって発せられ、空虚とそれを満たす不活性なものの弱々しい色彩を帯びる瞬間を。[11]

「正午」が露わにするのは、「生ける身体」の輝きで満たされた世界である。たとえるならそこは熱帯雨林の真ん中のように、あらゆる生命体に満たされた世界である。しかし「真夜中」が露わにするのは、砂漠の真ん中のようにいかなる生命体も見当たらない、いわば「死せる身体（不活性なもの）」としての世界である。しかし目をこらせば、そこにはわずかではあれ、かろうじて生きている小さな動植物が見つかることもある。そのとき砂漠は、時間と場所を越えて、熱帯雨林と表と裏の関係で結ばれる。波が荒れ狂う海と波ひとつない凪の海、雑草の繁茂する真夏の庭と雪に埋もれた真冬の庭も同様である。これら二つの場所は、正反対の仕方ではあれ、ともに生ける身体――これは生物学的な意味での生命体にかぎらない――としての世界の永遠性を証立てる。それこそはニーチェのツァラトゥストラが最後にたどり着いた認識でもあった。

いまぞ、わが世界は完成した。深夜はまた正午でもある。[12]

正午の生ける世界は真夜中の死せる世界に潜在し、真夜中の死せる世界は正午の生ける世界に顕在化する。この関係は、当然ながらゴッホと彼の絵画についても当てはまる。ゴッホの生ける身体は、カンバスに描かれた物質としての絵画に潜在する。その物質としての絵画は、観る者の生ける身体に顕在化――つまり転生――する。アルトーが感知したのは、目の前のカンバスに潜在していたゴッホの「生ける身体」であり、それがカンバスを眺める自身の身体において顕在化したことである。

ヴァン・ゴッホの目は偉大な天才のものであるが、しかし彼がそこに不意に現れた画布の奥から、彼が私自身を解剖するのが見えるその仕方からすると、いまこのとき彼のうちに生きていると私が感じるのは、もはやひとりの画家の天才ではなく、私が人生においてかつて出会ったことのない何らかの哲学者の天才なのである。[13]

ここで筆者がアルトーのゴッホ論を考察するのに、なぜアルトーのテキストを解釈するのではなくゴッホの人生から進めなければならなかったのか、ようやくその理由を説明することができる。それはアルトーのゴッホ論が、アルトーによるゴッホの「解剖」ではなく、ゴッホによるアルトーの「解剖」として書かれているからである。つまりアルトーのゴッホ論は、アルトーから見たゴッホではなく、ゴッホから見たアルトーが、アルトー自身によって書かれている。誤解をおそれずに言えば、これはゴッホの霊に憑依された、あるいはそれと合体したアルトーが書いた著作なのである。こうしてアルトーはゴッホの目をみずからの目と合体させつつ、それがニーチェと同じ目であることに気づく。

いや、ソクラテスはこの目をもっていなかった、恐らく彼以前にはあの不幸なニーチェだけが、精神のごまかしの外にあって、魂を丸裸にし、魂から身体を解放し、人間の身体を剝き出しにするこの眼差しをもっていたのだ。[14]

ここで述べられているように、三人がまったく同じ「この眼差」を共有しているとしたら、このテキストを書いているのはアルトーではなくゴッホ＝アルトー＝ニーチェであり、したがってその著者は固有性をそなえた「輪郭＝形相」をつうじて区別される三つの主体ではなく、「生ける身体」――すでに読者には、これが生物学的身体でも物質的身体でもないことを十分に伝えたと思われるので、ここからはアルトーの概念である「器官なき身体」と呼び直す――の「永遠」のうちに一体となった主体であるとしか言えないだろう。いずれにせよアルトー（たち）は、プラトン的な「魂＝形相」から「身体＝質料」を解放する「眼差し」を得て、その眼差しによって世界を見つめなおした、否、つくりなおしたのである。

2　アルトーとガタリ——資本主義と「異界」

ゴッホにおける「輪郭線」との戦い、ニーチェにおけるキリスト教道徳との戦い、アルトーにおける「精神（あるいは神）」との戦いは、ガタリにおいては精神分析的な「シニフィアン」との戦いとして繰り広げられる。彼らの戦いは、それぞれ時代も場所も戦術も敵の姿も異なるにせよ、どれも同じ敵を相手とした同じ戦いなのである。そこでガタリ（とドゥルーズ）はアルトーを「シニフィアンの壁をつき破った」先駆者とみなし、彼の「器官なき身体」概念をみずからの武器として取り入れた。[15]ここではガタリの「器官なき身体」概念を介することで、現代におけるアルトーの意義を簡潔に示してみたい。

ガタリにおける「器官なき身体」

アルトーが精神病院に監禁された経験から書かれた「神の裁きと訣別するため」に述べられたこの言葉は、その由来をたどると、精神病院への監禁に先立つ彼のメキシコでの体験にあることがわかる。メキシコでアルトーは、アメリカ先住民のタラウマラ族のもとで「シグリ」と呼ばれる大地の精霊と合体する儀式を授けられた。その典型的な憑依体験をつうじて、彼の自己と世界観は大きく変容する。その儀式によってアルトーの中に入った精霊は、アルトーの自己意識を解体し、それを飲み込んで、アルトーの真の主体となった。その結果、アルトーは大地であると同時に、その精霊でもあり、また大地の一部であると同時に、その精霊の一部でもあるという認識を得る。この経験が、精神病院での

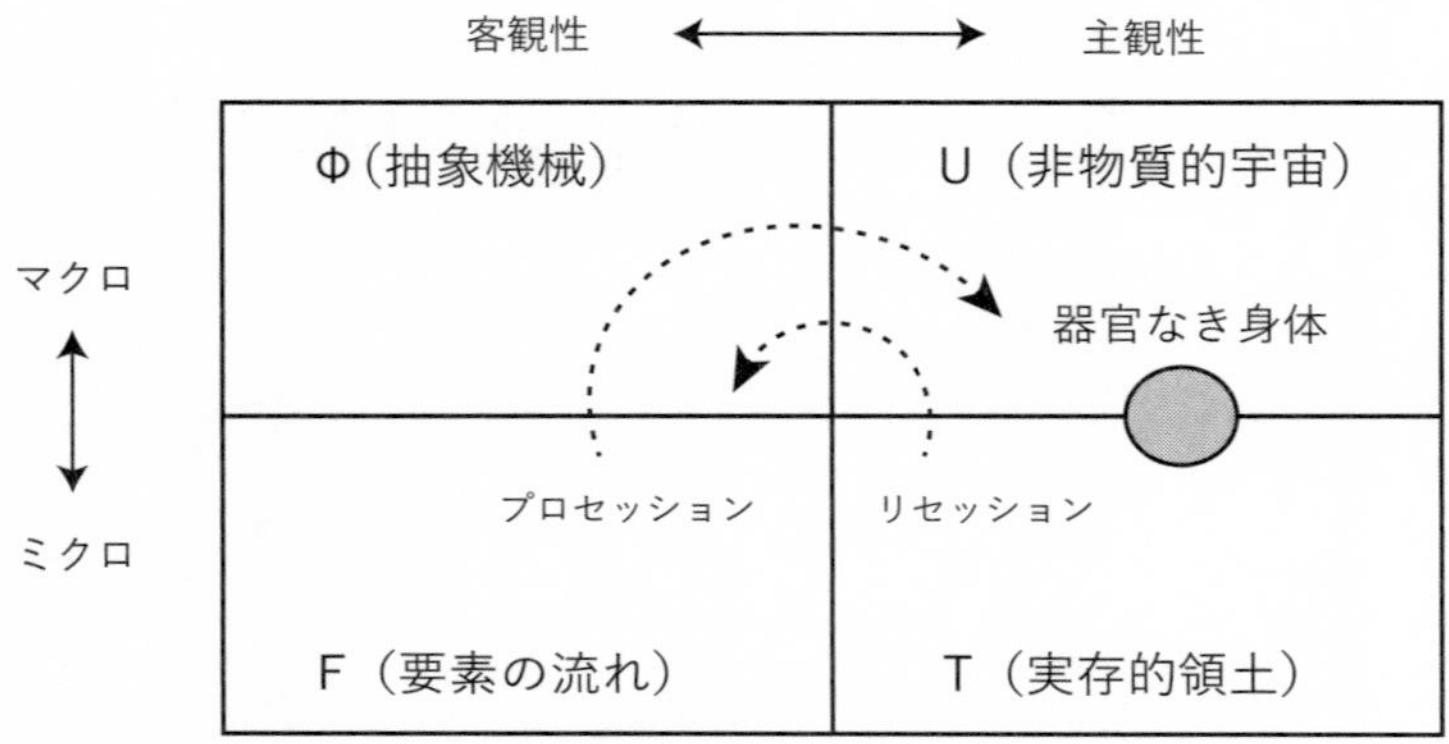

図２　ガタリの図式

過酷な電気ショック療法に苦しむ彼を支えていたことは明らかである――「私の身体に人は決して触れることはできないから」[16]。つまりアルトーの「器官なき身体」は、彼自身の経験においては「シグリ」の別名なのである。

ガタリがアルトーの概念をどのように取り入れたのかを示すために、ここでガタリが『分裂分析的地図作成法』[17]のスキゾ分析の図を紹介したい（図２）。

この図式で左側は客観性、右側は主観性の領域を示している。左の客観性の列にあるのは、観念やシニフィアンなどの「形相」と、それが示す内容としての物質やシニフィエなどの「質料＝物質（死せる身体）」のペアからなる事物であり、さしあたりここでは物質的世界と考えよう（実際には物質ではない記号情報や言語も含まれるので、適切な呼び方ではないのだが）。その全体世界はΦ（抽象機械）、その個々の要素はF（要素の流れ）と呼ばれる。右の主観性の列はそれと異なり、精神世界やコスモロジーなどの非物質的世界であり、そこに生きる自己も含む「生ける世界」である（実際には物質性をそなえた事物も含めて考えられるのだが、ここでは立ち入らない）。その全体世界はＵ（精神内の宇宙）、その個的要素はＴ（自己の実存）と呼ばれる。さしあたりここでは右の列を精神的世界と考えよう。

この物質的世界と精神的世界という二つの世界は、たとえば宗教的コスモロジー（Ｕ）を社会体制（Φ）が体現するなど、互いに入れ子状になって反映しあっている。また上側のマクロな全体世界は下側のミクロな要素を包含することで成り立っている。ガタリにおいて統合失調症の問題とは、ＵとＴが切り離されていることである。統合失調症者は、自己の精神内宇宙から自己の実存が疎外された状況にある。わかりやすく言えば、彼は、自分自身の心の中の世界の中心にあるはずの、自分の居場所を失っているのだ。この内的自己疎外は、左側の外的世界（ΦとＦ）に由来する。たとえばある子どもが、人種差別が原因で近所の友人関係（Ｆ）で仲間はずれにされ、その人種差別が世界全体（Φ）に及んでいることを感じ取った場合、その世界観や価値観が自己の内的世界（Ｕ）に反映されると（つまり人種差別が内面化されると）、その子どもの実存（Ｔ）はそこでの居場所を失い、排除される。つまり主観性の核心が失われてしまうのである。これはまさしく「呪い」である。というのも、その子は自分自身とその生を呪うようになり、そのことによってさらに苦しむことになるからである（アルトーがゴッホを「社会による自殺者」と呼ぶのは、人生の最後にゴッホがその呪いに捕まり、「自殺」したからである）。

このような内的疎外を回復するには、ＵとＴを再結合することが必要となる。しかし、疎外の原因は精神内ではなく外の世界にある。そのためにスキゾ分析の治療では、外的世界の諸要素（Ｆ）を組み替え、それによって変容した周囲の環境（Φ）が精神内宇宙（Ｕ）に反映され、そこに患者の自己

(T)がふたたび結ばれることをめざす。そしてひとたび患者がそれに成功し、治癒が開始したら、それまでと逆の流れが生まれる。つまり精神内宇宙(U)に自己(T)の居場所を見出した患者は、その探索をつうじて自己の領土と宇宙を拡大・発展させ、それは外的環境(Φ)やその要素(F)にも影響を与え、変容をもたらす。ガタリは症状形成と治療の流れ(右回り)を「プロセッション」、治癒の流れ(左回り)を「リセッション」と呼んで区別している。

スキゾ分析の流れにおいて、ガタリはUとTの結合を「器官なき身体」とみなし、その獲得を治療の目標としている。その獲得は「異質生成」と呼ばれ、そのプロセスをつうじて主観性(主体性)の核となる「特異性」が生まれる。したがって「器官なき身体」の獲得は、特異性を獲得することと同義となる。このようなガタリによるアルトーの解釈とその応用が間違いではないことを、先ほどの「シグリ」の例を利用して説明してみよう。物質的自然環境(Φ)である「大地」にたいして、シグリと呼ばれる精霊は、その「大地」の非物質的(精神的)側面である。つまり「大地」には物質的/非物質的な二つの側面がある。その非物質的な大地(U)が自己の実存(T)と結合し、新たな主体性(主観性)が生まれたことが、アルトーの憑依体験だった。このシグリとの結合から生まれた新たな主体(つまり「シグリとしての自己」)が後に「器官なき身体」と呼ばれたことを思い返せば、ガタリがこの概念をUとTの結合のうちに捉えた理由が、その是非はともかく、十分に理解できる。そしてアルトー(＝ゴッホ)が「正常」であることの理由も、この観点から理解することができる。というのも彼らはすでに、みずからの「器官なき身体」を獲得していた、つまりガタリによれば「治癒」していたからである。

資本主義と「異界」——アルトーの現代的意義について

しかし、ここでガタリの図式に触れたのは彼の精神療法を論じたいからではない。ガタリのスキゾ分析は、精神療法を基盤としつつも、社会問題や自然環境問題を想定して練り上げられたものである。つまりガタリの図式が問題にしているのは、精神・社会・自然のすべてを飲み込もうとする資本主義なのである。資本主義は、左側の物質的領域からプロセッションの流れをつうじて右側の非物質的領域——生きた身体、あるいは器官なき身体——を解体し、それを貨幣価値へと変換（物象化）しつづけるそのサイクルに本質がある。

ここでゴッホについて先に述べたことを踏まえるなら、ガタリの図式における右側の非物質的領域は、ゴッホにとっては「色彩」にあふれ、「正午」の光を放つ「生ける世界」に相当する。左側の物質的領域は、ゴッホにとっては「輪郭線」に支配され、「夜」の暗闇が生気の光をすべて消し去った「死せる世界」に相当する。そうであれば、資本主義は「色彩」を「輪郭線」に、「正午」を「夜」に、「生ける世界」を「死せる世界」に変換することで成り立っている。それはアルトーに言わせれば、「神とともにその器官ども」[18]が「器官なき身体」を押しつぶすことである。

たとえばジェントリフィケーションは、先進諸国の都市で資本主義的生活様式を満喫する人々（F）が構成する経済政治システム（Φ）によって、目に見えない人間関係のネットワークによって維持されている下町コミュニティ（U）を開発し、そこに住む人々をそこから切り離し、孤立させ、都市の資本主義的生活様式に従属する人々の一員（F）として取り込むサイクルから成り立っている。

あるいは環境問題は、それと同じ先進諸国の資本主義社会のFとΦが、途上国の伝統的・宗教的世界観（U）によって維持されてきた自然環境を開発し、その世界観と生態系から現地の人々と生物の居場所（T）を失わせることで、人々は移民先で資本主義的生活様式に従属させられ、動植物は絶滅するというサイクルから成り立っている。つまり精神疾患と社会問題と環境問題は、資本主義のプロセッション的運動が引き起こす、現れ方の異なる同じ問題なのである。

このサイクルを支えているのが、右側の非物質的世界を「存在しない」とみなす近代的世界観である。どれほど住民たちが「私たちの結びつきを壊すな」と反対しても、開発者は「客観的エビデンスがない」ことを理由に都市開発を進める。どれほど現地の住民たちが祖先の神話や宗教的戒律によって開発中止を訴えたところで、開発者は「それは迷信にすぎない」とみなして森林開発を進める。それはアルトーやゴッホがどれほど「私は正常だ」と訴えたところで「客観的エビデンスがあなた方を狂人であると示している」と病院送りにされるのと同様である。

こうして右側の非物質的世界を「存在しない」とみなすことで、ガタリが「資本主義的主観性」と呼ぶ人間主体のあり方が確立される。その主体は、もはや資本主義以外の世界を認識することができない。なぜならそのような世界は彼らには最初から「存在しない」からである。ガタリは、そのような主観性（主体のあり方）こそが資本主義体制を支える核心であると捉え、そこに革命（すなわち分子革命）をもたらすことを自身の使命とした。またゴッホは、そのような主体として主治医のガシェを捉え、ガシェのほうこそが病気であり、治療が必要であることを感じ取った。さらにアルトーは、そのような主体は「猥雑」、すなわちペストに感染した患者と同じく生きたまま死によって生を奪われ、そのために生を呪うようになった存在と見抜き、「残酷劇」をつうじてその呪縛から人々を解放する道を求めた。彼らはともに、人々に「器官なき身体」を取り戻させることをめざしたのである。

（…）この猥雑な身体のダンスを
破壊しなければならない
われわれの身体のダンスでこれらを
追い出してしまうためである。[19]

人間に器官なき身体を作ってやるなら、
人間をそのあらゆる自動性から解放して真の自由にもどしてやることになるだろう。[20]

そうであれば、社会問題にたいしても環境問題にたいしても、私たちは精神疾患にたいするのと同じ方針で取り組まなければならないはずだ。すなわち「器官なき身体を取り戻す」という方針である。そして資本主義の論理にたいして、獲得したその身体を逆方向（リセッション）に流すこと、つまり存在しないとみなされてきた非物質的世界を物質的世界に顕現させ、その実在を露わにすることによって対抗しなければならない。それは非存在の世界と存在の世界のあいだが結ばれる「異界」を召喚することであり、それこそはアルトーが演劇や著作をつうじて――ゴッホは絵画をつうじて、ガタリはスキゾ分析をつうじて――取り組んだことである。それは資本主義が拡大しつづける「暗闇」の世界の中に、夜空の星々の輝きを介して、「正午」の眩い世界を導き入れることである。また、それは「輪郭線」しかもたない空虚な人間たちの中に、絵の具を塗り重ねる――身体を積み重ねる――ことを介して、「色彩」にあふれた人間を導き入れることである。さらに、それは生を呪う「悪魔の世界」にたいして、「残酷劇」を介して、「永遠の生命世界」[21]を導き入れることである。

その意味でアルトーの「器官なき身体」は、ガタリにとってのみならず、現在のジェントリフィケーションに対抗し、環境破壊に対抗する私たちにとっても、いまなお獲得しなければならない賭け金でありつづけている。アルトーがその人生をかけて後世の私たちに伝えようとしたのは、近代主義者や資本主義者がどれほど否定しようとも、その賭け金は実在しており、だからこそ取り戻さなければならない、ということではないだろうか。

注

1 ジル・ドゥルーズ＋フェリックス・ガタリ『アンチ・オイディプス――資本主義と分裂症』市倉宏祐訳、河出書房新社、一九八五年、一六九頁。
2 中村真一郎『詩集　死と転生をめぐる変奏』思潮社、一九七八年。
3 本稿での引用は以下の翻訳書にもとづく。アントナン・アルトー「ヴァン・ゴッホ　社会による自殺者」鈴木創士訳、『神の裁きと訣別するため』河出文庫、二〇〇六年、一〇九―一七四頁。
4 前掲書、一三四―一三五頁、強調は原著者。
5 アントナン・アルトー『演劇とその分身』鈴木創士訳、河出書房新社、二〇一九年、二〇七頁。

6　ジャン＝クレ・マルタンはゴッホについての評論『物のまなざし――ファン・ゴッホ論』（杉村昌昭・村澤真保呂訳、大村書店、二〇〇〇年）において、絵の対象である「物」をゴッホが外側からではなく内側から眺め、描いていたことを見事に論証している。本稿のゴッホについての議論もこの著作に負うところが大きい。

7　「ヴァン・ゴッホ　社会による自殺者」一六一－一六二頁。

8　前掲書、一五七頁。

9　本稿でのゴッホの書簡からの引用は、以下のヴァン・ゴッホ美術館のウェブサイトが公開する書簡からの拙訳。https://vangoghletters.org/vg/letters/。邦訳の該当箇所は以下。『ファン・ゴッホ書簡全集６』二見史郎ほか訳、みすず書房、一九七〇年、一九四八頁。

10　邦訳の該当箇所は以下。『ファン・ゴッホ書簡全集２』みすず書房、一九七〇年、六六七頁。

11　「ヴァン・ゴッホ　社会による自殺者」一六七頁。

12　ニーチェ『ツァラトゥストラかく語りき（下）』竹山道雄訳、新潮文庫、一九五三年、六二六頁。

13　「ヴァン・ゴッホ　社会による自殺者」一六六頁。

14　前掲書、一六七頁。

15　アルトーの著作がガタリに与えた影響については、ここで詳しく論じる余裕がないため、以下の拙論を参照されたい。村澤真保呂「反精神医学からスキゾ分析へ――統合失調症と自然環境問題のあいだ」（古茶大樹ほか編『統合失調症という問い――脳と心と文化』日本評論社、二〇二二年、一八五－二〇八頁）および村澤真保呂「〈宇宙〉を回復する――〈ジャン＝バチスト症例〉を題材として」（村澤真保呂ほか編『フェリックス・ガタリと現代世界』ナカニシヤ出版、二〇二一年、二一九－二四〇頁）。

16　「神の裁きと訣別するため」宇野邦一訳、『神の裁きと訣別するため』、三九頁。

17　フェリックス・ガタリ『分裂分析的地図作成法』宇波彰ほか訳、紀伊國屋書店、一九九八年。ただし、ガタリの「器官なき身体」概念は著作や時期によって異なる点があることに注意されたい。なお、ここで示した図はこの著作で扱われた複数の図式を筆者の手によりまとめたものである。

18 「神の裁きと訣別するため」四五頁。

19 「残酷劇」宇野邦一訳、『神の裁きと訣別するため』、五七頁。

20 「神の裁きと訣別するため」四五頁。

21 「残酷劇」五四頁。

アルトー問題

江川隆男

——江川さんの『死の哲学』（二〇〇五年）、そしてそれを増補した『残酷と無能力』（二〇二一年）は、絶後のアルトー論でもあります。アルトーは、江川さんの哲学にとって絶対的であるように思われます。江川さんにとってのアルトーとは、いったい何なのでしょうか。

アルトーは、私にとっては、まさに〈アルトー問題〉という問いの仕方に尽きると思っています。私自身は、アルトーの専門家でもなければ、またアルトーの著作を丹念に読んできた者でもありません。その意味で私は、アルトーの際立った特異性を研究し、それを引き延ばして表現するというよりも、むしろアルトーからしか提起されえないような問題の一般化あるいは普遍化という仕方での表現につねに関心をもってきました。私は、以前からアルトーについてこのように表現されるべき思考様式を〈アルトー問題〉と呼んできました。

アルトーを知ったのは、やはりドゥルーズの著作を通してです。『意味の論理学』の「第一三セリー　分裂病者と少女」は、鮮烈なアルトー論です。この著作は、フーコー的に言えば、たしかに〈劇場の哲学〉の一つですが、しかしそんななかにあっても、このセリーは異質な論考として際立っています。この思考が引き継がれていくのが、ドゥルーズ＝ガタリの『アンチ・オイディプス』だと言えます。というのも、そこでは〈劇場の哲学〉から〈工場の哲学〉への転回があるからです。器官なき身体は、単に有機的身体に対する非有機的身体であるだけでなく、まったく異なる人間精神についての考え方につながっていきます。というのも、有機的身体と意識との関係は、完全に脱‐構築されて、器官なき身体と機械状無意識とのまったくの分裂的総合の関係に入っていくからです。器官なき身体という観念は、歴史であれ社会であれ、あるいは言語であれ欲望であれ、すべての問題の発生的要素としての〈身体〉への配慮そのものだからです。

こうした事柄も含めて、まさに〈アルトー問題〉と称されるべき身体への配慮があると思っています。しかしながら、アルトーとともに身体への意識が高まると、実は必然的に死の問題が浮上してきます。『死の哲学』における問題は、第一に生の哲学に対して死を考えることによってしか問題化できないような肯定的な問いを表現すること、第二に超越論的哲学の思考の枠組そのものを解体すること、第三に〈別の身体へ〉という思想を述べたスピノザとアルトーとの同一性と差異性とを明確に投射することにありました。それは、実は博士論文を書籍化した『存在と差異――ドゥルーズの超越論的経験論』（二〇〇三年）での超越論的な思考様式を自ら突破することも同時に意味していました。そのときの最強の思考様式は哲学的にはまさにスピノザですが、アルトーについての諸観念は何とも言い難いまったく別の、しかし不可欠な非‐哲学的思考様式への欲望を与えてくれたように思います。「自殺」についての考え方もそうですね。アルトーは、それを自己の再構成として肯定的に捉えています。

『死の哲学』には、超越論的哲学の思考様式から出ていくための、決定的な思考の組み替え過程の痕跡があります。端的に言えば、それは、〈超越論的－経験的〉な条件論から言わば〈身体的－精神的〉な分身論への移行を展開することです。スピノザの哲学は、超越論ではなく、徹底した並行論としての内在性論であり、どこまでも存在する事物や生を肯定していく思想です。それは、どんな悲しみの状態でも喜びへと転換されうるし、いかなる力能の度合でも肯定されるべきであるという仕方で生を肯定する思想です。しかし、〈アルトー問題〉は、こうした思想圏には入らない。それが、実は〈残酷〉という問題につながっていきます。

スピノザには、絶対的なあるいは能動的な悲しみはありません。能動感情には、欲望と喜びしかありません。では、絶対的な悲しみとは、いったいどのようなものなのでしょうか。それは、喜びへの反転が不可能な状態のこと、つまり存在においてその活動力能がけっして増大へと転じることのないまさに〈受動の受動〉であると言えるでしょう。受動感情は、絶えず相互に反転しうる、つまり相反する感情へと反転する可能性があります（喜びが悲しみに、愛が憎しみに、恐怖が希望に、等々）。では、けっして悲しみへと反転することのない喜びは、どのように考えられるでしょうか。ここに能動感情の問題が提起されることになります。スピノザにおいては、そういう喜びには〈至福〉という能動感情として別の言葉を与えなければいけないと言われるわけです。そのように考えるなら、アルトーの〈残酷〉の感情は、どこに位置づけられるでしょうか。喜びに反転しえない悲しみの状態、つまり絶対的な悲しみ、あらゆる喜びへの可能性が完全に消尽してしまった悲しみの必然性、これこそがアルトー問題における〈残酷〉という絶対的情動にほかなりません。

　このようにして、アルトーが言う〈残酷〉を一般化あるいは普遍化して捉えたいと思っています。アルトー自身も、まさに〈純粋残酷〉という言い方をしています。このように考えると、〈至福〉と〈残酷〉のどちらも能動感情として捉えることができます。しかしこれらは、まったく別のところにある能動性だと言えます。残酷は、人間の現実存在の問題としては、受動的、あまりに受動的、まさにあらゆる受動性よりも受動的です。それは、いかなる能動性も絶対的に欠いた状態のように思われます。しかし、次のように考えることができます。〈残酷〉は、或る人間の現実存在における最大の無能力——自己の活動力能がまったく発揮できないこと——を示していますが、それゆえこうした絶対的受動が実現化されることによって、自己の活動力能の唯一の作用域が実は自己のこうした現実存在のうちにではなく、まさに自己の本質以外にはありえないということに対する感情なのです。例えば、アルトーが言う自殺は、まさに自己の特異な本質にあるいは人間の共通の本質にとどくと思って為された非十全な、しかし一つの絶対的な活動なのです。それは、実際にはけっして人間の本質一般の変形に至ることのない自己の本質への配慮なのです——何と悲しいことでしょう。このようにして、アルトーとともに身体の変様とその認識としての残酷とを並行論的に考えることによって、スピノザ哲学の感情論を相対化するとともに、ドゥルーズ＝ガタリが何を新たな哲学として形成しようとしていたのかもより本質的にあるいはより一般的に考えることができるようになるでしょう。

　ところで、『死の哲学』は二〇〇五年の刊行ですが、そこには〈アルトー問題〉とともに、つねに二〇〇一年にアメリカで起きた〈九・一一〉のテロ事件が念頭にありました。そこでは、〈ヘテロリズム〉(hétérrorisme)という考え方が提起されています。テロリズムは、あくまでもそれが〈希望/恐怖〉の受動感情の体制に支配されている限り、その限界は明白であり、したがって、たとえ部分的であったとしても、〈至福/残酷〉に関わるヘテロリズムへと乗り超えられる必要があります。アルトーにおいては、自己の生の様式を通して人間本性を変形するという残酷の実践がある限り、それはまさにヘテロリズムと称されるべきでしょう。存在はアルトーにとってはたしかに糞便ですが、しかし人間はそうした糞便としての存在を愛しているし、それを利用せざるをえない。あるいはこれまで人間は、糞便を捏ね続けるような仕方での変形しかやってこなかった。自己の現実存在のあらゆる方向性がすべて消尽したなかにあって、その人間本性を変形すること、それだけがまさにアルトーにおける唯一で最小のテロルだと言えます。それは、しかしながら、アルトー問題のより一般的なあるいは普遍的な諸形式の一つだということです。

その特異性を論じるのが専門家の第一の仕事であるとすれば、哲学はそこからこれまでに提起されたことのないような仕方で問題を引き出すことを同時にしなければならない、と私は思っています。或る哲学の特異性だけに終始した研究はたしかに専門家の証明になりますが、しかしそれはあくまでも歴史的で人文学的な研究以外の何ものでもないでしょう。哲学は、その特異性とともにそこからより一般的でもっとも普遍的な問題を構成しなければなりません。私にとって、例えば、ドゥルーズの哲学は〈ドゥルーズ問題〉として、スピノザ哲学は〈スピノザ問題〉として論じられるべき必然性があると思っています。例えば、数学における〈……予想〉というより一般化された問題提起の仕方がありますが、それと同様に哲学においては、今度は〈……問題〉という仕方でのより普遍化された問いの形式が成立すべきではないかということです。

〈ドゥルーズ問題〉は、私にとっては、まさに超越論的思考の枠組そのものを可塑的に変形することにあります。〈超越論的・経験的〉という思考の枠組は、広義の意味においては、まさに古代ギリシア哲学から始まると言ってもよく、カントはもとより、西欧の哲学思想の――わずかな例外を除いて――ほぼすべてを貫いているとも言えるでしょう。ドゥルーズは超越論的圏閾を経験的なものから可塑的に変形しようとしました。言い換えると、これは、例えば、身体と混合する経験上の水は、根源的なアルケーとしての〈水〉をどのようにして変形することができるかという問いに転換できます。現実の水はいかに根源的な水に作用するのか、むしろ実は根源的な水は自ら変化させるために現働的な水を必要とするのではないか、こうした問いが、ドゥルーズにおいては、まさに〈永遠回帰〉における差異と反復の表現になります。これは、〈人間はいかにして差異を肯定することができるか〉というより一般化されたあるいはより普遍化された〈ニーチェ問題〉であると言うことができます。

人間精神を構成する観念の発生的要素として人間身体の変様を考えることで、スピノザにおける〈非-超越論〉としての心身並行論がもつ内在主義の意義はより明確になるでしょう。しかし、絶対的な無能力や受動性における生存の様式は、それだけでは表現されえないでしょう。何故なら、『エチカ』においては、超越は防げても、底なしの地獄のような外部の原因は或る意味で開いたままだからです（『エチカ』、第四部、公理、参照）。〈アルトー問題〉は、言い換えると、言わば絶対的難民の問題なんです。例えば、ドゥルーズは定住民に対して遊牧民の問題を定立しましたが、私はアルトーから、それらにけっして還元されえないような〈難民〉という問題を取り出そうとしました。それは、絶対的難民の問題、すなわち別の土地への移動の可能性が完全に尽きてしまっている者の生存の様式を問題化することです。それは、定住民でも遊牧民でもなく、まったく別の存在の仕方であり、まさに自己の人間本性を変形しない限りでの現実存在の様態の問題です。

これは、まさに現実存在における無能力のことです。無能力とは、端的に言えば、できることができなくなることです。ところが、最初からできないことについては、無能力とは言われない。例えば、或る人が自力で空を飛べないからといって、その人をそれについて無能だとは言いませんね。スピノザには、自然における無能力についての積極的な思考は存在しません。そこにあるのは、自己の力能の増大あるいは減少という実在的変様であり、たとえ活動力能が最低の度合にあったとしても、これはまた悲しみとして表現されますが、自己の活動力能の増大（喜び）への反転が可能であること、その最低の度合においてさえ自己のなしうることからけっして分離されていないという究極の肯定的思想です。これに対して、この反転がまさに完全に尽きている状態、これが現実存在において言われる限りでの無能力です。しかし、その無能力がその限りで最大の力能になりうる、と考えたいわけです。というのも、その無能力は、〈純粋残酷〉という能動感情をともなう限りで、まさに人間本性の変形に対する力能を有するからです。これこそが、〈アルトー問題〉以外の何ものでもないとつねに思っています。

——そのことは、江川さんがとりわけ後期アルトーの核心であるとともにもっとも理解されがたい思想でもある「不死の身体」を真正面から引き受けていることにも関わりますね。

おっしゃる通りです。それについて言えば、「演劇と科学」（『アルトー・コレクションIII　カイエ』所収）のなかの次の言明は、私にとって衝撃的でした――「身体が死ぬしかないのは、ひとがその身体を変形し、変化させることを忘れたからである。／それ以外は、人間の身体は死にもせず、砕かれもせず、墓場に葬られもしないのだ」。この一節を読んだときは、実は真夜中でしたが、跳び上がって喜んで叫んでしまいました。この考え方を私は、キルケゴールの「死に至る病」にひっかけて、〈不死に至る病〉と名づけました。〈死に至る〉という死への存在を用いて、その自己の本質を変形すること、そのように変形された身体は滅びない、そのように理解しました。〈別の身体へ〉とは、言わば〈不死に至る病〉であり、まさにこの限りで残酷な過程のことです。スピノザは、十全な観念をより多く形成するに従って、それだけその身体はより有能になり、その部分は永遠であると言います。スピノザとアルトーだけが、人間精神の変化だけでなく、それ以上に身体について深く思考していたので、〈別の身体へ〉と書くことができたわけです。ぜひ、スピノザの『エチカ』の第四部・定理三九の備考と第五部・定理三九の備考、そしてアルトーの「演劇と科学」を読んでもらいたいと思っています。

ところで、器官なき身体は、「或る身体から別の身体へ／身体の衰えた無力な状態から／身体の強化され高められた状態へ」（「演劇と科学」）と言われるように、たしかにきわめて特異な臨床の問題にかかわっていると言えます。しかし、ここで言われる臨床は、単に身体の現実存在における通常の二つの状態の間の移行――病気から健康へ、等々――ではなく、〈批判の問題〉――意味変形と価値転換、等々――と並行論をなす限りでの或る身体から別の身体へという意味での〈臨床の問題〉なのです。

しかし、ここにはきわめて相反するような身体の様相があります。身体におけるあらゆる感覚のあるいは触発の度合は直ちに別の度合へと必然的に変化していきますが、しかしその限りで最初のその度合そのものはそこで消滅してしまいます。つまり、それら度合が有する強度は、〈強度＝0〉へと落下していくということです。ここで感覚の度合（＝内包量）とその強度とを鮮烈に区別する必要があります。度合はつねに別の度合へと変化していきますが、強度は、いかなる度合であれ、その度合それ自体が消滅する側面を示すものなのです。つまり、それは、〈強度＝0〉への落下であり、その限りでそれぞれの度合そのものの消滅だと理解されます。これが感覚の度合（質あるいは内包量）と強度との間の身体上の臨床的区別だと言わなければならないでしょう。

例えば、この感覚そのものの度合の消滅は〈死の経験〉を成立させているものかもしれませんが、それと同時にその消滅が強度の〈強度＝0〉への落下である限り、そこにあるのはむしろ死なない身体、つまり器官をもたない身体を充実したものにする無意識的努力だと考えることができます。こうした〈器官なき身体〉は、言い換えれば、〈不動の動者〉（ドゥルーズ＝ガタリ『アンチ・アイディプス』における言い方）であり、〈強度＝0〉という言わば〈暗黒身体〉であるとさえ言えます。アルトーの晩年のデッサンでもある「身体の真の投射」を見てください。右側に描かれたアルトーの分身らしきものは、まさに誰にも気づかれない暗黒身体、有機的身体の分身としての器官なき身体だと言えます。あたかも分身という〈逆のもの〉が表の部分になるような瞬間でもあります。死者の舞踏は、器官なき身体の暗黒舞踏にとって代わられるかのようです。

――江川さんの哲学では随所で、そして重要なところでアルトーが登場します。現在のパンデミックの問題につながるようなペスト論もそうです。気象哲学のもとで、アルトーのペスト論が重視され、また生殖的正統性に対する感染性も論じられます。アルトーの思考の仕方がこうした点に関してもモデルになっているように思います。

そうですね。『アンチ・モラリア』(二〇一六年) のなかで提起した気象哲学では、第一にルクレティウスの『物の本性について』のなかのとくに第六巻におけるペストの記述から始めて、それをアルトーのペストについての考え方につなげ、さらには三つの気象的時間についての問題を論究しました。ルクレティウスのこの著作は、原子論で有名ですが、しかしそれ以上に、実は現代においてはむしろ気象哲学としての意義をより多く有しているように思われます。ミッシェル・セールは、ルクレティウスについてこのテーマの重要性を完全に見出していました。いずれにしても、感染は人間のうちに新たな結合と切断とを生み出すということ、ペストやその感染は自然の必然性と力能から生じるということです。アルトーは、『演劇とその分身』のなかで、ペストも演劇も、たしかに一つの害悪であるが、しかし破壊なしにはけっして手に入らないような「最高の均衡」だと言って、ペストをけっして悲劇的なものと捉えませんでした。アルトーが言うペストはまるで「非歴史的なものの大気」(ニーチェ) のようであり、その思考はペストの気象学だと言えます。

これはまた、〈群衆〉に対する〈群れ〉の問題でもあります。例えば、数学の集合論は、ニーチェに倣って言うと、生成変化なしの〈集まり〉についての諸々の報告でしかありえない。そこに集まったものがどのような作動配列で結びついているかといった個々の要素の対象性とそれらの遠近法性についてはまったく考察することができません。というのも、そこでの証明や論理は、無差異な共通性あるいは同一性しか、あるいはむしろ同じ〈名称〉という特性しか有していないからです（アンリ・ポアンカレ『科学と方法』、参照）。ニーチェは、遠近法主義の視座から論理学に対して強烈な批判をしました。いかなる論理学においても絶えず前提となっているような自己同一的なAがそもそも存在しないとすれば、ニーチェは次のように述べています——「論理学は、一つの純然たる仮象の世界を前提として成立していると結論せざるをえない」（このテーマについては、拙論「論理学を消尽すること」〔『すべてはつねに別のものである』所収〕を参照されたい）、と。論理学や数学が大前提とする矛盾律は、ニーチェにとっては、「真とみなすべきもの」についての道徳的命令以外の何ものでもないということです。ここでは詳しくは述べられませんが、例えば、思弁的実在論に対して、数学における論理や証明も、実際には相関主義的関係において成立しているものだということができるでしょう。物自体性に依拠した思想は、まさに目を開けながら見ている道徳的な夢だということです。

一つの身体は、触発の群れであり、一つの〈触発 - 多様体〉です。というのも、身体は、さまざまな触発を受けていますが、けっしてバラバラに受動しているわけではないからです。そして、それらを総合するのに、別の力に依拠する必要もありません。身体は、触発によるいくつもの作動配列からなる多様体、それらを総合する力能が内在する多様体だということです。ここから次のような事態を考えてみましょう。つまり、相互に結びつきの不在なものが部分的に結びついて、或る効果や結果を出すために作動している状態。これをドゥルーズ＝ガタリは、〈欲望機械（マシーン）〉だと言います（これについては、『アンチ・アイディプス』のとりわけ「補遺　欲望機械のための総括とプログラム」を参照）。例えば、目の前にあるこの机とその上に置かれたさまざまな物、そしてそれらと自己の身体とは、どのような結合の関係にあるのでしょうか。これは、相互に結びつきの不在のなかで作動している機械状の作動配列を有した集合体でしょうか。このことは、或る具体的な事態について、そのすべての結びつきを偶然性とみなすといったようなことではありません。つまり、ここで言われる〈不在〉は、関係をすべて偶然性と見なすことをまったく意味していないということです。〈結びつきの不在〉とは、むしろいかなる様相もない無様相の、しかし実在的な事態のことです。或る様相のもとでこの事態を理解するなら、それは、直ちに目的論的事態のなかでの諸部分のメカニックな連結として理解されることになるでしょう。

この意味において実は欲望と欲求は、批判的に区別されなければなりません。〈結びつきの不在〉によって諸部分が結びついて作動している状態とは、身体の触発の多様体に対応したその観念の集合体としての自己配慮がまさに外在化したかたち、つまり自己の身体の機械状――メカニックではなく、マシニックな――作動配列そのもののことです（自己は、私とはまったく異なるものです。『エチカ』、第二部、定理二九、系、参照）。こうした自己配慮あるいは無意識は、スピノザのまったくの非－相関的な心身並行論に倣って言えば、身体の諸変様の観念、此性としての個物の観念からなる人間精神の機械状集合体のことです。欲望とは、こうした意味において相互に結びつきの不在のものを結びつけること、つまりさまざまな触発の観念の内在的総合の機能のことなのです。それゆえ欲望は、欲求と区別されなければならないわけです。空腹を感じたので、何か食べたい。これは、空腹という欠如を満たそうとする〈欲求〉の現われです。では、その空腹を満たすために何を食べるのか。そのとき欠如としての欲求を利用して欲望がたしかに作動すると言えます。しかしこれは、その限りで資本主義における〈欲求－欲望〉連関の相対的で無際限な脱コード化の様態の一つなのです。これに対してドゥルーズ＝ガタリは、この極限における絶対的な脱コード化としての欲望を、つまり結びつきの不在のなかで結びついて作動する分裂症的な欲望機械を考えていくわけです。これは、一見すると戦略的には加速主義のように思われますが、あえて言えば、それとはまったく逆の意味での絶対的な減速主義だとさえ言えます。そこでは、偶然性や可能性、必然性や不可能性といった様相は、まったく前提とされません。身体をモデルとしてとらえていくと結びつきの不在の部分が、実は先に述べたような、それぞれの部分がもつ強度性のことだということが明らかになってくると思います。つまり、強度には結びつきの不在の先端があるわけです。作動配列に無様相化する働きがあるとすれば、それは、例えば、言語の先端に言表をもたらす作用のことです。〈結びつきの不在における結びつき〉ということそれ自体が、様相を消尽し、言語を言表へともちらすことだと言えます。この不在は、言表の稀少性につながっていると言えます。そして、感染性もこうした作動配列を実現化するものであり、それは今度は血統的な連結とは異なったものとして機能するわけです。感染性とは、アルトーに倣って言えば、こうした結びつきの不在による配列が至るところで自然発火することです。

——ペストや感染は、おそらく血統系列の大地からではなく、海洋あるいはむしろ天空からはじめるという気象哲学にも関連してきます。

それは、アルトーにおいては、やはり身体の「気息」にかかわる問題です。俳優の認識根拠は演じることにありますが、俳優の存在根拠はまったく違います。それは、すでに述べた〈別の身体へ〉の移行であり、コード化された諸々の言葉を音声にするための声ではなく、その声以前の気息の使用にあります。つまり、声は、一方では加速された気息を言葉に向かって発しますが、他方ではこの加速された気息をその言葉も巻き込んでまさにむしろ〈気息‐叫び〉へともたらし、身体へと落下させるものなのです。「俳優にはこの、身体を移すという役目がある／……／というのも、叫びと、／有機的に、／それにともなう気息は／あの力をもっているからだ。身体を高め、／生気の状態、自らの内壁の閃光の状態、力と才能と声の真なる沸騰の状態で身体を投射するという力を」（「ピエール画廊で読まれるために書かれた三つのテクスト」、『カイエ』所収）。アルトーの後期のテクストには、まさに〈別の身体へ〉の叫びがあり、その叫びにともなう気息は、ジャン＝クリストフ・バイイの言い方に倣うと、〈無限の外〉としての声からなっています。

ダンサーの田中泯はかつて「身体気象」という言葉で身体と気象との同一性を語っていましたが、アルトーにおける身体はすべてが気息によって沸騰したような大気の身体であり、その気息はまさに〈原子なきクリナメン〉だとさえ言えます。というのも、ルクレティウスの気象哲学においては、クリナメンは原子なしにそれ自体で気候平面を構成していると考えられるからです（ミシェル・セールは、これとは反対に「クリナメンなき原子」という言葉を用いて、それを純然たる死であると述べています)。言い換えれば、こうした大気の身体においては、絶えず別の身体への移行のために使用可能な声を用いて、自らの気息を叫びとして自己の身体全体へと逆流させることが起きているわけです。つまり、それは、自己の身体のうちに〈気息-声-叫び〉を無限の外のものとして循環させることです。

――当然、そうした〈声〉を有する身体の外部性は、器官なき身体につながっていくと思いますが、アルトーとドゥルーズ=ガタリとの関係で器官なき身体について改めて話してもらえますか。

先ほど、アルトーにとっての自殺の意義は、その人間の自己破壊ではなく、むしろ再構成にあることを述べました。例えば、次のような有名な言表があります。「口なしに/舌なしに/歯なしに/喉なし/食道なし/胃なし/腹なしに/肛門なしに/私は、現にある私という人間を再構成するだろう」(「私は生きていた」、『カイエ』所収)。これは、まさに器官なき身体における人間の再構成、あるいは自己の分身の形成のことです。言い換えるなら、アルトーは、スピノザと同様、実は死体になる前の生のまっただなかにおいて死を発散させることを肯定し、それが自己再生になることを示していたのです。これは、ただし〈メメント・モリ〉や〈死への存在〉とは異なるものです。生のただなかへの死の発散とは、様態としての生まれ方を変える選択であり、生殖ではなく、むしろ感染による組み合わせや誕生を選択することだと言えます。

このようにして、〈器官なき身体〉という観念のもとで思考を展開するとき、そこでは、人間にかかわる、しかし誰のものでもない、所有不可能な或る身体とその対象性が考えられます。しかし、それだけではありません。器官なき身体は、スピノザにおける能産的自然としての神に匹敵するだけでなく、実体の属性でさえ発生させてしまうような、すなわち神の実在的定義において大前提となる〈属性〉でさえ一つの平面として派生させるものです。ドゥルーズ＝ガタリは器官なき身体と存立平面を同じものと見なしていますが、それでは器官なき身体について思考する意味がまったくありません。というのも、器官なき身体は強度の産出と強度の落下からなる産出の原理以外の何ものでもなく、また存立平面は無限に多くの強度が相互に関係する限りで、器官なき身体上で成立する属性だからです。

アルトーから少し話が逸れてしまうかもしれませんが、ドゥルーズ＝ガタリにおける器官なき身体上の器官化の形成、あるいは領土性の発生について触れさせてください。現在の地球上の地図を思い起こしてください。すべての大地は完全に領土化されていますが、それだけでなく、これをモデルにして海洋も天空も同じように領土化され土地化されています。しかし、こうした境界線にかかわる領土性の問題をまったく無化するような領土化されえない実在的な流れが存在するものたしかです。彼らは、地球それ自体がそもそもそのような脱領土化の巨大分子だと言います。とりわけ海洋は、たとえその表面上に大地をモデルとした境界線が引かれ、またその境界面がどのように設定されたとしても、それら領土化された海面のすぐ下では海水はその境界線を無化するかのような流動体として存在し、またそれ以上に大気は、たとえ領土化された空域がどれほど壁面化されようとも、それらを無意味にするような多様な気象現象をともなって通過する流動体なのです。これらは、そもそも地球を領土化することの不可能性を示しています。そこで、現代においてとりわけ重要なのは、自然の力能としての気候変動ということになります。内在的自然主義であれば、まさに〈気象－気候〉を端緒にエチカを打ち出すべきときであると思っています。地球は、この意味において一つの巨大分子であり、それ自体が脱領土化された器官なき身体であると言われます。しかし、そこではモル的な領土化された地層がこの巨大分子のうえに或る意味で共可能的に形成されます。さらにそこでは、領土性と定住民性という相互前提の関係が成立するようになります。それらが大地と海洋と天空をコード化していくわけです（これらについては、「哲学とは何か――パンデミックと来るべき民衆に向けて」〔『HAPAX13 パンデミック』所収〕を参照されたい）。

アナロジーに依拠した問題提起になりますが、ドゥルーズ＝ガタリの『千のプラトー』においては、「抽象機械」という重要な、しかし奇妙な概念が出てきます。これは、非地層的な存立平面と地層化されたその表面との間での、つまりこれら両側面に対する言わば媒介的機能をもった、すなわち脱領土化する絶対的な非－規定性と領土化された総体的な規定性との間で作動するあらゆる器官を抽象化するような身体の機能化のことです。そこで、スピノザにおいて非地層的平面が何に対応するのかと考えるなら、それは、まさに産出される様態が属性のうちに持続することなしに包容されていることであり、属性からなる実体の構成平面ということになるでしょう。では次に、そこでの領土化あるいは地層化は、どのように考えたらよいでしょうか。それは、スピノザにおいては、おそらく時間的には持続することに対応します。何故なら、それは、何よりも記憶と習慣の秩序がそこに現われるからです。そこで次のように問うことができます――スピノザの理論において抽象機械は作動しているか、あるいは抽象機械の機能を有する或るものを考えることができるか、と。しかし、これについては、ここでは問いを開いたままにしておきましょう。

機械と称される限り、抽象機械は何を産出し、何を実現するのでしょうか。それは、来るべき実在、あるいは新たな実在性のタイプ、つまり〈抽象－実在〉を構成するものではないでしょうか。アルトーは、言わば言葉から声を〈脱－具象化〉して、こうした声から気息を抽象化し、それを叫びにおける微粒子へと変形するような、機械を同時に作動させようとしました。それこそが、まさに身体の演劇的力能なのではないでしょうか。

〈器官なき身体〉の上にいかに領土化ができあがり、コード化が成立するのか、あるいは有機的身体ができあがっていくのか。これは、たしかに理論的な問題です。しかし、すでに領土化されたなかでいかに脱領土化していくかという問いは、単なる実践の問題なのではなく、こうした理論そのものが実践作用を有するという限りでまさに〈自然学＝倫理学〉――つまり、エチカ――の問題になりうるわけです。この意味での実践は、けっして人間の意志の問題などではなくて、むしろ精神と身体の並行論それ自体がもつプラグマティックの問題だと言えます。これに対して気候変動は、それ自体が地球にもう一度脱領土化をもたらすという巨大分子に対する実践性を有すると考えられます。人間には、そんな実践はありません。というのは、気候変動は、私たちの実践の対象には絶対になりえないからです。

――すでに言及されましたが、アルトーにおける存在への嫌悪や敵対は、例えば、〈副－言〉論における「非－存在」という問題につながるでしょうか。今の気候変動も、単にそれが存在するかしないかの問題ではないのと同様に、「非－存在」と関係しているように思われますが。

それは、また難しい質問ですね。アルトーは、例えば、自己の存在とその本質との間の言わば〈自己同一性障害者〉、つまりそれらの間で齟齬をきたした者だと言えます。こうした自己の現実存在と自己の本質との間の感覚やその観念を有する者など、この世界にはほぼ存在しないと言えるでしょう。しかし、それこそが一つの様態のうちに生起したもっとも残酷な事態であり、またアルトーはそれを感覚することができたと言えます。アルトーには固有の非論理がありますが、ここには何かを徹底的に避けるという意味での減算の論理が含まれていると思われます。避けるべきもの、それこそが〈存在〉だと言えます。この存在への嫌悪は、単に〈存在しない〉ことへの、つまり〈否－存在〉への意志などではありません。とりわけ存在の論理と有機的身体のなかだけで処理された言語とに対する徹底した抵抗の非論理とその言表は、アルトーにおいては、まさに〈非－存在〉の観念のうちでの衝動だと言えます。先に述べた限りでの「自殺」とは、単なる自己の存在の否定ではなく、こうした意味での〈非－存在〉という別の身体への移行であり、それは欠如なき無能力の身体であると言えます。〈存在する〉と〈存在しない〉、あるいは〈である〉と〈ではない〉は、それらが同時に肯定されれば、矛盾に陥ると言われるような〈対言〉（contradiction）の関係にあります。この対言の関係を〈存在／否－存在〉と表記できます。アルトーはたしかに〈存在〉を嫌悪しましたが、しかしそれは、その否定としての〈否－存在〉を望むことなどまったく意味していません。対言（＝矛盾）は、明らかに自由意志との間で相互に育成し合う関係にあります（これについては、『エチカ』、第二部、定理四九、備考、参照）。しかし、ドゥルーズが問題提起した〈副－言〉（vice-diction）は、対言ではないので、自由意志の意識とはまったく無関係であり、むしろ日常の無意識の過程の言表を、つまりその希薄性を形成するものです。日々の実質的過程と並行論的に、しかしその稀少さのもとで存立している言表、スピノザに倣って言えば、その非十全な認識における実在性の言表は、言わば副言の唯物論そのものだと言えます。というのも、それは、従来の身体のない唯物論などではなく、身体なしにはけっして存立しえないような言表作用の唯物論へと至るからです。アルトーには、〈身体／声／言葉〉という三角回路を解体するような、言わば〈別の身体へ〉から〈叫び－気息〉へ、そして〈粒子状の記号形相〉へという日常が〈カイエ〉――四〇六冊のノート――として成立しています。これは、恐るべきことだと思います。実は『エチカ』のラテン語も、それを観念の多様体として考えたとき、そのまますべてが粒子状の記号形相に生成変化するのではないでしょうか。

ドゥルーズにおける副言論の事例は、創世記のアダムの話です。神によって〈アダムが罪を犯す世界〉が創られ、次にそこに〈罪を犯すアダム〉が創造される。そのように運命づけられたアダムが生まれて、彼はリンゴの樹の実を食べるという罪を犯す。これによってアダムは、この世界に対して共可能的な存在になります。では、〈罪を犯さないアダム〉、つまりリンゴの樹の実を食べないアダムも、たしかに存在可能なはずです。それは、けっして矛盾した存在ではありません。端的に言えば、この

〈アダムが罪を犯す世界〉と〈罪を犯さないアダム〉との間には、非共可能性という新たな様相のもとでの関係性が現われてきます。これに対するライプニッツの対応は長くなるので触れませんが、アダムは、リンゴの樹の実を食べないにしても、その代りにあるいは生きるために、何かを食べています。もしアダムがリンゴの樹の実を食べないとしたら、それは、自分の意志によってではなく、無意識の欲望の単なる結果にすぎないと考えられます。

では、この〈罪を犯すアダム〉から〈罪を犯さないアダム〉への移行は、反時代的という意味でも、まさにアダムにおける生成の無垢ではないでしょうか。つまりこの〈非－罪人アダム〉は、りんごの樹の実を食べないアダム――つまり、〈否－罪人アダム〉――という生成変化の意味をまったくもたない単なる否定としての〈否－存在〉ではなく、これを生成の実在という諸要素から構成される〈非－存在〉へと変様した結果であり、まさにその様態だと理解することです。いずれにしても、この世界にはこの世界と非共可能的なアダムが至るところに存在しうるということです。世界の定義は、無際限にあります。矛盾関係を内包しながらも、実は弁証法的な共存関係のもとで世界が成立しているという理解と、こうした非共可能的な諸関係のもとでの無際限で多様な諸様態から現実世界が成立していると考えることとは、まったく違った認識と論理をもつことになります。私たちは、多様な世界との間で部分的に非共可能的な関係を形成しつつ、一つの世界を形成しているわけです。対言における〈である／でない〉というこの対立した両項を無にしてしまうのが副言の論理あるいは非論理です。それは、言い換えると、対立の言語で考えていくことの無意味さと判断という言語行為の事後性とを告発することになるでしょう。アルトーの言表は、こうした意味での対言の言語に対する〈副言－叫び〉であると言えます。それは、自己の存在と共立不可能な本性を肯定しようとする努力であり、残酷演劇における身体による効果そのものです。それは同時に、対言（＝矛盾）の言語使用を減算するような、しかし現実にはおよそ意識化されえない稀少な、どこまでも部分的な自己形成なのです。

――江川さんが言う〈アルトー問題〉は、結果的にドゥルーズの『意味の論理学』を批判することになります。そうだとすれば、それは、この著作が準備した諸概念に対して具体的にどのように批判的に作用することになるのでしょうか。

要するに、事物の〈表面〉には超越論が共可能的に妥当しますが、しかし〈平面〉に超越論はまったく不要であり、そこではむしろ内在論こそが十全に機能するということです。ドゥルーズの『意味の論理学』においては、身体における深さの次元としての「第一次秩序」、次にここから私たちのあらゆる言語行為を条件づける超越論的条件としての諸々の〈意味〉とこれらに対する絶対的運動としての〈非-意味〉とからなる「第二次組織」、さらにこれよって条件づけられる言語活動一般（指示、表明、意義）の「第三次配置」が考えられています。つまり、順番に〈深さ／高さ／表面〉――言い換えると、〈身体／声／言葉〉――という三層構造が考えられるわけですが、ここには或る意味でそれらの諸層の間を安定化させる超越論とこれら三層を順次に移行可能にしている共可能的関係があります。アルトーを論じた「第一三セリー」では、こうした高さと表面は身体へと吸い込まれ、したがってその組織も配置もすべて深さへと解体されていくことになります。すべての言語的諸要素が身体の〈能動／受動〉と混合することになる。言い換えると、これでは、アルトー問題も器官なき身体も、実は第一次秩序のなかに閉じ込められ、そこに固定されてしまうということになってしまいます。しかし、これを〈アルトー問題〉として捉えていくと、むしろ問いは、いかにしてこれら三層の間に共立不可能な関係性をもたらすのかという問題を提起することになる。〈アルトー問題〉は、それによってこれらすべての諸層を作り変えようとすることになります。〈アルトー問題〉は、観念作用と言葉効果との間の、あるいは思考活動と言語使用との間の同一性に対する障害を肯定することであり、その限りで精神の批判と身体の臨床との間の分離不可能な並行論的関係、つまりより正確に言えば、それらの間の脱‐領土性並行論についての問題提起そのものです。〈アルトー問題〉は、しかしながら、こうしたラディカルな問いを積極的に伝えることもしないし、そもそも伝えることができません。何故か。それは、いかなる言語であれ、或る特定の言語が誰かにとっての母国語として――一つであれ、複数であれ――必ず存在する限り、そうした言語においてはけっして伝達することができないものだからです。それゆえ〈アルトー問題〉に対する応答は、例えば、ドゥルーズが言うように、母国語を外国語のように感じること、母国語のうちで吃ること、母国語のうちに外部の言語を生み出すこと、すなわち、アルトーがまさにやったように、母国語のうちに〈叫び‐気息〉を発散させること、無限の外としての声を導入することになります。

ところが、この問題は、言語の外部としての身体の作用を考えるなら、実はきわめて一般的な哲学的問題に関わるのではないでしょうか。私自身は、これをフーコーが言う〈言表〉から考えるべきだと思っています。言表は、言語の超越論的な条件などでなく、あらゆる言語的諸要素をもっぱら派生させるものです。というのは、言表のもっとも基本な特性として稀少性あるいは希薄性が考えられますが、端的に言うと、こうした特性によって言語の諸要素が増大する方向で成立していくからです。ここでは、言表の成立には人間身体が不可欠だという点にだけ触れたいと思います。

タイプライターのキーボードの左上に配置されている〈A、Z、E、R、T〉というキーの並びについて、これが言表に関わるものであるというフーコーの『知の考古学』に出てくる有名な、しかし唯一と言ってよい事例があります。さて、キーボード上をどれほど眺めたとしても、例えば、左側の一番上に〈A〉があり、その右隣に〈Z〉があり、……という配列がもつ規則性がいったいどこから来たのかは、実はまったくわかりません。そこで考えうるのは、(1) フランス語がもつ文字の使用頻度という度合の差異（頻度と隣接の秩序）、(2) われわれの人間身体がもつ両手の指の数とそれら指の間の間隔、そしてそれらの機能的差異（諸力の外在的実現）などが文字の配置にかかわっているのではないかということになります。要するに、より重要な論点は (2) の方にあります。結論を先に言えば、タイプライターの教則本に書かれた言表〈AZERT〉は、一方ではそれとまったく類似した可視的なタイプライターの実際のキーボード上の〈A、Z、E、R、T〉をその〈外部性〉として有していますが、それと同時に他方では人間身体における諸力の関係性をまさに〈外〉の存在として特異化するものだということです。要するに、こうした外部性の諸力の稀少な形相上の成立が言表だと言えます。これは、まさに不確かさという規則以外をもたないような言表の系列の事例だと言えます。非規定性や不確実性のもとで配分される規則があり、それらを必要不可欠な諸要素とする規則が存在するということです。言表は、こうした不確実な規則のもとでの作動配列であり、その限りでまさに規定性の希薄さによって必然的に形成されうるものなのです。フーコーはタイプライターのキーボード上の配列を例に出しますが、それは何らかの或る記号配置が成立するとき、その言語の外部に着目しなければならないということです。そこにまさに身体の問題が現われるのだと思います。

——言表とその特性は身体やその声の外部性によって依拠していて、こうした事柄も実は〈アルトー問題〉に含まれるということですね。

結果的にはそうなると思います。アルトーは、いずれにしても、アルファベットの系列からなる言表に無媒介的な仕方で、つまり意味と無意味なしに、身体の気息と声を吹き込もうとしているように思われます。『手先と責苦』のなかの次の言説は、驚嘆すべきものだと思います——「ありのままの自分の身体によって抵抗し、日常生活が要求するなすべき努力を前にしての、あらゆる成り行きまかせに対する日々の抵抗の意志によって身体を知ろうとすることは、まさにそれだけが、人間にできること、なすべきことだから」。身体の抵抗、そして抵抗の意志によって身体を知ること、ここに人間の力能があると言っています。これは、私にとっては、すでに述べたようなまさに〈副言の身体〉についての言及であると言いたい。器官なき身体は、一方でもっとも充実した身体ですが、他方ではまったくの空虚あるいは虚無以外の何ものでないと言えます（「一九四七年十一月十八日火曜日」、『カイエ』所収、参照）。それは、言語を豊かにしている意味と無意味とをまさに空虚と虚無で充たすという充実さです。

何がそこに居続けるのか、それはどのような状態なのか、そこでは何が通過するのか、それはまったく不確実な事柄であるのか、そもそもそれを知覚できるのかあるいはできないのか……。アルトーは、一つの身体のもとでしか言表できないような、残酷な問いと無能力との問題を発し続けました。私は、これらの特異な問題をより一般的なあるいはより普遍的な諸形式を与えたいと思って〈アルトー問題〉を提起してきました。このことは、至るところで現出するような特異な〈アルトー状態〉や〈アルトー症例〉としてではなく、〈アルトー問題〉という或る共通なものを必然的に含む限りでの問いの様式として捉えていきたいと考えています。

二〇二二年九月

アルトー略年譜

一八九六年（〇歳） 九月四日、マルセイユに生まれる。本名アントワーヌ・マリー・ジョゼフ・アルトー。父アントワーヌ・ロワ（二四年没）は遠洋航海船の船長で小さな海運業の会社を相続していた。母ユーフラジ・ナルパ（五二年没）はトルコ・イズミル出身のレヴァント系ギリシャ人。

一九〇一年（五歳） 髄膜炎をわずらう。

一九〇三年（七歳） 祖母の家で夏のヴァカンスをすごし、イズミルで溺れかかる。マルセイユのサクレ＝クールの寄宿学校に入学。

一九〇五年（九歳） 妹ジェルメーヌが生まれるが七カ月後に死亡。

一九一〇年（一四歳） 高校の友人たちと雑誌をつくり、ルイ・デ・ザディドのペンネームで詩などを発表。

一九一四年（一八歳） 七月、抑鬱症になり、バカロレアの二次試験欠席。

一九一五年（一九歳） 相次ぐ発作のため診断を受け、マルセイユ近郊の療養所に入院。

一九一六年（二〇歳） 八月、ディーニュの歩兵連隊に入隊。

一九一七年（二一歳） 一月、夢遊症で一時除隊、十二月、正式除隊。翌年の始めにかけてサン＝ディディエの療養所に滞在。

一九一八年（二二歳） 十一月、ラフー＝レ＝バンの療養所に滞在するが悪化。十二月、スイスのニューシャテル近くのダルデル博士の施設に移り一年余を過ごし、その間、絵やデッサンを始める。

一九二〇年（二四歳） マルセイユに戻り、三月、ダルデル博士の勧めで演劇のためパリへ出発。トゥールーズ博士に預けられる。博士は自分の雑誌『明日』の編集に参加させる。五月、制作座のリュニェ＝ポーに雇われ、端役で出演し始める。

一九二一年（二五歳）『明日』に書評、美術批評などを発表。十月、シャルル・デュランと出会い、アトリエ座に参加、そこで女優ジェニカ・アタナジウと出会い、二二年より恋愛関係になる。

一九二二年（二六歳）二月、アトリエ座の『守銭奴』出演。以降、多くの舞台に出演。

一九二三年（二七歳）二月、個人編集・執筆の雑誌『ビルボケ』創刊。五月、『新フランス評論（N.R.F）』編集長リヴィエールから詩の掲載を拒絶する手紙が届き、文通が始まる。同月、最初の詩集『空の双六』刊行。この頃、抑鬱症悪化、麻薬の解毒治療。

一九二四年（二八歳）九月、リヴィエールとの往復書簡を『N.R.F.』に掲載。同月、これを機にブルトンと出会い、一〇月、シュルレアリストたちを紹介される。十一月、『シュルレアリスム革命』に参加。

一九二五年（二九歳）一月、アベル・ガンス監督『ナポレオン』撮影開始、マラー役で出演。同月、シュルレアリスム研究所所長となる。四月、アルトーが大半を書いた『シュルレアリスム革命』三号刊行。七月、『冥府の臍』、八月『神経の秤』刊行。

一九二六年（三〇歳）十一月、アルフレッド・ジャリ劇場設立宣言。同月、シュルレアリスム・グループから除名される。

一九二七年（三一歳）六月、アルフレッド・ジャリ劇場旗上げ、ヴィトラック『愛の奇蹟』その他を上演。七月、カール・ドライヤー監督『裁かるるジャンヌ』撮影開始、マシウ役で出演。十一月、『N.R.F.』に『貝殻と牧師』のシナリオ掲載。

一九二八年（三二歳）一月、アルフレッド・ジャリ劇場第二回公演、プドフキン『母』上映とクローデルの『真昼に分かつ』無断上演。二月デュラック監督『貝殻と牧師』封切り、劇場でアルトーらはデュラックを罵倒し上映中止に。六月、アルフレッド・ジャリ劇場第三回公演、ストリンドベリ『夢あるいは夢遊び』。十二月、アルフレッド・ジャリ劇場第四回公演、ヴィトラック『ヴィクトールまたは権力の座についた子供たち』。

一九二九年（三三歳）四月、『芸術と死』刊行。

一九三〇年（三四歳）三月、ヴィトラックによるアルフレッド・ジャリ劇場のパンフレット『アルフレッド・ジャリ劇場とおおやけの敵意』刊行。その後、アルフレッド・ジャリ劇場に終止符をうつ。短編映画の製作会社設立を計画。九月、ルイス『修道士』翻案。一〇月〜十一月、パプスト監督『三文オペラ』撮影、乞食役で出演。

一九三一年（三五歳） 七月、植民地博覧会のオランダ領植民地館でバリ島演劇を見る。十月、『N.R.F.』に『植民地博覧会のバリ島演劇』掲載。十二月、講演『演劇と形而上学』。

一九三二年（三六歳） 十月、『残酷の演劇』第一宣言を『N.R.F.』に発表。十一月、ヴァレーズがオペラの共同作業を提案。アルトーは台本『もう大空はない』を執筆するが、未完成に終わる。

一九三三年（三七歳） 一月、『残酷の演劇（第二宣言）』執筆。四月、講演『演劇とペスト』。五月、第三宣言として『演劇と残酷』執筆。

一九三四年（三八歳） 四月、『ヘリオガバルスあるいは戴冠せるアナーキスト』刊行。

一九三五年（三九歳） 二月、『チェンチ一族』を書き上げ、五月、フォリ゠ワグラム劇場で公演。

一九三六年（四〇歳） 一月、メキシコへ出発。二月にメキシコ大学で講演。五月、現地でのテクストを『革命のメッセージ』としてまとめることが提案されるが実現に至らなかった。九月、タラウマラ族と過ごす。十一月に帰還。

一九三七年（四一歳） 二月、『ペヨトルのダンス』執筆。四月、セシル・シュラムに求婚、五月に解消。六月、『存在の新たなる啓示』執筆。八月、アイルランドへ出発。九月、ダブリンで警察との乱闘、本国へ強制送還。帰国後、強制監禁。十月、ルーアンのカトル゠マール精神病院に移される。アイルランド滞在時からカトリックに接近。

一九三八年（四二歳） 二月、『演劇とその分身』刊行。四月、サン゠タンヌ病院に移され、アンリ・ルーセル病院に預けられる。

一九三九年（四三歳） 二月、ヌイイ゠シュール゠マールのヴィル゠エヴラールの精神病院に入院。

一九四三年（四七歳） 二月、ロデーズの精神病院へ移る。信仰の回帰を強める。六月に電気ショック療法を開始、以降、四四年十一月までに五一回におよぶ電気ショックを集中的にうける。八月〜九月、ルイス・キャロルを翻案。十月、執筆活動を再開、同時にデッサンもはじめる。

一九四五年（四九歳） 四月、カトリックと訣別。

一九四六年（五〇歳） 四月、アンリ・パリゾへの手紙をまとめた『ロデーズからの手紙』（『アンリ・パリゾへのロデーズからの手紙』）刊行。五月、ロデーズを出てパリに帰還、イヴリー療養所では出入り自由となった。六月、ポール・テヴナンに出会う。八月、後に『手先と責苦』に収録されるテクストを執筆。

一九四七年（五一歳） 一月、ヴィユ＝コロンビエ座で講演。このために『アルトー・モモのほんとうの話』が書かれた。七月、ピエール画廊で「ポートレートとデッサン」展。その場での朗読会のために『演劇と科学』などが書かれた。十二月、『アルトー・ル・モモ』、および二月のゴッホ展を受けて書いた『ヴァン・ゴッホ　社会による自殺者』を刊行、翌年後者でサント・ブーヴ賞をうける。

一九四八年（五二歳） 二月、ラジオで放送予定だった『神の裁きと訣別するため』放送禁止となる。三月四日、イヴリーの療養所の自室において遺体で発見される。

（作成にあたって江澤健一郎／佐々木泰幸編「アントナン・アルトー詳細年譜」（『ユリイカ』「アントナン・アルトー」一九九六年一二月号）、スティーヴン・バーバー『アントナン・アルトー　打撃と破砕』、Antonin Artaud, *Œuvres*, Gallimard, 2004 ほかを参照した）

アルトーを読むためのブックガイド

この論集は「アルトー・コレクション」刊行を契機としたものですが、これ以前にアルトーの翻訳をシリーズとして刊行しようとしたことは過去に三度あります。

ひとつめは一九七一年の現代思潮社による**「アルトー全集」**の企画です。これは残念なことに一巻目だけで途絶したましたが、清水徹、粟津則雄、大岡信ら第一線のフランス文学者の訳による第一巻は単行本**『神経の秤・冥府の臍』**（現代思潮新社）としていまでも入手可能です。この編集を担当した川仁宏はバタイユの『内的体験』や『稲垣足穂大全』なども手掛ける一方、同社による美学校の創設にも中心的な役割を担いましたが、同時に東京行動戦線などにかかわった特異なアナキストでもありました。この全集版の装丁は日本を代表するシュルレアリスト瀧口修造によるものです。

そしてそこから二五年を経た一九九六年に白水社から**「アルトー著作集」全五巻**が刊行されます。これは一九六五年に同社から刊行された安堂信也の翻訳**『演劇とその形而上学』**を自ら改訳した**『演劇とその分身』**、一九七七年にやはり同社から「小説のシュルレアリスム」の一冊として刊行されたアルトー唯一の小説**『ヘリオガバルスまたは戴冠せるアナーキスト』**（多田智満子訳）、映画シナリオ、および映画と演劇関係のテクストを集めた**『貝殻と牧師　映画・演劇論集』**（坂原眞里訳）、一九三六年のメキシコ大学における講演などを集めた**『革命のメッセージ』**（高橋純、坂原眞里訳）、ロデーズの精神病院における激烈な内的格闘の記録**『ロデーズからの手紙』**（宇野邦一、鈴木創士訳）の五巻からなるものでした（なお**『演劇とその分身』**はその後、新装して単行本として同社から刊行されています）。

さらに二〇〇七年からは宇野邦一と鈴木創士の監修によって河出書房新社から**「アルトー後期集成」**が刊行されました（二〇一六年完結）。これはメキシコのタラウマラ族の中でのペヨトル体験をめぐる複数のテクストからなる「**タラウマラ**」と「**ここに眠る**」「**精神異常と黒魔術**」などの詩的テクストや翻案を集めたⅠ、生前に構想された最後の書『**手先と責苦**』を収めたⅡ、「**カイエ1945〜1948**」、そして「**アンドレ・ブルトンへの手紙**」などを収めたⅢの三巻からなります。この集成はミルキィ・イソベによる装丁でも強く印象づけられました。

今回の月曜社の「**アルトー・コレクション**」は白水社版著作集の『**ロデーズからの手紙**』の増補改訂、そして「**後期集成**」Ⅰの「**アルトー・ル・モモ**」「**アンリ・パリゾへのロデーズからの手紙**」などと「**後期集成**」Ⅲの「**アルトー・モモのほんとうの話**」「**アンドレ・ブルトンへの手紙**」を収めた『**アルトー・ル・モモ**』、「**後期集成**」Ⅲの「**カイエ1945〜1948**」を全面改訳のうえ増補した『**カイエ**』、「**後期集成**」Ⅱを改訂した『**手先と責苦**』の四巻からなります。右記の白水社版著作集、河出版後期集成が入手困難な中、このコレクションは新しいアルトーを開くものとなることが期待されます。

アルトーの翻訳には他に、後期集成の監修者である宇野邦一と鈴木創士の訳による、放送禁止となった伝説的なラジオ講演の原稿「**神の裁きと訣別するため**」、ゴッホに自己の生を重ねた名作「**ヴァン・ゴッホ　社会による自殺者**」を収めた『**神の裁きと訣別するため**』、また宇野邦一の訳による奇蹟的な旅＝実験の記録『**タラウマラ**』、鈴木創士による新訳の『**演劇とその分身**』と『**ヘリオガバルスあるいは戴冠せるアナーキスト**』（以上、河出文庫）があります（いずれも「後期集成」と同じミルキィ・イソベの装丁です）。また七一年に新潮社から単行本として刊行され、七九年に「**神経の秤**」を増補して筑摩叢書となって多くに読まれてきた粟津則雄訳の『**ヴァン・ゴッホ**』はちくま学芸文庫に入っていました。これからアルトーを読もうとする読者には『**神の裁きと訣別するため**』、「残酷の演劇」宣言を収めた『**演劇とその分身**』、少年皇帝の栄光と惨死をたどる『**ヘリオガバルスあるいは戴冠せるアナーキスト**』の三冊をおすすめします。

いま入手困難な翻訳としては『**思考の腐食について　アントナン・アルトーとジャック・リヴィエールとの手紙**』（飯島耕一訳、思潮社）、『**アンドレ・ブルトンへの手紙**』（生田耕作訳、奢覇都館）、『**タラユマラ**』（伊東守男訳、ペヨトル工房）がありますが、いずれも翻訳困難なアルトーに挑んだ貴重な労作です。その名もアルトーを想起させるペヨトル工房からは『**神の裁きと訣別するため**』（テクスト部分は同名河出文庫に収録）がアルトーのラジオ録音を収録したカセットテープとともに刊行されていました。

アルトーの導入にあたって重要なのは雑誌の特集でした。最初は**『現代詩手帖』**による一九六七年の七月号、八月号の二号にわたる特集です。清水徹らの寄稿と共に天沢退二郎訳の**「精神くそくらえ」**などの翻訳などが掲載されています。そして七四年には**『ユリイカ』**(同年八月号)が特集を組みます。これには渡辺守章、寺山修司などが寄稿するとともにソレルス、ル・クレジオ、テヴナンなどの翻訳が掲載されました。そのあとも**『ユリイカ』**では八八年二月号と九六年一二月号で特集を組んでいますがいずれも充実した内容です。ペヨトル工房から刊行されていた**『夜想』**は八二年に「アルトー　上演を生きた男」として演劇人としてのアルトーに焦点をあてた特集(六号)を組みました。これにはアルトー唯一の戯曲**『チェンチ一族』**の訳が掲載されています。一九八三年に刊行された**『肉体言語』**のアルトー特集(一一号)には**「演劇と科学」**など演劇関係のテクストが多く翻訳されていました。

一九六五年の**『演劇と形而上学』**の翻訳はアンダーグラウンド演劇や舞踏に大きな影響を与えました。この年に「天井桟敷」を発足させた寺山修司は同書を熟読して自分の演劇を「残酷演劇」とみなしていましたし、「状況劇場」を主宰した唐十郎の**「特権的肉体論」**(『**腰巻お仙**』現代思潮社)はアルトーを随所で参照しています。「運動の演劇」を掲げた黒テント=演劇センター68／71に参加していた津野海太郎が一九八〇年に刊行した都市=劇場論**『ペストと劇場』**(晶文社)はアルトーの「演劇とペスト」を起点においています。「ペストのような演劇」をとなえる寺山修司に対して「癌のような演劇」を対置する鈴木忠志の論争に介入して、アルトーはそれらをこえた都市と身体の「入れこ」構造をみていたとする津野の考察はいまなお重要です。

暗黒舞踏の土方巽が先の現代思潮社の全集発刊に寄せて書いた「アルトーのスリッパ」(**『美貌の青空』**筑摩書房、**『土方巽全集I』**河出書房新社)はアルトー論として異彩を放っています。「私たちは彼から、やさしさというものの留保を厳正に圧縮した意味でおそわり、悲惨な脳髄の復活を無限の距離において示される」。土方から薫陶をうけた室伏鴻もまたアルトー的たろうとし続けました。その思考は『**室伏鴻集成**』（河出書房新社）からうかがうことができます。室伏は書いています。「私は、仮止めのニホン人であり、仮止めのアルトー／ニーチェであり、その時、ひとつの無名の鳥であり……」。「残酷演劇」宣言に倣うように「絶対演劇」宣言を実践した豊島重之の『**一目散**』（書肆子午線）はアルトー論を含むだけでなく、アルトー的な思考に溢れた貴重な書です。

アルトーはその後の思想にも大きな影響を与えました。まずあげなければならないのはブランショです。『**来るべき書物**』（粟津則雄訳、現代思潮社、ちくま学芸文庫）に収録されたアルトー論は「思考の不可能性」を主題化して、その後のアルトー論を決定づけました。ブランショは『**終わりなき対話　III**』（筑摩書房）の「残酷な詩的理性　飛翔への貪欲な欲求」（岩野卓司訳）でもアルトーを論じています（ブランショとアルトーについては本書の髙山花子氏の論考を参照ください）。「アルトーが生について語るとき、彼が語っているのは火についてである」。

現代思想を代表する三人、フーコー、ドゥルーズ、デリダにとってもアルトーは別格の存在です。

デリダの『**エクリチュールと差異**』（谷口博史訳、法政大学出版局）に収録された二編のアルトー論「吹きこまれ掠め取られる言葉」「残酷演劇と再現前化の閉域」も重要ですが、『**基底材を猛り狂わせる**』（松浦寿輝訳、みすず書房）はデッサンと肖像画に触発されてアルトーの「未生以前のものの苦しみ」に迫る衝撃的なアルトー論です。このテクストはアルトーの絵画とデッサンを集めた『**アルトー　デッサンと肖像**』（みすず書房）に寄せて書かれました。

フーコーの最初の代表作『**狂気の歴史　古典主義時代における**』（田村俶訳、新潮社）でもアルトーは「営みの不在」としての狂気を体現する存在として重要な位置を与えられています。

アルトーを最も重視し、その思想の核心においたのはドゥルーズです。アルトーはドゥルーズの二つの主著『**差異と反復**』（上下、財津理訳、河出文庫）と『**意味の論理学**』（上下、小泉義之訳、河出文庫）で核心的な位置におかれています。さらにドゥルーズがガタリとともに出した大著『**アンチ・オイディプス**』（上下、宇野邦一訳、河出文庫）『**千のプラトー**』（上中下、宇野邦一ほか訳、河出文庫）ではアルトーが最後に見出した「器官なき身体」

を中心に展開されており、これら自体をアルトー論としても読むこともできるでしょう。ドゥルーズは生前最後の著書**『批評と臨床』**（守中高明ほか訳、河出文庫）でも**「裁きと訣別するため」**でアルトーを論じました。

宇野邦一のアルトー論**『アルトー　思考と身体』**（白水社）はドゥルーズのもとで書かれた博士論文をもとにしています。本書はアルトーにおける「思考の不可能性」から「身体」にいたる格闘をあざやかに論じた、唯一無二と言っていい名著です。この宇野邦一とともにアルトーを多く翻訳している鈴木創士の**『アントナン・アルトーの帰還』**（河出書房新社、現代思潮新社）は小説というスタイルで後期アルトーをよみがえらせた特異な書です。二人はその後もアルトーについて論じ続けてきました。宇野の近著**『ベケットのほうへ』**（五柳書院）にはアルトーの「残酷演劇」をめぐる考察が収められ、鈴木の近著**『芸術破綻論』**（月曜社）では後期アルトーの異様な文体が「晩年様式」として論じられています。

江川隆男の**『死の哲学』**（河出書房新社）はアルトーの「不死の身体」に迫る異様な哲学書ですが、これもアルトー論としても読むことができます。これはその後に書かれたテクストとあわせて**『残酷と無能力』**（月曜社）として刊行されていますが、「残酷と無能力」はアルトーの核心です。江川の主著**『アンチ・モラリア』**（河出書房新社）のサブタイトルは「〈器官なき身体〉の哲学」でした。ドゥルーズの関連では堀千晶の**『ドゥルーズ　思考の生態学』**（月曜社）も重要なところで「最もラディカルな思考者」としてアルトーを論じています。

アルトーをグノーシス主義者として論じるスーザン・ソンタグの**『アルトーへのアプローチ』**（岩崎力訳、みすず書房）はもともとは七四年に「海」に訳出されて、七六年にコーベブックスから刊行されていました。同テクストは**「アルトーへの道」**として**『土星の徴しの下に』**（富山太佳夫訳、晶文社、みすず書房）にも収録されています。ソンタグは英語圏におけるアルトーの翻訳者としても重要な役割を果たしてきましたが、いま、その中心にいるのはスティーヴン・バーバーです。彼の**『アントナン・アルトー　打撃と破砕』**（内野儀訳、白水社）はアルトーの破滅的な生涯をうねるような文体でたどる伝記で、これからの読者におすすめです。アルトーの伝記としてはジャン＝ルイ・ブローの**『アントナン・アルトー』**（白水社）もあります。

また異色なアルトー論として精神医学的にアルトーに迫った森島章仁**『アントナン・アルトーと精神分裂病　存**

在のブラック・ホールに向かって』(関西学院大学出版部)があります。熊木淳の『**アントナン・アルトー　自我の変容　〈思考の不可能性〉から〈詩〉の反逆へ**』(水声社)はアルトーを「医師」としてとらえるという斬新な視点からその思考に迫った重要な研究書です。

なお日本で最初にアルトーを論じたひとりは花田清輝でした。一九五四年に未來社から最初に刊行された『**アヴァンギャルド芸術**』(講談社文芸文庫)では『**貝殻と牧師**』がとりあげられています。「かれの狙いが、夢の世界や欲望の世界における具象的な非合理性の影像を、最も熾烈厳格な精密さで、あるがままに表現することにあったのはいうまでもなかろう」。

以上、ここでとりあげたのはアルトー関連書の一部にしかすぎません。アルトーの影は他にもさまざまなところで見出せます。例えば『**我と肉　自我分析への序論**』(松葉祥一ほか訳、月曜社)『**政治的身体とその〈残りもの〉**』(松葉祥一監訳、法政大学出版局)が訳されている哲学者ロゴザンスキーの「肉である私の哲学」の基底をなすのはアルトーです。また人間の暗黒と孤独を描き続けた文学者ベルンハルトの卒業論文はアルトーとブレヒトの研究でした。ル・クレジオやグリッサンにとってもアルトーは重要です。「アントナン・アルトーの言葉は、世界の外の〈世界〉の響きだ」(グリッサン『**〈関係〉の詩学**』管啓次郎訳、インスクリプト)。

最後に二〇二二年に刊行された中村隆之『**魂の形式　コレット・マニー伝**』(カンパニー社)をあげておきます。コレット・マニーは一九六二年にデビューしたフランスの歌手で、これはそのマニーの生涯をたどった世界でも初の評伝です。ラディカルな政治の現場に身を投じながら無名の民と共に新たな音楽をつくり続けたマニーは、アルトーを精神の「兄」としていました。

アルトーはこれからも人々を感染しつづけるはずです。

(H・A)

編者・執筆者略歴

鈴木創士（すずき・そうし）『アルトー・コレクション』Ⅰ、Ⅱ翻訳
1954年生まれ。著書『芸術破綻論』、『文楽徘徊』、『離人小説集』など。訳書、アルトー『演劇とその分身』、『ヘリオガバルスあるいは戴冠せるアナーキスト』、『神の裁きと訣別するため』（共訳）など。編著『連合赤軍』など。『アルトー後期集成』を監修。

管啓次郎（すが・けいじろう）『アルトー・コレクション』Ⅳ翻訳
1958年生まれ。著書『斜線の旅』、『コロンブスの犬』、『狼が連れだって走る月』など。詩集『PARADISE TEMPLE』、『島の水、島の火』、『時制論』など。訳書、グリッサン『〈関係〉の詩学』、『第四世紀』、ラプージュ『赤道地帯』など。

金子薫（かねこ・かおる）
1990年生まれ。著書『アルタッドに捧ぐ』、『鳥打ちも夜更けには』、『双子は驢馬に跨がって』、『壺中に天あり獣あり』、『進化むさぼる揚羽の夢の』など。

宇野邦一（うの・くにいち）『アルトー・コレクション』Ⅰ翻訳
1948年生まれ。著書『アルトー　思考と身体』、『ベケットのほうへ』など。訳書、アルトー『タラウマラ』、『神の裁きと訣別するため』（共訳）、ベケット『モロイ』、『マロウンは死ぬ』、ドゥルーズ＝ガタリ『アンチ・オイディプス』など。『アルトー後期集成』を監修。

荒井潔（あらい・きよし）『アルトー・コレクション』Ⅲ翻訳
1963年生まれ。訳書、『アルトー後期集成』Ⅲ（共訳）。論文 Le problème de l'expression chez Antonin Artaud、「アントナン・アルトーにおける《自画像》の問題」、「『手先と責苦』における構成の問題」など。

中村隆之（なかむら・たかゆき）
1975年生まれ。著書『環大西洋政治詩学　二〇世紀ブラック・カルチャーの水脈』『魂の形式　コレット・マニー論』、『第二世界のカルトグラフィ』、『エドゥアール・グリッサン』など。訳書、ル・クレジオ『氷山へ』など。

岡本健（おかもと・けん）『アルトー・コレクション』Ⅱ翻訳
1959年生まれ。訳書、『アルトー後期集成』Ⅰ（共訳）、ベルトラン・ヴェルジュリ『幸福の小さな哲学』（共訳）など。論文「砕け散った鏡の後に」など。

堀千晶（ほり・ちあき）
1981年生まれ。著書『ドゥルーズ　思考の生態学』、『ドゥルーズ　キーワード89』（共著）、『ドゥルーズと革命の思想』（共著）など。訳書、ラプジャード『ドゥルーズ　常軌を逸脱する運動』、『ちいさな生存の美学』など。

髙山花子（たかやま・はなこ）
1987年生まれ。著書『モーリス・ブランショ　レシの思想』、『鳥の歌、テクストの森』。訳書、ブランショ『文学時評1941―1944』（共訳）。

丹生谷貴志（にぶや・たかし）
1954年生まれ。著書『〈真理〉への勇気』、『光の国』、『死体は窓から投げ捨てよ』など。訳書、シェフェール

『映画を見に行く普通の男　映画の夜と戦争』など。

原智広（はら・ともひろ）
1985年生まれ。雑誌『ILLUMINATION』、『FEU』主宰。著訳書、ジャック・ヴァシェ『戦場からの手紙　ジャック・ヴァシェ大全』。

高祖岩三郎（こうそ・いわさぶろう）
1955年生まれ。著書*Radiation and Revolution*、『新しいアナキズムの系譜学』、『ニューヨーク列伝　闘う世界民衆の都市空間』など。訳書、グレーバー『アナーキスト人類学のための断章』など。

村澤真保呂（むらさわ・まほろ）
1968年生まれ。著書『都市を終わらせる　「人新世」時代の精神、社会、自然』、『中井久夫との対話　生命、こころ、世界』（共著）など。訳書、タルド『模倣の法則』（共訳）、ガタリ『ミクロ政治学』（共訳）など。

江川隆男（えがわ・たかお）
1958年生まれ。著書『アンチ・モラリア〈器官なき身体〉の哲学』、『残酷と無能力』、『存在と差異　ジル・ドゥルーズの超越論的経験論』など。訳書、ドゥルーズ『ニーチェと哲学』など。

アルトー横断《おうだん》　不可能な身体

編者　鈴《すず》木《き》創《そう》士《し》

二〇二三年二月二十八日　第一刷発行

発行者　神林豊
発行所　有限会社月曜社
〒一八二－〇〇〇六　東京都調布市西つつじヶ丘四－四七－三
電話〇三－三九三五－〇五一五（営業）〇四二－四八一－二五五七（編集）
ファクス〇四二－四八一－二五六一
https://getsuyosha.jp/

カバー絵　アントナン・アルトー
編集　阿部晴政
装幀　中島浩
印刷・製本　モリモト印刷株式会社

ISBN978-4-86503-158-4